家、家にあらず

松井今朝子

集英社文庫

本作品は二〇〇五年四月、集英社より単行本として刊行されました。

家、家にあらず

家、家にあらず。継ぐをもて家とす。
人、人にあらず。知るをもて人とす。

――「風姿花伝」

主な登場人物

瑞江――笹岡伊織の娘
おまつ、おたけ――瑞江の朋輩（三之間勤め）
浦尾――砥部家奥御殿御年寄
玉木――中老
おみち――中老、若君生母
真幸――表使
お滝――お末頭
五百崎――茶の湯の師匠
おゆら――先代藩主時代の中老
貞徳院――砥部家藩主生母
桂月院――藩主弟・由次郎生母
由次郎――藩主舎弟
矢田部監物――江戸家老
肱川兵庫――留守居役
詫間権太夫――御広敷役人
坂田主水――御広敷役人
小佐川十次郎――歌舞伎役者
荻野沢之丞――中村座立女形
弥陀六――元小佐川十次郎の男衆
笹岡伊織――北町奉行所同心

長局図

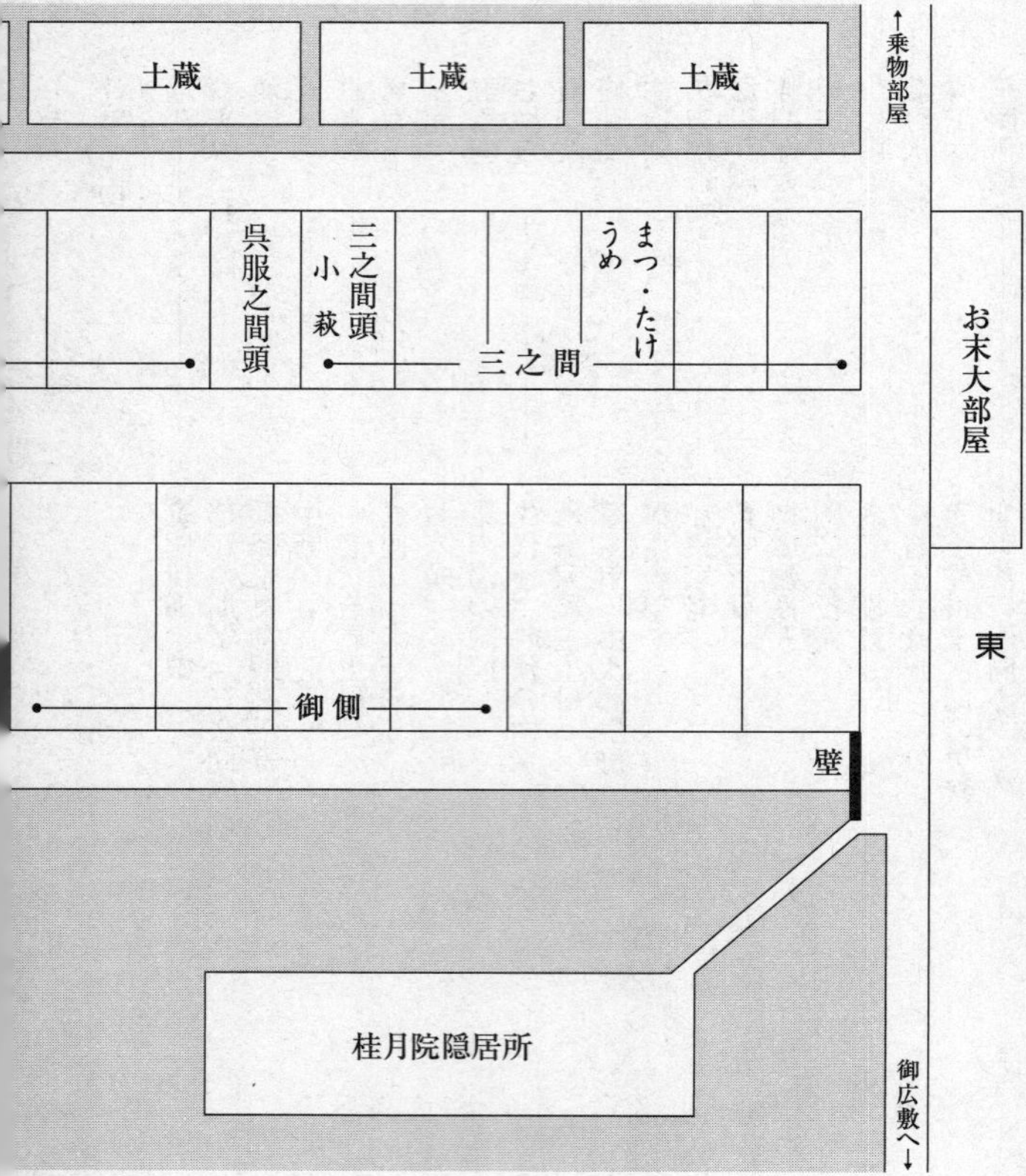

←乗物部屋
土蔵
土蔵
土蔵
お末大部屋
まつ・たけ
うめ
三之間頭
小萩
呉服之間頭
三之間
東
御側
壁
桂月院隠居所
御広敷へ↓

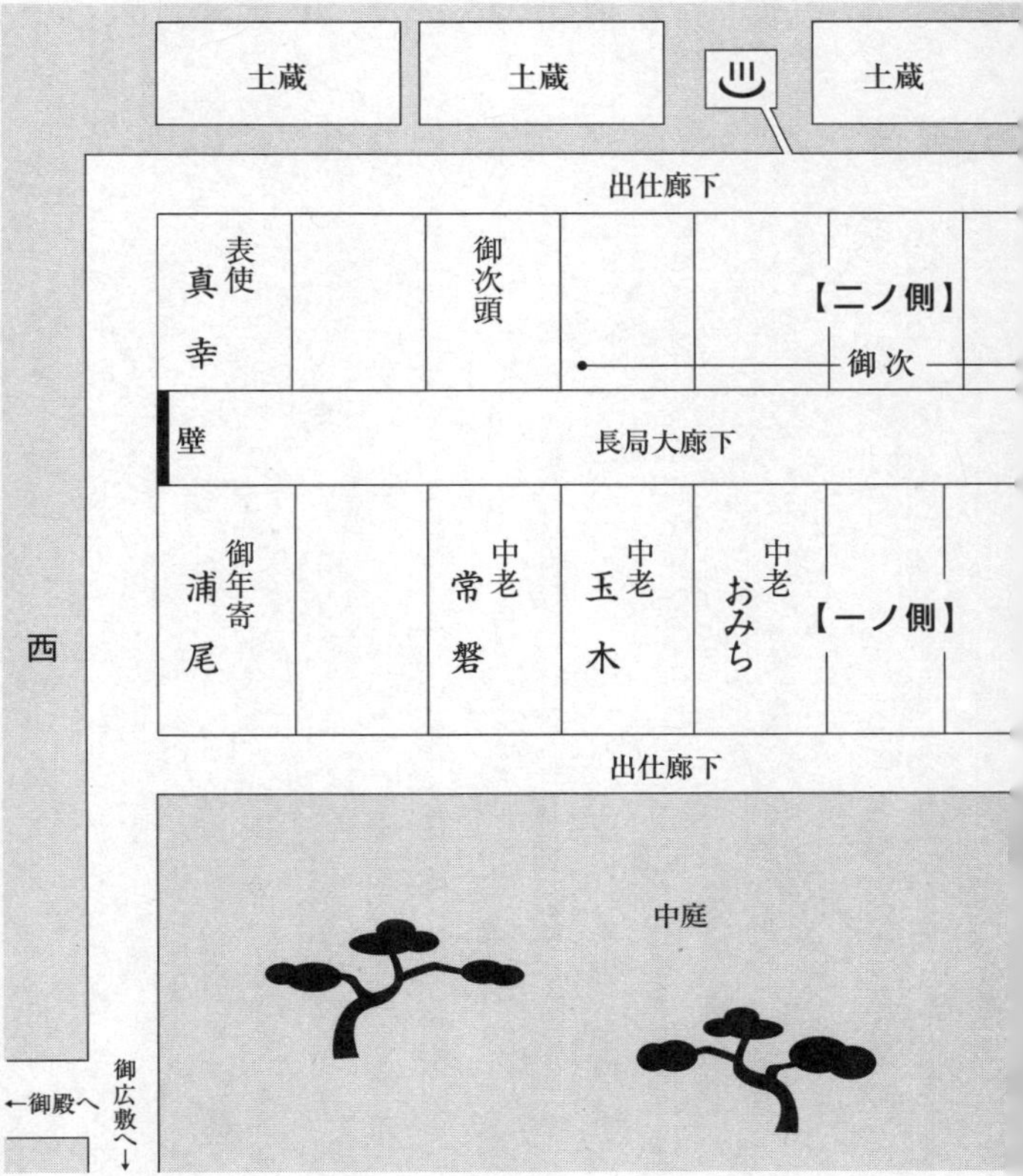
土蔵
土蔵
土蔵
出仕廊下
表使
真幸
御次頭
【二ノ側】
御次
壁
長局大廊下
御年寄
浦尾
中老
常磐
中老
玉木
中老
おみち
【一ノ側】
出仕廊下
西
中庭
←御殿へ
御広敷へ↓

一

神田川を渡ってからここに来るまでがあっという間だった気がする……。

いやだと思うから余計に早く着いてしまうのだ。これからは逆さまにゆっくりすぎていやになるだろう。

本瓦葺《ほんかわらぶ》きの大屋根を擁した長屋門は、鷲が羽を広げてゆうゆうと空を飛ぶ姿に似ている。開け放たれた門扉《もんぴ》と両袖の出番所をつなぐ太い梁《うつばり》のまんなかには真鍮《しんちゆう》の金具がぴかぴか光って、丸に三つ巴《どもえ》の定紋《じようもん》をあらわしている。ここが志摩二十余万石の大名、砥部和泉守《とべいずみのかみ》の上屋敷であることはまちがいない。

ふろしき包みをしっかりと抱えて、瑞江《みずえ》は神妙な面もちで立ちつくしていた。やや硬そうな黒髪を島田に結って、飛白《かすり》が入った淡青い縞縮緬《しまちりめん》を黒繻子《くろじゆす》の帯できゅっと引き締めている。

細面《ほそおもて》のあっさりした顔立ちで、濃い眉がりんとして、黒眸《くろめ》がちの眼には煥発《かんぱつ》な輝きがある。十七歳という妙齢ながら、下唇をかるく嚙んで、きかん気な少年の表情だ。

北町奉行所の同心を父に持つこの娘が、今ここで佇《たたず》むにはそれなりの理由がある。

「おば様がそなたのことをえらく気にしておいでだ」

と、父に聞かされたのは今年の正月だ。

去年の夏に母が亡くなって、おば様はそのときちらりと姿を見せたが、あわただしく帰ってしまい、瑞江はまともに口をきいてもいなかった。

一年に一度くらいのわりで訪ねてくるそのひとのことを、瑞江は幼いころからおば様と呼んでいた。初めのころは母の姉だとばかり思い込んでいたが、そうではなくて、たぶん従姉《いとこ》か何かもっと遠縁に当たるひとなのだろう。母とはあまり似ていなかったような気がする。

母は小柄でほっそりとして、おとなしそうな顔立ちだった。片やおば様は女にしては大柄だったが、目鼻のかたちは格別に強い印象を残さなかった。ただ幼いころ一目見て忘れなかったのは、顔よりもその奇妙な髪形である。一本の太い笄《こうがい》にたっぷり髪を巻きつけて、左右の鬢《びん》を横に張りだした、うしろから見るとまるで黒い大きな椎茸《しいたけ》のようなその髷《まげ》は片外《かたはず》しといって御殿女中ならではの髪形だった。

将軍家の大奥や大名屋敷に勤める御殿女中はふだんめったに外出を許されないが、時にお宿下《やどさ》がりと称して実家や近親の家を訪ねることは認められているそうだ。おば様は勤め先に瑞江の母を妹として届けていたらしい。母は瑞江には「おば様」と呼ばせたが、自分では他人行儀に「あなた様」と呼んでいた。

瑞江は幼いころからおば様が苦手だった。よく切れる刃物を見るような怖さを感じたのは、相手の顔のせいではなく、声が大きくてやけに高飛車なものいいをしたからだろう。

あれはたしか八つのときだ。おば様が訪れたのは二年ぶりで、こちらはおめかしを覚えはじめたころだったから、母に頼んでいつもより入念に髪を結ってもらっておば様の前に出た。が、期待に反して、相手はほめてくれるどころか、冷ややかな目で見てこういったのだ。

「ほんの少し前まで襁褓《むつき》を濡らして泣いていた子が、形《なり》だけは人らしうなってきたのう」

おば様はありのままをいったのだろうが、瑞江は自分が裸にされたような恥ずかしさを感じた。以来、子どもにちやほやしない相手を怖いと思う気持ちが抜けなくなった。

おば様は一度嫁いでから御殿勤めをしたと聞いたが、きっと子どもはできなかったのだろう。根が子ども好きのひとではないようにも思われた。

あれは一昨年の秋のことだ。三つちがいの弟がおば様のいる前でこちらにしつこくからんできた。弟の平左衛門《へいざえもん》は子どものくせにえらく面長で、だれに似たのか、あごがしやくれて三日月のような顔をしている。それがちょうど悪い言葉を使いたくてたまらない年ごろだから、自分のことを棚にあげて「姉上はぶさいくだ」を連発した。

弟は死んだ母によく甘えていた。男の子はなぜあんなにも女親にべたべたするのだろう。こちらにも甘えてふざけているのだとわかっていたが、あまりのしつこさについ頰っぺたをひっぱたいてしまい、わっと泣きだしてあごをふりふり逃げていったのだった。

おば様はそのとき母のほうに顔を向けたまま、一重まぶたのきつい眼でじろっとこちらをにらんだ。あれは女子《おなご》のくせに男子に手を振りあげるとは何事かと咎《とが》めたはずなのに、なぜか唇にうっすら笑みが浮かんで見えたのは、こちらの気のせいだったろうか……。

いずれにしろ自分はあのときおば様に目を付けられて、それがこんどの話につながったように思われてならない瑞江である。

「おそらく、そなたが女としてこれからという大切《だいじ》の時に母を亡くして、心配になられたのだろう。手元で預かりたいという話だ」

と、父はおば様から来た書状を見せた。

おば様は瑞江に砥部家で御殿勤めをするよう勧めていた。表向き御殿勤めは一生奉公とされているが、嫁入り前の行儀見習いで腰かけ勤めをする例は世間にいくらもある。子どもは親元にいるとつい甘やかされてわがままになりやすい。苦労を知らずに育つと他人の難儀にも思いやりがなくなる。嫁ぐ前に短いあいだでも御殿勤めをして辛抱することを覚えれば、嫁いでから姑とうまくやっていけるはずだとかいう。

将軍家の大奥に勤められるのは、表向き旗本の娘にかぎられていた。瑞江が生まれた笹岡《ささおか》の家は御家人《ごけにん》格だから、もし大奥に奉公しようとしたら、かたちの上でどこかの旗本の養女になるしかないが、大名家の奥御殿に勤める分にはさほど面倒な手続きはなくてすむ。亡くなった母も嫁入り前にはどこかの御殿に勤めていたらしいという話を、瑞江はこんどのことで父から初めて聞かされた。

おば様が家《うち》を訪れたときはかならず母子そろって門口で見送ったものだ。御殿から迎えにきた麗々しい紅網代《べにあじろ》の駕籠《のりもの》は陸尺《ろくしゃく》と呼ばれる屈強なからだつきの男たち四人で舁《かつ》がれて、挟箱《はさみばこ》を担いだ中間《ちゅうげん》や草履《ぞうり》取りのほかにも女のお供がぞろぞろついていた。金糸銀糸の刺繍《ぬい》がふんだんにほどこされた裲襠《うちかけ》のうしろ姿を、幼い瑞江は天から舞い降りたふしぎなひとがふたたび天上に帰っていくように眺めていた。

「女でもあれほどご出世なされたら、たいしたものじゃのう……」

と、あるとき母がちょっぴりうらやましそうにつぶやいたのを想いだす。

母には口答えひとつさせなかった父も、おば様にはあたまがあがらぬ様子と見えて、去年の夏、母の葬儀に大勢のお供を引き連れてかけつけた相手を丁重にもてなしていた。その後は書状で何度かやりとりがあったのだろう、瑞江が見せられた手紙はかなり強引な調子で御殿勤めをさせるよう求めていた。

「やはり男親は手に負えぬところもある。死んだ母の代わりじゃと思うて、おば様によう仕込んでもらうがよい」

と父に突き放されたようにいわれて、瑞江はちょっとすねた調子でからんだものだ。

「この家から私がいなくなれば、だれが父上や平左衛門を世話いたすのでござりましょう」

「俺たちのことは……まあ、なんとかなる」

と、父は曖昧《あいまい》な微笑を浮かべた。

母が病床に臥《ふ》せってからは、父が手先に使っている伝蔵《でんぞう》という男の女房が家事万端を手伝ってくれた。ほかにもわが家には手下になりたがる若い男たちの出入りが多く、台所で飲み喰いをする代わりに、庭で薪割《まきわ》りや水くみをしたり、縁側の雑巾がけをしたりしている。

母が亡くなってから父はことあるごとに「奴らとあまりなれなれしい口をきくな」と瑞江に釘をさした。男たちには「俺の見てねえところで色目を遣ったりしやがると、素《そ》っ首をはねてやるから覚悟しろ」と冗談混じりに脅しをかけた。

父はおば様に意見をされて、わが家は嫁入り前の若い娘を置いておくにはふさわしくない場所だと思ったのかもしれない。しかしそればかりではないような気もした。

定町廻《じょうまちまわ》りの役目がら、父は時に夜遅くまで帰宅をせず、朝帰りすることもしばしばある。帰宅した父の着物に白粉《おしろい》の匂いがするのに気づいても、娘は口に出さなかった。父は外に親しい女ができたのではないか。邪魔者を家から追い払いたいのかもしれない、と考えるのは悪く取りすぎだろうか。しかしだからといって、ことさら逆らう気持ちにはなれなかった。

この家は自分の本当の家ではない、という気持ちが漠然と芽生えたのはいつのころだったろうか。瑞江はなぜそう思うようになったのか、自分でもよくわからない。ただひとつ確かなのは、いずれ父の跡を継いで笹岡家の主《あるじ》となるのは弟の平左衛門だということ。女は自分が生まれた家をいつまでも自分の家にしているわけにはいかないという世の中の仕組みである。

「そなたもやがては他家に嫁がねばならぬ。おば様はひと通りのことをきちんと仕込んだ上で、良縁を世話なさるつもりであろう」

と、父は自らにもいいきかせるようにして娘を送りだしていた。

厳《いか》めしい長屋門を前にして、娘はまだ足が動かせない。先ほどから何人かの侍が前を通り過ぎていった。月額《さかやき》を狭く剃って髷をぼってりと結った野暮なあたまは砥部家の家風だろうか。こうした髪形や刀の差し方も家によってそれぞれちがいがあって、一目見ればどこの家中《かちゅう》の侍かわかるものだという。

嫁ぐにしろ、勤めるにしろ、他家に入ればそこの家風に従うしかない。わが家にいたときのような勝手気ままな振る舞いはもう許されない。それがわかるからこそ瑞江は立ちつくすのだった。

門番のひとりがこちらの姿に気づいたらしい。長い棒を振って裏へまわれと合図した。瑞江はあわてておじぎをした。塀に沿って静かに歩みだす。

屋根が付いた築地塀《ついじ》はすぐに二階建ての長屋に変わって延々と先に続いていた。屋敷は想像を超えた広さで、なかなか裏門が見えてこない。こうした塀の一部をなす長屋には勤番の侍たちが住んでいて、中の御殿を守るかたちになっているらしい。御殿はまた「表」と「奥」に大きく分かれ、奥御殿は女ばかりが住んでいる文字通りの女護ケ島《にょごがしま》だと話には聞くけれど、そこがどんなところかはまだ見当もつかなかった。

二階建ての長屋はいつのまにかまた築地塀に変わって、塀の内から枝を伸ばした樹々の葉はまだ淡い緑色をしている。下に目を向けると黒土のところどころを花びらが染めていた。散り落ちた花びらは愛らしい薄紅色と、朽ちて茶色くひからびたのが混じり合う。かつては同じ木に咲いた花なのに、瑞江はしらずしらず茶色いのだけを踏むようにして歩いてしまう。

裏門は表門ほど大仰《おおぎよう》な構えではなく、門番もひとりだった。門番が指した方角に石畳を進むと中門が見え、そこをくぐるとようやく玄関らしきものがあらわれた。

玄関からしてさすがに広く玄関番の姿も見えない。岩に波が打ち寄せる景色を描いた衝立《ついたて》を前にして、瑞江は思いきり大きく声を張りあげた。

すぐさま奥からあらわれたのは裃《かみしも》を着たひょろっと背の高い若侍で、奥御殿は女だけの住まいと聞かされていただけに、瑞江はちょっとびっくりしていた。「何用だ」とぶっきらぼうにたずねられ、とっさにわれを忘れて答えてしまう。

「おば様に、今日ここにお訪ねするようにといわれて……」

「おば様とは、だれのことだ」

相手がいささかあきれたような顔をした。

「浦尾《うらお》という名の……」

そういったとたん、相手がこんどはびくっとした面もちで、あたふたと奥に引っ込んでしまった。

しばらくすると同じく裃姿の小柄な老人とふたり連れであらわれ、老人はきょろりとした目つきでこちらを見るなり、ぴんと腰を伸ばした。

「おお、やはりよう似ておいでじゃ。身どもはこの御広敷《おひろしき》に勤めおる、詫間権太夫《たくまごんだゆう》と申す者でござる」

「身どもは坂田主水《さかたもんど》でござる」

と、若侍もさきほどと打って変わって丁重に口をそろえた。

おば様といったので誤解が生じたようだが、瑞江はあえて正しはしなかった。わが家を訪れたときのご大層な様子や、このふたりの様子から察するに、おば様は相当に身分の高い御殿女中なのだろう。それにしても詫間老人にしろ坂田主水にしろ、御広敷勤めの侍は顔立ちからして、良くいえばやさしそうな人柄がにじみ出ている。悪くいうと、どことなく頼りなさそうな人たちでもあった。

御広敷とは奥御殿の広い玄関そのものを指す言葉であるらしく、瑞江はふたりのあとに従ってだだっ広い板の間を通り、奥に続く長い廊下を進んだ。

廊下の突き当たりには黒く縁取られた二枚の杉戸が見えた。主水は先に立ってその戸を叩き、隙間に口を寄せて何事かをささやいた。

「さあ、ここから先は、われら男どもはご遠慮いたさねばならぬ」

と、老人がおもおもしい口調になった。

主水は真剣な表情でこちらの顔をじっと見つめた。

「ようござるか。この御錠口《おじょうぐち》を入ったがさいご、容易に外へは出られませぬぞ。またかりに外に出られても、杉戸の内で見たことは断じて他言無用でござるぞ」

と、脅すようにいわれて呆然としているうちに、杉戸の片側が内からすうっと開いた。

主水が手を取って中に押し入れると即座に戸がぴしゃりと閉じる。急にあたりが真っ暗になってかび臭い澱《よど》んだ空気に包まれる。瑞江はいいようのない恐怖で足がすくんだ。

「浦尾様の姪御《めいご》と申されたのは、そなたじゃな」

きれいに澄んだ声に驚いて横を振り向くと、そこにすらりとした女人の立ち姿があった。

暗がりに一瞬ハッとするような美貌が浮かんで、清新な光りを放っている。なんともいえない芳《かぐわ》しい匂いがした。

「瑞江と申しまする。どうぞよろしうに……」

おずおずと頭を下げた。

「わらわは表使《おもてづかい》を務める真幸《まさき》と申す者じゃ。瑞江どの、さあ伯母上のもとにご案内をいたそう」

真幸と名乗った女は生真面目《きまじめ》そうな感じの美人であった。物腰は落ち着いているが、顔は薄化粧で若々しく見え、年齢はちょっとわからない。よく見ると真幸のそばにもうひとり、ひざまずいて顔を伏せる女がいた。

瑞江はふたりのあとに続いて左右をきょろきょろ見まわしながら足を運んだ。廊下の隅々に金網を張った箱形の行灯《あんどん》が置かれて暈《かさ》をかぶった月のような鈍い光りを放っているが、最初のうちはまだ薄暗く感じられた。しだいに明るくなってきたのは闇に目が馴れたばかりではなく、廊下の先に中庭が広がっているからで、前を歩くふたりの姿もおのずとはっきりしてきた。

真幸はおば様と同じ片外しという髪形で、上品な藤色の紋付を着て生地は縮緬、帯は厚地の緞子《どんす》である。片やもうひとりの女は紬《つむぎ》の着物で帯は黒繻子、帯の結び方や髪形も真幸とはあきらかにちがって、身分にそれなりの差があるようだ。

紬の女が途中から先にいって、すぐまた戻って何か耳打ちすると、

「今はご自分のお部屋にお戻りじゃそうな」

と真幸は独り言のようにいって、廊下の右手に伸びた細い通路に進んだ。薄暗い通路は右に左に折れ曲がり、瑞江はもうどちらの方角に向かっているのかわからなくなった。抜けだそうとしても自分ひとりでは抜けだせない迷路にはまりこんだかっこうで、先ほどちょっと話しただけのあの坂田主水や詫間老人が妙に懐かしく感じられるほどだ。

いつのまにかまた広い廊下に出て、あたりは急に騒がしくなった。何人もの女たちがこちらを見て通り過ぎる。が、瑞江の目は足早に進む真幸の背中を追うのがやっとのことで、周囲をゆっくり眺める余裕などない。ただ、かしましいおしゃべりや時おり混じる笑い声に甲高《かんだか》い叫びを耳がとらえ、脂粉や髪油の匂い、味噌や醬油の香り、そのほか何やかやと入り混じったむっとする空気を鼻が嗅ぎつけていた。

廊下は長く続いてだんだんと閑《しず》かになった。壁に突き当たる手前の部屋で真幸はようやく立ち止まり、戸口に向かって声をあげた。

「お頼み申す。旦那様はおいでか。表使の真幸じゃ」

戸がさっと開いてすぐ左に竈《かまど》が見えた。どうやらこちらは勝手口のようで、竈の隣りには銅張りの流しがあって、といだ米の入った釜も置いてある。二階があるようで、右手に幅の狭い段梯子《だんばしご》が見える。

台所を通り過ぎると薄暗い四畳間があらわれて、水屋の前でこちらに向かって平伏する女がいた。さらに続く六畳間は片側に押入《おしいれ》と天袋《てんぶくろ》が備わっていた。真幸は正面の襖《ふすま》を開けて中に入っていったが、瑞江はここでしばし待つようにいわれて、毛すじほどにあいた隙間から洩れてくる光りを見つめていた。と、急に襖が大きく開き、ぱあっと明るくなって、外の爽やかな空気を感じた。

目の前にあらわれた十畳の座敷は向こう側の襖も開け放たれて、その先の小部屋、さらに先の廊下、彼方の中庭まで見渡せる。柔らかな日射しを浴びた中庭が左右の柱と欄《らん》間《ま》でうまく切り取られ、黄金色《こがねいろ》と鮮緑に彩られた山吹の前栽《せんざい》が生きた屏風絵《びょうぶえ》のように眺められた。

瑞江はすっかり度肝《どぎも》を抜かれていた。おば様の部屋はゆうに家一軒分の広さがあった。おまけに二階屋のようだから、わが家よりも間数《まかず》が多そうだ。それにしてもおそろしく縦長に徹した間取りなのが少し変な感じだ。

十畳の間には真幸の姿が左寄りに見え、ほかにも何人か女たちがいる。右手には立派な床の間と違い棚があって、その前に鶯茶《うぐいすちゃ》の着物に身を包んだおば様が脇息《きょうそく》に肘《ひじ》をつ

いてゆったりと座っていた。話しかけようとしたとたん、

「頭《ず》が高い」

びしっと声の笞《むち》が振り下ろされて、瑞江はあわてて畳にひれ伏した。

「入るがよい」といわれてこわごわ敷居を越え、おば様と向き合うかっこうで平伏したものの、怖くて顔があげられない。するとまたもやお叱りの声が飛んだ。

「それでは低い。もそっと面《おもて》をあげよ」

あわてて少し顔をあげたところで、

「そうじゃ。頭はそのくらいの高さでよい。背すじはもっとしゃんとしや。目上に対面するときは常に相手の胸に目がゆくようにするがよい。顔をまともに見てはならぬ。よいか、その姿勢を忘れるでない」

畳に両手をついて背すじを伸ばし、相手の胸に目をすえた姿勢はかなりきつい。自分は相手の顔が見えないのに、こちらの顔はじろじろ見られている感じでなんとも切ない気分である。が、瑞江は今や文句などいえるどころではない。以前から苦手だったおば様はここに来ていっそう威圧感を増し、こっちはすっかり怖気《おじけ》づいてしまった。

そばにいる女たちは召使いのようで、おば様が黙って扇の先を軽く畳に触れただけで、素早く煙草盆《たばこぼん》が前に置かれ、長い銀煙管《ぎんぎせる》が差しだされている。

「こう並べてお顔を拝見いたしまするど、やはり似ておいでてございまするなあ」

真幸の澄んだ声に応じて、別の女が「お身内か？」とささやく声が聞こえた。

「ほう。浦尾様に姪御がござったとは初耳でござりまする」

という驚きの声で、瑞江は顔が青くなった。実の伯母だと誤解されたのを放っておいたのはまずかったが、今さらもう取り返しがつかない。浦尾はさしてとがめるふうもなく、黙って煙草をくゆらしている。こちらは両手をついた姿勢でいまだに相手の顔も見られずにいるのが辛い。頼むから早くなんとかいってくれと叫びそうになる。

煙管を手から放しても、浦尾はまだ何もいわなかった。なんだか妙に考え込んでしまったふうで、膝に置いた両手がしきりに扇をまさぐって、すじの浮いた手の甲が微妙なふるえを見せている。が、ついに意を決したように扇をぱちりと鳴らすと、すぐさま違い棚から蒔絵《まきえ》の硯箱《すずりばこ》がおろされて、料紙《りようし》が手元に置かれた。

紙にさらさらと文字をしたためながら、

「そなたはこれより三之間《さんのま》に勤めるがよい」

と、おば様は平板な声で告げた。とたんに座敷中がざわついて、先ほどの女がふたたび驚いたようにいった。

「部屋子《へやこ》になされませぬのか。お身内でござりましょうに」

「思うていたよりも、薹《とう》が立っておる。されば部屋子の扱いにはしてやれぬ」

冷ややかに落ち着き払った声が周囲のざわめきをぴたりと止めて、瑞江はいったい部屋子とはなんなのだろうと思わずにはいられなかった。

「さすがは浦尾様。お身内とて、えこひいきはなされませぬのじゃなあ」

と、澄んだ声の持ち主はただただ感心したようにいった。

「宛行書《あてがいがき》じゃ。読むがよい」

おば様が瑞江の前に差しだした紙には「うめ。切米《きりまい》五石。金五両」と書いてあった。

真幸がすかさず横から紙に手を伸ばし、

「うめ、立ちゃ」

と、きびきびした口調で命じて自分も立ちあがった。瑞江はびっくりしながらわけもわからず真幸のあとに従って、ふたたび勝手口から元の廊下に出ていた。

廊下は畳一枚を横にしたほどの幅で延々と先に続いており、両側には部屋の戸口がずらずら並んでいた。部屋はどれも同じ鰻の寝床のような造りになっているのだろうが、間口はそれぞれちがって、おば様の部屋は飛び抜けて広いようだ。この大廊下をはさんだ一帯がたぶん長局《ながつぼね》と呼ばれる御殿女中の宿所なのだろう。

真幸のあとについて廊下を逆戻りしていると、突如前方が騒がしくなり、大勢の女たちが下駄をカタカタ響かせながらこちらに向かってきた。いずれも大柄な女たちで杉の丸太ん棒を前後で肩にかつぎ、水が入った玄蕃桶《げんばおけ》をぶら下げている。桶の重みで丸太が大きくしなり、女たちはいずれも顔を真っ赤にして息が荒い。

「なんでございましょう……」

と、瑞江が思わずつぶやくと即座に返事があった。

「お末《すえ》の女中じゃ。日に三度ああした水汲みをせねばならぬ」

お末と呼ばれる女中たちは玄蕃桶の水を各部屋の前に置いてある銅縁《どうぶち》の水瓶に注ぎ込んでいた。日に三度も重たい水桶を運ばされるのはさぞかし辛かろうと思いつつ、ああ、これが女だけの暮らしなのだ、と瑞江は今さらのように感じた。ここには女しかいない。だから苛酷な力仕事も厳格な命令も、何もかもすべて女たちの手によって運ばれているのだった。

廊下の左側に並んだ戸口のひとつに真幸が「小萩《こはぎ》どの」と声をかけると、すぐさま小柄な女が飛びだしてきて、先ほどの宛行書を受け取った。

「三之間の頭《かしら》を務める小萩どのじゃ」と真幸にいわれて、瑞江は直《じき》の上司になる女と対面した。

真幸にしろ、小萩にしろ、おば様の浦尾にしろ、いずれも親からもらった本名ではなく、ここで新たに与えられた御殿名であるらしかったが、瑞江は自分が「うめ」と呼ばれることで大いにとまどっていた。

「うめ、当座はつらいこともあろうが辛抱しや。何かあれば相談にのりましょう」

と、真幸が美しい笑顔を見せて立ち去ると、瑞江は目の前の光りがふっとかき消されたような心細さを感じた。

「ずいぶんとご親切になさっていたが、そなたは真幸どのの縁者か」

背の低い上司がこちらを見あげておずおずとたずね、瑞江は即座に首を振った。おば様のことはもう話さないほうが賢明だと思われた。小萩はこれで手加減は要らないといったふうに背伸びをして胸を張り、

「ならばそこに座ってまずこれを読んでみや」

と、こちらを戸口に座らせて一枚の書付《かきつけ》を手渡した。

一つ、御法度《ごはっと》を堅く守ること。一つ、けっしてわがままをいわぬこと。一つ、朋輩《ほうばい》と仲良くして陰口はきかないこと。一つ、ここで見聞きしたことはけっしてよそで口外しないこと、などと瑞江は誓詞《せいし》の文言《もんごん》をいちいち声に出していわされた。

小萩に連れられていくつかの部屋に挨拶まわりをしたあとは、行灯に洗い桶、鍋に包丁、お椀に箸といった住み込み道具の一式を元締詰所《もとじめつめしょ》で受け取って自分の部屋に運ばなくてはならなかった。部屋は台所付きの六畳一間で二階は物置になっているらしく、奥のほうの縁側は土蔵の白壁に面していた。

部屋にはほかにひとがいなかったが、戸口に「まつ」「たけ」と記した紙が貼ってあり、どうやら三人部屋のようである。その名札を見て瑞江は急に涙ぐみそうになった。

ふたりが部屋に帰ってきたとき、瑞江は戸口で手をついて出迎えた。

「うめと申しまする。どうぞよろしうお願い申しあげます」

まずは尋常に挨拶をすれば、

「まつじゃ。よろしうに」

と、頬骨が張って口の大きな娘がちょっとえらそうにいった。

続けて瓜実顔《うりざねがお》でおちょぼ口をした娘がかわいらしい声を聞かせた。

「たけでござりまする。どうぞよろしうに」

瑞江はそこから先ふたりと何も話せない自分に驚いていた。人見知りなたちではないはずなのに、部屋の隅っこで黙ってうつむいているしかない。最初からもっと自分らしくのびのび振る舞いたいと思っても、瑞江が「うめ」に改《か》えられたことで、自分らしさまで奪われていた。

めくるめく一日が終わりを告げて、三つ横に並べた蒲団《ふとん》の中でもこんどは眠れない自分に参っていた。最初はふたりのひそひそ話や廊下に響く火の用心の拍子木《ひょうしぎ》が気になった。それがおさまるとふたりのいびきや歯ぎしりが耳についた。ようやくうとうとしはじめると、赤子が泣くような気持ちの悪い猫の鳴き声がそれを邪魔した。

「うめどの、起きなされ」

と、揺り起こされたときは障子の外がまだ真っ暗だった。行灯の明かりで素早く身ごしらえをして、おまつから棕櫚箒《しゅろぼうき》と雑巾を受け取り、手燭《てしょく》の灯で照らされた縁側をしずしずと歩む。ほかの部屋から出てきた者もたくさんいた。縁側は左に折れてそのましばらく続き、中庭に面した縁側と交わるあたりで一行は右手に進んだ。

寝不足のせいもあって、瑞江は気が遠くなるほど長い廊下を歩いた末に、前に見た御錠口と同じような黒縁の杉戸の手前で部屋からはいてきた草履を上草履《うわ》にはき替えるよういわれた。杉戸の向こうは板敷の廊下が畳廊下に変わって、いよいよここからが御殿の中なのだろう。が、あたりは真っ暗で一行のうちの何人かが携えた手燭の明かりだけを頼りに奥へと向かう。

手燭の火が各所で燭台に移されると、あたりは急にぱあっと明るくなった。金箔《きんぱく》をほどこした張付壁《はりつけかべ》と金襖が目にまばゆく、白砂青松《はくしゃせいしょう》の襖絵や格天井《ごうてんじょう》を彩る花々が蠟燭《ろうそく》の炎にゆらめいて、まさしく極楽にでも迷い込んだ心地だ。

御殿にはこうした広い部屋がいくつもあって、一段高くなっている御座所《ござしょ》の床の間や違い棚を慎重に羽箒《はぼうき》で払い清め、棕櫚箒で畳のすみずみまで掃いたあとは、着物の裾《すそ》をからげて縁側の雑巾がけまでしなくてはならなかった。

夜がしらじらと明け、庭の緑がはっきりしだしたころには、もうこのままごろんと横になりたいほどのくたびれようで、ぼうっと霞んだ眼に天女の一群が舞い降りてきたと見えたのは、色とりどりの裲襠を羽のようにひるがえした上輩《じょうはい》の御殿女中たちだった。

掃除がすんだあとは三之間と呼ばれる小部屋に十人ばかりで座ってじっとしている。

掃除を一緒にしたおまつは正午でおたけと交替したが、瑞江は暮れ六ツまでじっとここで座っているようにいわれた。

三之間は角部屋で、畳廊下に面した二方向は襖が開けっ放しだから、そこを通る上輩の女中たちにいつ姿を見られてもいいよう、きちんと正座をして控えていなくてはならない。おてんばな娘にとってはまさに難行苦行の連続だった。先輩がときどき立ってどこかにいくが、出仕初日の新参者は勝手が何もわからず、ただ黙って部屋の隅で川底の蜆貝《しじみがい》のように縮こまって、ひたすら睡魔と闘っている。

うとうとしながら聞きつけたのはあわただしい足音だ。見れば真幸が狭い廊下をはさんだ目の前の部屋に入ってゆく。そこからまた出てくると、三之間の先輩のひとりが素早く立ちあがって、ほかの者は一斉に両手をついた。瑞江も皆に倣《なら》って顔を伏せたまま「お通りあそばします」という大きな叫び声を耳にした。廊下にいた者までがその場でひざまずくという何やら異様にものものしい雰囲気のなか、真幸に続いて向かいの部屋から出てきたのがおば様だということだけはわかった。

その後ふたりがどこへ消えたのかは皆目見当もつかなかった。ただ半刻《はんとき》ほどして、おば様が独りでもどってきた様子は部屋の隅からそっと窺えた。

一歩進むごとにため息をつくような重い足取りで、裲襠の裾を引きずる音がえらく悄然として聞こえ、瑞江は思わずうわ目づかいになった。肩を落とし、あごを引いた姿勢で、襟先《えりさき》を握りしめる手が緊迫していた。目をつぶって青い眉根を寄せた沈鬱な表情は見る者をさらにどきっとさせた。

こちらの視線に気づいたように、相手が首をめぐらすと、一瞬のうちに、これまでややおぼろげだったおば様の顔が、深いしわまでも鮮明になって、確かな像を結んだ。瑞江がハッと面を伏せたくなるほどに。相手は恐ろしい無表情で、暗い眸をしていた。

瑞江はこの夜、またしても気が立って寝つけなかった。耳障《みみざわ》りなひそひそ話や迷惑な猫の声のみならず、昼間に見たさまざまな光景、なかんずく最後に見たおば様の恐ろしい顔がまぶたを襲って安らかな眠りを妨げていた。

二

表の侍たちと同様に、奥御殿で勤める女中たちにも身分のちがいが歴然としていることを、瑞江はここに来た当初から思い知らされた。

表の御家老《ごかろう》に匹敵するのが御年寄《おとしより》の浦尾で、もうおば様などと気安く呼べる相手ではなくなった。以下の席次は中老《ちゅうろう》、御側《おそば》、御次《おつぎ》、三之間と順々に続いて、一番身分の低いお末は廊下や湯殿や厠《かわや》の掃除、水くみなどの下働きを一手に引き受けている。

席次とはまた別に役付があって、例の表使の真幸は御広敷の役人との交渉や面会人の案内、他家への文使いなど、いわばここの窓口の役目を果たしていた。ほかに文書を扱う右筆《ゆうひつ》や、裁縫で仕《つか》える御物師《おものし》というような、特技をもって勤めている女中がある。毎晩火の用心の拍子木を鳴らして長局を巡回する御火之番《おひのばん》、表使の手伝いをする御使番《おつかいばん》といった役目はお末から選抜された者が務めていた。

御年寄は奥方のご相談にあずかり、女中一統を束ねる役で、中老はその補佐をして奥方や姫君のお相手をする。御側は文字通り奥方や姫君のそば近くで介添えや遊び相手を務め、御次は次の間に控えて着替えのお手伝いをするなど、いずれも奥方や姫君のお世話係であった。

三之間やお末になるともう殿様や奥方のお目通りさえ許されない。したがって御殿に詰めているあいだは目上の女中たちの世話係を務めるかっこうだ。長局には部屋方と称する召使いがいても、御殿に出入りはできないから、三之間が代わって昼食の給仕やらお茶くみやら時には着替えの手伝いなどもするのだった。

三之間は殿様や奥方の前に出るわけではないから気楽といえば気楽なもので、まだ躾《しつけ》がちゃんとできていない娘でもなんとか勤まる。軽輩の子女や裕福な町家の娘が行儀見習いで勤めるときはたいがいここに入れられるらしい。

御殿の勤務は三番勤めといって、三人が一組となって三日交替で出仕と退出の時刻をずらしてゆく。三之間の一番勤めは夜明け前の掃除にはじまって夕刻まで御殿に詰めるという実に厳しいものだが、二番は夜明け前からお昼まで、三番は午後の出仕というふうにわりあい楽ができた。

しかしながら新参者は初日から立て続けにひと月のあいだ一番勤めが課せられる習わしだといい、瑞江は五日もすればへとへとになっていた。長局に戻って夕食をとり、身のまわりの用事を片づけると、あとはもう相部屋の朋輩《ほうばい》とおしゃべりする気力もなくてすぐに蒲団へもぐり込んでしまう。もっとも余計なことを考えずに眠れるようになったという点では幸いなのかもしれなかった。

昼間にお茶くみをしているときに、

「そなたも大儀じゃのう。御年寄もあんまり片意地にならずに、部屋子になさっておけばよかったものを。真《ほん》につれないお方じゃのう」

と同情の声を寄せたのは、最初の日に浦尾の部屋でこちらを見た御側のひとりで、鳴《なる》瀬《せ》という面長で上品な顔をした中年の女である。

同じ行儀見習いをするのでも、部屋子なら長局にいて部屋の主に行儀作法を教わり、茶の湯や音曲や聞香《ぶんこう》といった習い事をするだけですむ。身のまわりの世話もすべて部屋方の召使いがやってくれる。部屋子とは、つまりわが子のいない御殿女中の娘分のようなもので、位の高い女中が身内を呼び寄せたときは部屋子として扱うのがふつうだという。

浦尾は敢えてそうはしなかった。なぜそうしなかったのかは、瑞江にもわからない。もともと情が薄いひとなのだろう、と思うしかない。それなのになぜ呼び寄せたのか、今さら考えてもしょうがないし、考えれば考えるほど何もかもが腹立たしく、恨めしくなるばかりだった。

余計なことを考えずに過ごすなら、ひとは屋根のあるところならどこでも安らかな眠りが約束されて、日々ちょっとした楽しみが見つかるものだ。夜明け前の暗がりで仲間同士おしゃべりをしているとたわいもない話でも親しみが湧いた。朝日が顔を出して次第に色づきはじめるときの庭の眺めはとてもきれいで、その日の天気によっておもしろいようにちがった。刻々とかたちを変える木影、朝露できらきら光る前栽に見とれて雑巾がけをしていると、時折めずらしい小鳥が縁側に飛んできて目を楽しませてくれた。

ところがようやくからだが馴れてきたかと思えた十日目の夜に、瑞江は上司の小萩に呼びだしを喰らうはめになった。

「うめどの、一体どういうおつもりじゃ。なぜ隠しておられた」

と、いきなり責め立てる小萩の部屋にはすでに先客があった。大柄な女で、腹に座蒲《ざぶ》団《とん》でも巻きつけたようにでっぷりしている。顔は縦より横幅のほうが広そうで、お末の髪形であるしいの字髷がえらく小さく見えた。貧弱な小萩と並ぶとおかしなくらい不釣り合いで、逆にいい組み合わせにも見えたのは、お末頭《すえがしら》のお滝《たき》という女であった。

「真幸どのがえらく親切になさっていたので、どうもおかしいと思うておった。左様に大切《だいじ》なことを、なぜ初手《しょて》に打ち明けてはくだされなんだ」

小萩は湿っぽい口調で瑞江が浦尾の縁者であることをなぜ隠していたのかとなじった。ここに来た最初の日、真幸のそばにいた御使番の口から噂が流れたらしい。聞き捨てならぬと思ったお末頭のお滝がこうして小萩にご注進に及んだというわけだ。

部屋子にしなかったのは浦尾の判断で、瑞江が責められるいわれはないのだけれど、小萩はくどくどと詮なき愚痴をこぼしてこちらを閉口させた。最初から話していたら、おそらくもっと大変だっただろう。幸いお滝が途中でとうとう見るに見かねたらしく、袖を引っ張って強引に部屋の外に連れだしてくれた。

「ありゃ見かけ通り、肝っ玉が小っちゃい女だから、もう放っておいたがいいよ」

と、これまた見かけ通りに肝っ玉の太そうな女はいう。

「あの女はもともと砥部家《ここ》の足軽の娘で、嫁いだ先から戻されてお勤めをするようになったという話だ。まあ、そういった出生《でしょう》が出生だから、いつもああやって上の顔色を気にしてんのさ。そこへいくと、あたしらのように町で喰い詰めてここへ流れて来たもんは、だれにどう思われようがへっちゃらさ」

お滝は下腹を揺すってひとしきり笑った。それから少し真面目な顔つきになった。

「お前さんが入ってきたときから、ここの様子がちょっと変なんだよ。今は殿様が国元においでで、お留守のここはふだんもっとのんびりしてるはずなのに、どうも上のほうのぴりぴりしてる様子が、あたしら端下女《はしため》にまで伝わってくる」

お滝はじろじろとこちらを見るが、瑞江はまったく身に覚えがない上に、そもそもこの空気が変わったのかどうかすらわからないのだから返事のしようがない。ただ想いだされたのは、御殿に初めて出仕した日のことだ。浦尾がどこかに姿を消して、戻ってきてからの様子が変だった。部屋に閉じこもりきりで、その緊迫した気配が伝わって、三之間は針の落ちた音が響くほどにしいんとしていたものだ。

次の日もまた同じようなことがあった。たしかにここで何か異変が起きたのだろうが、それを知っているのは浦尾と真幸だけか、ほかにいるとしてもほんの一部の上輩にちがいない。御殿女中とひとくくりにいっても、御年寄とお末では家老と足軽中間《ちゅうげん》ほどに身分がちがって、直には口もきけないらしい。

「御年寄がおば様だってんなら、何か聞かされてんじゃないかと思ってねえ」

と、お滝は探るような目つきをしたが、瑞江はむろん黙って首を横に振った。

翌日の夕刻、小萩は瑞江とおまつとおたけの三人を呼んで、理由はさすがにいわないものの、向後《こうご》は新参者の扱いをやめて通常どおりの三人交替にするよう申し渡した。ところがそれによって瑞江の居心地はかえっていっそう悪くなったのである。

「うめどのは廊下にドタドタと大きな足音をさせて、まるでお末のようじゃのう」

と、おまつがからかう口調には今までにない毒が感じられた。

おまつは肩幅が広くて胸も豊かなふくらみがある。頬骨が張って口が大きい、見るからに気が強そうな娘だが、あの小心な小萩と同じで父親は砥部家中の軽輩らしい。

片やおたけは裕福な町家の出で、ふっくらした瓜実顔におちょぼ口をした一見おとなしそうな娘である。ぴらぴら簪《かんざし》を付けた筥迫《はこせこ》をはじめ、持ち物すべてをかわいらしい色と柄でそろえて、よく他人に見せびらかしている。衣裳の着方にもこだわる娘だが、

「あら、帯の結び方がおかしいわよ」

と、ある日廊下の真ん中でやの字結びの帯を解かれてしまい、瑞江は立ち往生するはめになった。

三之間はほかの部屋にも大勢いるが、いつしかだれもが一様によそよそしくなって、以前のように親しい口をきいてくれない。わざとこちらを見ながらひそひそ話をして、近づくとさあっと逃げてしまったりする。

御殿と長局の境には上草履にはきかえる場所があって、上輩の女中たちはそこで部屋方の召使いに自分の草履を預けるが、三之間は各自でわかるようにして棚に並べておく。ある日瑞江はそれが見あたらなくてうろうろした。そこらじゅう探しまわっても見つからず、あきらめてその日はおたけに頭を下げて控えの草履を貸してもらい、次の日に頼んで新しいのを手に入れようとしたら、お末のひとりが廊下の隅の物置で蜘蛛《くも》の巣にま

みれていたのを持ってきてくれた。

　この日は無事に見つかったものの、歩きだしたとたん前につんのめって、瑞江はばったり倒れてしまった。床板にぶつけた肩の痛みをこらえて草履に目をやると、紅い天鵞《ビロー》絨《ド》の鼻緒《はなお》が根もとでぷっつり切れている。大勢の朋輩がこちらを見てくすくす笑っていた。若い娘は箸がころんでもおかしいというが、瑞江は腹にすえかねた。ばかばかしい悪戯《いたずら》だと受け流そうとしても、それができない。馴れぬ御殿勤めと他人と一緒の暮らしで心身ともに弱り果てているのだろう、不覚にも目頭が熱くなって今にも涙がこぼれそうだ。なんとか一年は辛抱するつもりで来たものの、今はもう一刻も早くここから抜けだしたい。こんなところに長くいれば、行儀作法どころか意地悪な嫌がらせだけが身につくようで恐ろしい。

「それはきっとおまつどののしわざよ」

　ふいにそばに来て耳もとでささやくのはおたけである。

「前にあたしもずいぶんとやられたのよ」

と、おちょぼ口をとがらせてこちらの味方のようないい方をするが、油断はならなかった。

　御殿女中の大方はふだん外出が許されないから、外に出る機会の多いお末の御使番にさまざまな買い物を頼んでいる。紅や白粉、髪油、糸や針、薬といった細かな日用品はおたけが三人の分をまとめて紙に書いて注文しているが、瑞江が頼んだ品はついぞまともに届いたことがないのだった。

この日も案のじょう夜になると、

「うめどのは、わたしが草履の鼻緒を切ったようにいわれたそうじゃのう」

と、おまつが面と向かっていった。あわてて横を見ると、おたけがおちょぼ口に手を当ててきょろりと目をそらす。

おまつはここぞとばかりの剣幕で、どだい新参者のくせに生意気だというような文句をいい立てた。日ごろ部屋であまりしゃべりもせずいつも先に蒲団にもぐり込んでしまうのは礼儀知らずもいいところで、少しは先輩に気を遣ってお愛想のひとつでも言えないどとさんざん罵《ののし》ったあげく、

「御年寄のご威光をかさに着て、出過ぎた振る舞いはなされまい」

ぽろりと本音がこぼれた。

そういわれて、瑞江は急にかあっとからだが熱くなった。積もりに積もったものが腹の底からこみあげて、

「来たくてここに来たわけではないっ」

と、ついに癇癪《かんしゃく》まじりの大声が飛びだした。おまつとおたけはびくっとして互いに手を取り合った。瑞江はわが家で弟の平左衛門や父の手下の若い者をよく大声で叱りつ

けたが、それが妙なところで役に立ったという塩梅《あんばい》である。

女たちはおとなしくしていればどこまでもつけ込んで来るが、面と向かって本気で闘うつもりになれば案外ともろい。瑞江はつかみ合いの喧嘩になれば、負けない自信があった。

同じ意地悪でも陽気なそれはまだしも始末がよい。おまつはその後も廊下でわざとぶつかって手桶の水をこぼさせたり、知らぬ間に背後から忍び寄って髷を崩したりしたが、瑞江はそのたびに「何をなさる」と喰ってかかって、時にはやり返す。むしろ油断がならないのは、そうしたふたりの様子を見ておかしそうに笑っているおちょぼ口のほうだろう。

長局を東西に貫く大廊下をはさんで南棟は一ノ側《かわ》、北棟は二ノ側と呼ばれて、美しい中庭に面した一ノ側には御年寄、中老、御側といった上輩が、御次以下の女中は土蔵に面した二ノ側で暮らしている。同じ側だと西にいくほど格が高くなり、一ノ側の西端はいうまでもなく浦尾の部屋、例の真幸の部屋は浦尾の向かいで二ノ側の西端に当たり、瑞江らの三人部屋は二ノ側の東寄りにあった。両側とも御殿に出仕する廊下はいずれも縁沿いで、大廊下は勝手口に当たるため、上輩たちはめったにここを通らない。よく通るのは上輩の召使いやお末、そして毎晩自炊をしなくてはならない瑞江たちだ。

今宵は夕食後にまたしてもおまつと喧嘩となり、ふたりしてわめきながら大廊下に飛びだして、互いの帯をつかんだところで声をかけた者がいる。

「あんたらは、活《い》きがよくていいねえ」

と、でっぷり太った女があきれたような顔でこちらを見ていた。網行灯《あみあんどん》の光りでぼんやりと浮かびあがったその顔は、小萩の部屋で会ったお滝である。身分の低いお末とはいえ、劫《こう》を経た古狸は若い娘に遠慮なんぞしない。

「お前さん方はいくつにおなりだい。嫁入り間近い年ごろで、つかみ合いの喧嘩もないもんだ」

おまつはさっと横を向いて部屋の中に引っ込んでしまったが、瑞江は先日の一件もあるのでそうすげない振る舞いもできない。相手はまた無遠慮にじろじろとこちらの顔を見ている。

「お前さんの容貌《きりよう》もまんざら捨てたもんじゃないけど、アハハ、そんなおてんばじゃ、部屋子になれなかったはずだ。からだのほうはもう立派に殿様のお相手がつとまるだろうにさ」

お滝がにやにやして、瑞江は一瞬きょとんとしたが、すぐその意味に気づいて顔が赤らんだ。

「どれ、余が吟味《ぎんみ》してやろう」

と、お滝はふざけたようにいって手を伸ばす。いきなり着物の上から胸のふくらみをさわられて、娘は本気で腹を立てた。

「無礼者、何をするっ」

手首をつかんでねじれば、おおげさに顔をしかめて、

「アイタ、タ、タ、もうわかったから手を放しとくれよ。武家のお嬢様にご無礼を申しあげたのはこっちが悪かったよ」

と、あっさり音《ね》をあげた。こちらが放すとしきりに手首を揉みながら、

「けど、お前さんは変わった娘《こ》だねえ。町方の娘じゃないのはわかるけど、ご家中《かちゅう》のようにも見えないし……お父《とっ》つぁんは一体どういうお方なんだろうねえ」

「町方の同心じゃ」

とっさに正直な答えが口をついて、相手はヘエと驚きの声を放った。

「こいつァたまげた。そんならお前さんのお父つぁんは、八丁堀《はっちょうぼり》の旦那ってわけかい」

お滝はやけに喜んでいるが、それは無理もなかった。町奉行所の同心は武士のなかでも町人にもっとも馴染みが深い。

「ここに勤めるのはご家中のお娘《むす》で嫁にいきそびれたのやら、貧乏で口減らしにされたのやら、金持ちの娘が行儀見習いで来てるのやらいろいるが、八丁堀のお嬢様ってのはこれまで見たことも聞いたこともないよ。八丁堀の旦那なら、何も娘を稼ぎに出さなくたってよさそうなもんだがねえ」

と、お滝は左の袖口に右手をそっと差し入れるしぐさをした。それが何を意味するのかは瑞江もなんとなく知っている。町方の同心は三十俵二人扶持《ににんぶち》と俸禄は至って少ないけれど、何かと余禄があって、暮らし向きはわりあいに豊かなほうなのだ。

「やっぱりおば様のご縁でここに来たってェなわけだろうけど、それにしても砥部家《ここ》の御年寄と町方の旦那が縁続きとはふしぎな話だねえ」

お滝にいわれるまでもなく、そのことは瑞江自身も頗る《すこぶ》ふしぎに感じていた。一体全体わが家はどういうわけで外様《とざま》大名の御殿女中と縁ができてしまったのだろうか。

「あの方は、いつからここにおいでなのでしょう」

と、瑞江は思いきって自分のほうからたずねた。

「さあ、あたしがここへ来るより前からおいでだったのはたしかだけど……まさかお前さんからそんなことを訊かれるたァ思いもよらなかったよ。おば様に身の上話を聞かされたことはないのかい」

「あの方は、実は伯母ではなく……去年亡くなった母の縁者だというだけで……」

「へええ。似てる気がしたけど……そういわれてみりゃ」

お滝はふっと笑いだした。

「安心しな。お前さんのほうがずっとかわいらしいお顔だよ」

瑞江は噴きだしそうになってがまんした。久々に少し心が晴れたような気がする。

「あたしゃお勤めしてかれこれ二十年近くになるが、あのお方はここに来た当時はまだ、今の真幸さんのような表使をなさってたはずさ。それがあっという間の出世で、四年前に御年寄になられたんだよ」

「へええ」

と、こんどは瑞江のほうが少し驚いている。ここには御直《おじき》のご奉公をする女中だけでも七、八十人からいて、部屋方の召使いを併せると百を上まわる大人数だろう。浦尾はその頂点に最初から君臨していたわけではないという。つまりここは意外にも勤め方しだいで昇進という道が開かれているらしい。

「あのお方はふだん地味でおとなしく見えたから、いきなり御年寄になって大勢をうまくまとめていけるかどうか、初手は心配する向きもあったけど、そんな取り越し苦労はあの火事で吹っ飛んじまったよ」

お滝は浦尾が御年寄に就任した翌年の春に目黒の行人坂《ぎょうにんざか》にある某寺院から出火して、江戸中が火の海になったときの話をした。目黒から千住《せんじゅ》まで焼き尽くした火は当然ここにも押し寄せて、表の侍たちは殿様の指揮の下、長屋と塀の内側に火を入れないようにするので手いっぱいのありさまだった。ふつうなら女ばかりの奥御殿は阿鼻叫喚《あびきょうかん》のありさまとなったところだが、浦尾がどっしりと構えて指揮を執ったので、皆もさほど激しい動揺をせずにすんだのだという。

火が近づく前に浦尾はまず御広敷の中間やお末らに奥庭の泉水から水をありったけ汲んでこさせて、あらかじめ火の粉がかぶりそうな屋根と板壁をことごとく濡らしておいた。奥方と姫君の警固《けいご》は中老と御側に任せ、御次と三之間はいざとなったら庭に運びだす大切な調度や道具の類をひとりがひとつずつ受け持つよう事細かに指示を出した。

「人は目の前にやることがあると、どんな修羅場でもふしぎに気持ちが落ち着くもんなんだよ。ふだんは物静かなお方だが、あのときばかりは火事装束《しょうぞく》に身を包んだ若武者のようなりりしいお姿で、ときどきびっくりするような大声を出して叱ったり、励ましたりなさっておられた。以来、ここにいるだれもが一目を置くようになったってわけさ」

と、お滝は自身が断然それで敬服したようだった。

あの大火の折は瑞江も母や弟とわが家を守るので必死だった。大火の直後、父は多忙を極めてほとんど家に帰って来なかった。母は無理がたたってからだの具合を悪くした。町の様子もがらっと変わって、各家でかならず何かしら不幸がつきまとったものだと聞く。この砥部家の奥御殿でも、浦尾の活躍の陰に隠れてきっとさまざまな幸と不幸が起きていたにちがいない。今なおそのときの残り火がくすぶり続けているということだってあるのかもしれない。

ともあれ太平の世にあっては大火が武士の力量を試す唯一の時とされるが、浦尾は女ながらに行人坂の大火でここの信任を得たらしい。

「表使からいきなり御年寄になるってェのは滅法界《めっぽうかい》な出世だから、当時は妬《や》っかむ連中も相当いたと思うけど、結句あのお方でよかったんだよ。ひとの上に立つ器量を備えた女はそうたくさんいるもんじゃないからね。まあ、あのお方のあとがまになれるのは、また表使の真幸さんてとこかもしれないよ。なにせ真幸さんを三之間から取り立てて表使にしたのは浦尾様だからねえ」

瑞江はさらにまた意外な話を聞いた気がした。真幸が浦尾に畏敬の念をもって接しているのは初対面でそれとなく感じられたが、三之間からでも出世の道が開けるというのは驚きだ。

ここで長く勤めて出世をする気になれば、あの浦尾のように、小身の武家の妻にはとても真似のできない贅沢な暮らしが待っている。けれど真幸は浦尾とちがってまだ若いから、一度も嫁がずに勤めたのではなかろうか。あんなに美しいひとが一生嫁がずにここで勤めるつもりなのだろうか、などと瑞江はなんだか変なふうに気をまわしてしまう。

お滝がこちらの表情《かお》を見てにやりとした。

「お前さんもここで出世がしたけりゃ、せいぜい辛抱してお勤めに励むこった。もっとも女の出世はけっして一本道じゃないってのを心得ときなよ。ここでも道はふた通りにはっきりと分かれてるのさ。今は狭い一本道のようにしか見えないだろうけど、いいかい、お前さんは若いんだから、ここでもどこでも、まだいつだって振りだしにもどせるんだよ」

と、大年増の女は最後のほうで何やら淋しげな余韻をもたせた。

瑞江はお滝のいう話が本当は半分ほどもわからなかった。ただいつでも振りだしにもどせるといわれたことで、幾分かほっとするところはある。出世どころか、いつかはここを出てゆけるのが今は唯一救いの道のように思えた。

おまつとおたけの目立つ嫌がらせは収まったが、朋輩はもうだれも親しい口をきいてくれない。夜明け前の掃除でも、昼間の詰所でも、口をきかないでいると唾液《つばき》が舌に重たくからみついて、糊のように唇を貼りつけてしまう。夜は夜でおまつとおたけの聞こえよがしの嫌みや、わざとらしいひそひそ話が耳に応え、寝床に悪夢をもたらした。

あのひとはどうしてこんなところに自分を来させたのか。ここに来てからずっと自分はいわれのない罰を受けているような気がする。瑞江は数々の仕打ちに耐えかねてはよく腹を立てたが、そのつど恨めしくなるのは朋輩よりも自分をここに追いやった父であり、さらに憎しみはここで御年寄と呼ばれるあの怖い女《ひと》に向かった。

三

「伝えておきたいことがある」

と父は臨終《いまわ》のきわに自分の手を取っていったものだ。

「わが家は、家にあらず、と心せよ」

笹岡伊織《ささおかいおり》は近ごろこうして道を歩いているときによくそれを想いだす。当時はまだ二十《はたち》にもならなかった。今やとうに四十を過ぎているが、粋な小銀杏《こいちょう》に結った髪はくろぐろして、顔にもしわは少ない。面長なやさ男で、町廻りの同心にはめずらしい穏やかな表情をしている。

早くに死んだ父が最期に何をいおうとしていたのかは、よく愚痴のように聞かされた話でおおかた見当がついた。

笹岡の家は父も祖父も、さらにもっと遡《さかのぼ》った先祖の代から町奉行所に勤める同心ではあるが、町方の同心は本来譜代の臣ではなくてその身一代限りのお抱えだ。毎年大晦日の夜にはかならず支配役の与力の家を訪問し、「此度《こたび》もまた重年《ちょうねん》を申し付くる」といい渡されて、やっと翌年のお勤めが許される、つまりは年季奉公も同然の身の上だ。八丁堀の旦那などとたてまつられても、実のところはいつ辞めさせられてもおかしくないお役目であることを大晦日の夜には痛感させられる。

お前は立派な家に生まれたわけではない。黙っていても代々受け継いでいけるような家をもたない身分なのだから、業《わざ》を懸命に磨くことでしか世の中は渡れないぞ、と父は諭《さと》すつもりだったのだろう。たしかにこの役目は当人の年季と腕だけがものをいう。

伊織が無足見習《むそくみならい》として北町奉行所に出仕したのはわずかに十三歳。そのかたわら八丁堀にある道場で竹内流《たけのうち》の柔術や、十手鉤縄《じってかぎなわ》の稽古《けいこ》をさせられた。奉行所でも、道場でも、はじめの十年は意地悪な先輩によく小突かれて、毎日油をこってり絞られたものだ。それが早《は》や三十年、今ではもう倅《せがれ》の平左衛門が鍛えなくてはならない年ごろだ。

今もし自らが死の淵に立てば、あの倅にどうしても伝えておきたいことがあるだろうか。いや果たして自分にいったい何が伝えられるだろう。十手鉤縄、捕物の身ごなしくらいなら教えてもやれる。だが肝腎の、倅がこの世を生き抜くための力となりそうなことはまだ何も伝えられないような気がした。

砂塵の混じった生温《なまぬる》い風が急に横なぐりに吹きつけて、小銀杏の髷《まげ》を揺らした。三つ紋付の黒羽織がバサバサと音を立てる。初夏の南風に逆らってひたすら大川の方角を目指す定町廻りの同心はほこりで白くなりながら、今はまだましなほう、つらいのはこれからだと、胸のうちで倅にいって聞かせるようにつぶやいた。

そのうち背中がじりじりと焦げつくような炎天の日が来る。黒羽織に白い汗じみが消えなくなる。そうかと思えば、凍てつく夜に雪駄ばきのつま先が何も感じなくなるまで駆けずりまわらなくてはならない。風に逆らい、雨をいとわず、来る日も来る日も江戸の町を足を棒にして歩き、踵《かかと》どころか背中にひびが切れたとまでいいたくなって、町廻りはやっと一人前だ。そこには親の自分が教えてやれる平坦な道や、近道はない。ともかくも自分の足でしっかりと大地を踏みしめることでしか何もつかめはしないのだった。親だからといってわが子に何が教えてやれるだろう。雛《ひな》の巣立ちと同じく、人の子も時が来ればおのずと自らの翼で勝手に飛んでゆくのではないか。

だがあの女はいった。人の子を育てるのは犬の子を育てるのとはわけがちがう、と。浅はかに生まれついた女子《おなご》はまわりが甘くすればするだけつけあがり、一生わが身かわいさが抜けぬろくでもない女になる。それがやがてまたろくでもない子どもを産んで世に送りだす。と、鼻にかかった声で傲慢《ごうまん》にいいつのったあげく、まわりをじろっと見まわして、

「このような家に若い娘を置いておくわけにもゆくまい」

と、無表情につぶやいたのが想いだされる。

どうしてお前がそこまで自信たっぷりにいえるのか。子どもを育てもしなかった者が何をえらそうに、と伊織は怒鳴りつけたいところを我慢した。思えば妻に死なれてしまえば、縁が切れたも同然だったのだ……。

妻が死んで、瑞江は変わった。箸がころんでもおかしいという年ごろで滅多に笑わなくなり、口を開けば突っかかるようなものいいをした。前から勝ち気な娘だったが、気が強くなるいっぽうで、こちらも手を焼いていたのはたしかだった。男児はともかく、年ごろの娘の躾はたしかに男やもめの手に余る。

しかしまさかあの娘があんなにすんなり承知するとは思わなかった。ひょっとして気づいていたのだろうか。いや、まさかそんな……。

伊織はふと、近ごろ逢った女の白いうなじを目に浮かべた。顔ではなかった。

仕方なかったのだ、と娘にいいたい気持ちもある。

「旦那、またお嬢さんのことをお考えで?」

駆け足でぴたりと横に張りついた穴子《あなご》の伝蔵が、こちらの顔をのぞき込んでいる。ひょろ長いからだつきで唇が分厚いこの男に、穴子というあだ名を献上したのは口の悪い倅である。わが家に出入りする岡っ引きの古株で、瑞江のことは幼い時分から知っている。妻が病みついてからは伝蔵の女房が何かと家《うち》の面倒をみてくれていた。

「しかし旦那のお嬢さんが御殿勤めってのは、どうも解《げ》せませんぜ。ああいうとこには、男が鼻をつまんで逃げだすような行かず後家《ごけ》どもがうじゃうじゃいて、みんな底意地の悪さを煮詰めた連中だってェじゃありませんか。いくらしっかりもんのお嬢さんでも、そんなところへやられた日にゃ気を病んでしまわれますぜ」

「嫁入り前の行儀見習いでいったつもりが、妙に高慢ちきになって戻ってきて、そんじょそこらの男は相手にできなくなり、かえって嫁にいけなくなったという話もよく耳にいたします。悪いことは申しませんから、どうぞおよしなすってくださいましな」

と、夫婦はこぞって心配を口にしたものだ。

もっとも瑞江が出ていって早やひと月たった今では「きなきな思いなさるこたァねえ。あのお嬢さんのこったから、なんとかうまくやってなさいますよ」となだめられ、「なあに、娘のことなんざもう忘れちまったよ」と軽く受け流すのが常だが、きょうの伝蔵はいつもとちがって、

「まあ、娘を持つと親御も何かと心配の種が尽きやせんねえ」

と、やけにしんみりしたいい方をする。

「手塩にかけた娘に相対死《あいたいじに》なんぞされた日にゃ、娘は浮かんでも親が浮かばれねえって話でさあ」

悪洒落《わるじゃれ》を交えたいい方ながら、声は暗かった。

きょうの午前《ひるまえ》、男女一対の屍体《ほとけ》が大川の百本杭《ひゃっぽんぐい》にひっかかった。伝蔵がその報せをもたらしたのは昼下がりで、

「見つけたやつも気がきかねえ。そのまま突きだしゃ、海に流れ出て済んだものを」

と皮肉な声を聞かせたのは、潮が満ちて流れ着いた死骸は海に突き戻してもよいとす

る御定法《ごじょうほう》があるからだ。

浮き死骸の扱いは流れ着いた町内に任せられ、かかり合うのが面倒だから、ふつうは見て見ぬふりをして流してしまう。が、ときどきこうして人が大勢いる岸辺に流れ着いたりすると、検使の役で出向かなくてはならない。報せを受けた同心が一瞬うんざりした表情を浮かべたので、先にそれを見てきた岡っ引きは、

「土左衛門とまではいかねえ、浮き死骸のわりには見やすいほうで」

と、なだめるようにいったものだ。

水に長く漬かってふくれあがった死骸と対面するのはぞっとしないお役目だ。伊織がまだ若い同心見習だったころは、かなり勇気を振り絞らなくては務まらなかった。

両国橋の上まで来ると土手のはるか向こうに黒い人だかりが見えた。橋の上でも皆そちらの方角に目を向けて、文字通り高みの見物を決め込んでいる。

伝蔵は先立って人混みをかき分けながら土手の坂道を滑り降りてゆく。尻っぱしょりの下に覗いたパッチの色と空の色はまだ同じような青さだが、河原に落ちた橋の影はすでに長い。もう引いてもいいはずの人波がなぜか今もそちらに向かって押し寄せている。

十町ほども歩くと、凄まじくふくれあがった人垣を透かして波除《なみよけ》の棒杭がちらりと見えた。夥《おびただ》しい数の棒杭に負けじと押し寄せた大勢の人びとの喧噪で、静かに打ち寄せたさざ波の音はかき消される。杭に腰かけて釣り糸を垂れる者なぞひとりもいない。彼

方の御厩《おんまや》河岸《がし》からもまだどんどんこっちに向かってくる。

野次馬どもを蹴散らして伊織はともかく前に進んだ。六尺棒を携えてぐるりと円を描く男たちがこちらを向いておじぎをした。人の輪の内側にお定まりの粗筵《あらむしろ》で覆ったものが見える。それにしてもこれだけ大勢の野次馬が集まるのは尋常ではない。

伊織は十手を高く振りかざして、周囲を叱りとばしながら輪の内側に入った。野次馬が背伸びして押し合いへし合いするなかで、さらに小さな人囲いを作って筵をひっぺがした。

伝蔵がいったように二体の浮き死骸は思ったほど凄惨な様子ではない。いささかおかしく見えるのは引き揚げたときのままにしてあるからだ。男女は互いの背中に両手をまわし、腰から下をくっつけて、死んでもなお生前のむつまじさを見せつけている。

「ずいぶんと仲が良いこっちゃねえか」

伊織があきれたようにいって振り向けば、

「へえ。わっちも、こんなのを見たなァ初めてで」

と、古株の岡っ引きが即座に相づちを打つ。

死んでも離ればなれにならないよう、心中する男女が互いのからだを縛って水に飛び込む例はある。だが息が苦しくなれば相手のからだを踏みつけて浮きあがろうとするから、こんなふうにみごとに抱き合って溺死したのはめずらしいのである。

「どれ、とくと拝見するか」

伊織はいつものようにかたちばかりの合掌で、死骸のそばに片膝をつく。まずは裾をぐるぐる巻きにした細引縄《ほそびき》に十手の先を差し入れた。さほど頑丈に縛ってあるわけでもなかった。

そもそも溺れ死にして底に沈んだ屍が土左衛門で浮上するには今の季節でも四、五日はかかる。この屍は水に漬かってまだ日が浅い。女が結った髷のかたちも残っている。顔は共に腫れぼったくて肌も青白いが、手の皮が白くふやけるところまではいかないようだ。

横向きに見える顔は共に目と口をふさいでいた。溺死ならたいがい鼻の穴や口角に細かい泡が噴きだしている。それがないということは、刃物で刺すか何かして飛び込んだ直後に息絶えたのだろう。

伊織は立ちあがって、ふたたび真上からじっくりと眺めた。先ほどの印象とはちがって、男女の様子が妙によそよそしく感じられる。どうしても命がけの恋をした仲に見えないのは、女の腰が引けて、男の背中にまわした手首が裏向きにそり返っているせいかもしれない。

女は薄茶地の紬《つむぎ》に、流行《はや》りの麻の葉文様を散らした帯。気軽な装いで、格別に死に支《じ》度《たく》をしたようには見えなかった。男の衣裳は藍色の大柄な格子縞で、どうやらただのお店者ではなさそうだ。顔は面長で、閉じたまぶたはみごとな切れ長と見え、鼻も高くて相当な美男子である。

片や女のほうはそう若くも見えない上に、水に漬かって腫れぼったいのをさっぴいても、十人並がせいぜいといったところか。逆ならまだしも、ずいぶんと不釣り合いな組み合わせという気がしなくもない。もっとも男女の仲は得てして他人の窺い知れぬところがある。

「さてと……」

熟練《てだれ》の同心があごをしゃくっただけで、古株の岡っ引きとその手下は男女の死骸を引き離しにかかる。ふたりを仰向けにして着物の前を強引にはだけると、たちまち死因があきらかとなった。二体とも鳩尾《みぞおち》の急所に水で洗われてきれいにぽっかりと開いた傷口が見える。が、肝腎の刃物は影もかたちもない。

自分たちを縛りつけて刺せば、刃物はくっついたからだのあいだに残りやすいのではないか。刺した刃物を引き抜いてから相手と抱き合うかっこうで自らを縛りつけるのは難しかろうと思われた。

「こいつは妙だなあ……」

伊織は独り言をわざと声に出していった。近所の番屋から来た書役《かきやく》が帳付けの手を止める。

「へえ、旦那。わっちもなんだか妙な心持ちで」

と伝蔵が勇んで相づちを打つが、伊織の思いとはかけ離れていた。

「さっき見たときはまさかと思っておりやしたが、こんないい男は滅多といるもんじゃねえ。旦那もさすがにお気づきで」

そういわれて、先ほどちょっと気になった男の顔をもう一度よく見たところ、

「こりゃたしか……」

「へえ。たしかに小佐川《おさがわ》十次郎《じゅうじろう》で」

伝蔵の口から江戸で今大流行りの人気役者の名が飛びだしていた。きっと最初に見つけた者の口から噂が流れだして、それがいまだひきもきらない人波を生みだしたのだろう。定町廻りの同心は芝居を検分するから小佐川の舞台を何度も見ているが、まさかこんなかたちで素顔に対面しようとは思わなかった。

「女のほうは何者だ」

「さあ、そいつはまださっぱり。十次郎から洗ってみるしかねえが……それにしても、どういたしやしょう」

と、伝蔵はがやがやする人垣を見渡して困ったふうにいう。

相対死は堅い御法度とされ、死骸はこのまま晒しものにしてもいいような話だが、片割れが人気役者だけに騒ぎが大きくなって収拾がつかなくなる恐れがあった。

またひとつ、これはただの相対死ではなさそうだという懸念がある。不義者の男女が夫の手で成敗《せいばい》されて水に浮かんだ例を見ているが、この浮き死骸はどうもそれに近い。女のほうは娘というよりも妻の年齢だ。しかし、ふたりが重なったところをぶすりとやったのではない。別々に始末してわざと相対死に見せかけようとしている。まずはふたりの仲を知る者に当たって、話を聞いてみたいところだ。

「男のほうはひとまず近所の番屋へ運べ。顔はしっかり隠していけよ。女のほうは、かわいそうだがここにしばらく晒しておけば、素性を知った者が出てくるかもしれん」

伊織はそういい捨ててひと足先に輪の外に飛びだした。死骸にたかるうるさい蠅にも似た連中から顔を背けたひょうしに、高い天空が目に飛び込んだ。先ほどよりも深い藍に染まって鴇色《ときいろ》の飛雲を浮かべた空は何やら凶々《まがまが》しいほどに美しかった。

四

ひとは名を改《か》えるだけでこうもまわりの扱いが変わるものかと、男は笑いだしたくなるのを抑えて鏡の中を覗き込んだ。デデンと鳴る打ち出しの太鼓までがこちらを調子づかせてくれる。

顔はひと月前と少しも変わっていない。頬骨とあごの張らない端麗な細面。高くて肉が薄い鼻先。ほどよい厚みの唇。眦《まなじり》までくっきりと二重になった切れ長のまぶた。深い井戸の底を見るような、くろぐろとして濡れ光りする眸《め》。舞台を終えて、こうして白粉を落としたあとは、きめ細かな肌が光沢を増して、われながらほれぼれするようない男ではないか……。

男はついにたまりかねて笑いだした。ばかな自惚《うぬぼ》れ屋だと思うがいい。役者は所詮ばかでなきゃ務まらぬ稼業でござんすよ。と、鏡の中のもうひとりの自分に向かってつぶやいた。

この生身の人間とは思えぬような作り物めいた美貌の持ち主が、三代目荻野沢之丞《おぎのさわのじょう》を名乗るようになったのはつい先月の出来事だ。去年、上方からやって来た若い女形《おんながた》が市村座で三代目瀬川菊之丞《せがわきくのじょう》に改名して世間をあっといわせたため、ここ中村座ではそれに対抗して大昔に知られた名女形の名跡《みょうせき》を蘇らせた。もっとも当代の沢之丞は元祖、二代目とは縁もゆかりもない。ただ美貌と芸の腕のたしかさで、この男ならまちがいなかろうという太夫元《たゆうもと》のお墨付きを得て、過去の大名跡を襲《つ》ぐかたちになったのである。

太夫元の目利きは正しく、思惑は図に当たった。この男には以前から根強いひいきがあったものの、先月にはじまった改名披露興行で世評がいっきに高まって、今月に入っても客足は一向に衰えをみせない。きのう、ついに興行の日延《ひの》べまで決まった。年齢はまだ三十路《みそじ》半ばだから、あと少なくとも十年、いやひょっとしたら何十年ものあいだ芝居町を背負って立つのではないかと噂されている。

一座の期待は待遇のちがいとなって如実にあらわれた。沢之丞改名後は太夫と呼ばれ、楽屋も二階の奥にある陽当たりがよくて静かな広い部屋が与えられた。目の前には高価な阿蘭陀《オランダ》渡りの鏡が置かれて、その身は緋縮緬《ひぢりめん》でこしらえたふかふかの座蒲団を尻に敷いている。もうだれが部屋に挨拶に来ても、鏡越しで応じてやればいい。役者稼業もここまで来ればずいぶんと楽になるものだ。それにしてもここに来るまでが……と、辛い過去を想いだせばつい涙ぐみそうになった。

突如「ごめんよ」と暖簾《のれん》を割って入ってくる姿を鏡越しに見て、沢之丞はあわてて座蒲団から滑りおりる。さすがにこの相手にだけは「これはこれは、太夫元」と手をつかないわけにはいかない。

亡くなった兄に代わって近ごろ新たに太夫元の座に就いた八代目中村勘三郎《なかむらかんざぶろう》は、大柄のでっぷりしたからだで押し入って部屋を窮屈に感じさせた。今をときめく人気役者の中村仲蔵《なかぞう》を育てあげた師匠であり、またこんどは三代目荻野沢之丞を誕生させた名うての興行師でもあって、こちらも遠慮はひとしおだ。

相手は見かけ通り陽気で磊落《らいらく》な反面、怒らせると何をされるかわからない怖さもあって、日によってご機嫌がころっと変わる男である。きのうは満面の笑顔で興行の日延べを伝えに来たのに、きょうはどうやら悪い日に当たったらしい。部屋の真ん中にどっかとあぐらを組んで押し黙ったまま、硬い表情でこちらを見ている。

「日延べの件で何か……それともきょうの芝居で何かいけないところでもございましたか」

おずおずとお伺いを立てはするが、いくら太夫元でもこんなにころころとご機嫌を変えられちゃたまらないよ、と文句をいいたくもなる沢之丞だ。

「太夫、ひょっとしてお前さん、まだ知らねえのかい」

片や勘三郎は意外そうな面《おも》もちでぼそっといって、懐中から煙草入れを取りだしている。沢之丞はあわてて煙草盆を前に置いた。

「まだ知らないのかって……そりゃいったいなんの話で？」

「錦屋《にしきや》のこったよ」

と、いつになく暗い声でもあった。

錦屋の屋号で呼ばれる小佐川十次郎が心中したという話を聞かされて、沢之丞は絶句した。舞台で演じるお姫様ならシェエエと叫んでのけぞるところだろうなあ、と胸の片隅でぼんやり思ったりもする。

「仏さんが見つかったのはきのうの真っ昼間らしい。俺もそれとなく風の噂で耳にしたが、まさかいくらなんでも、たちの悪い冗談にちげえねえとうっちゃっておいた。けさになって本当だったと知ったときは、もうびっくりしたのなんのって。さっきはとうとう俺まで番屋に召《よ》びだしを喰らって、きついお叱りをこうむるってな塩梅《あんばい》さ。これで事がもっとはっきりしたら、お奉行様から直にお小言を頂戴するんだろうよ。へたをすりゃ、また芝居がお取《と》り潰《つぶ》しになるなんぞと脅されるぜ」

小佐川十次郎は中村座ではなく隣りの市村座に出演中で、もし同座していたのなら沢之丞も事を知らないはずはなかった。

役者は各座と一年ごとに契約を取り交わす建前だから、不祥事があれば森田座も入れた江戸三座の太夫元が連座で責めを負う。

「太夫、お前にもお召びがかかった。若いころ舞台で十次郎《あいつ》と組んで御神酒《おみき》どっくりと評判だったのは、八丁堀の旦那もご存知だったらしい。とんだトバッチリと思うだろうが、ここはまあ辛抱して、おとなしく番屋にいくがいいよ」

芝居町は常に噂と嫉妬が渦巻いている。改名披露に沸く今だからこそ、沢之丞を貶《おとし》めてやろうとする連中はごまんといそうだ。だれかがあることないこと告げ口をする前に、さっさと番屋に出向いたほうがいいに決まっていた。どのみち十次郎との縁はとっくに切れている。それに心中するとは意外すぎて、所詮何を訊かれても答えられるようなことはなさそうだ。

沢之丞は手早く身ごしらえに取りかかった。女形たるもの舞台化粧を落としたあとも薄化粧は欠かせない。黛《まゆずみ》をきれいにひいて、頬にも少し紅をさす。たっぷりとある黒髪を櫛巻きにまとめあげて、申しわけていどに剃った月額《さかやき》は置手拭《おきてぬぐ》いで隠してしまう。白い綸子《りんず》の間着《あいぎ》には緋鹿子《ひがのこ》の伊達襟《だてえり》をかけ、紫地の縮緬に裾模様を入れた振袖《ふりそで》をぞろりと着流し、黒繻子《くろじゅす》の幅広帯を前で結んだ姿は絶世の美女かと見まごう男であり、稀代《きたい》の美男と見えて、どこかしらに女が匂う。まさに異形中の異形といった出装《いでたち》で、番屋の腰障子をガラリと開けた。

とたんに、おお、という嘆声で、沢之丞は正面の畳座敷に目がいって、あら、案外いい男じゃないか、と胸のうちでつぶやいた。八丁堀の旦那にしては毒気のない淡泊な顔立ちで、目がやさしい。

「俺も何匹か見てきたが、おぬしのように舞台の外でも美しい化け物を見るのは初めてだ」

と無邪気に洩らす顔つきは、はにかんだ少年のようなかわいらしさがある。沢之丞は胸がざわざわした。耳もとがぽうっと熱くなり、おっと、いけない。あたしゃいったい何を考えてんだろ、と照れ隠しに袂《たもと》で口を覆った。

「ホホホ、旦那は口がお上手でいけませんねえ」

切れ長の眼できゅっとにらむふりをすると、こんどは向こうが照れたように笑いながら、ここに来い、というふうにあごをしゃくった。女らしく振袖の小褄《こづま》を取ってわざとゆっくり小部屋にあがる。書役の男にそっと会釈して、同心の前には両手をついた。自ら名乗ったあとに「よろしければ、旦那のお名もお聞かせくださいましな」と甘えるように訴えかけると、相手は穏やかな声で笹岡と名乗った。が、そこからにわかに堅苦しい調子に変わる。

「小佐川十次郎を存じておろうな」

「はい。存じております」

沢之丞もきっぱりと応じた。

「とはいえ、近ごろはとんと付き合いもなく、お役に立つことは申し上げられそうにもござりませぬ」

と、あらかじめやんわり釘をさす。

「以前は付き合いがあったということだな」

笹岡は先ほどと打って変わっておっかない目をしている。

「は、はい。それはもう、なにぶん昔のことで……」

沢之丞はしどろもどろで目を伏せた。かつての十次郎と自分の姿が胸に去来する。ほぼ同年輩の若女形と若手の二枚目で売りだしたのはかれこれ十年も前のことだ。当時からふたりは美貌と芸の腕で属目《しょくもく》されていた。こっちが出世したのと同様、今やあの市川八百蔵《やおぞう》と人気を二分する美男役者が心中するだなんて、だれが想像できただろう。あんないい男を奈落《ならく》に引きずり込んだ相手の顔が見てみたいという気持ちにもなる。

「それで旦那、相手は一体どこのどなたなんで？」

笹岡は返事をしない。それがわかれば苦労はせぬといいたげな無愛想な顔で、それじゃせっかくの男前が台なしじゃないか、と沢之丞は肚《はら》の中で舌打ちをした。

ガラッと勢いよくまた腰障子の戸が開いた。

「旦那、やっぱりここにおいでで。女の身元がようやく……」

といいさして、川底に這う穴子のような男は分厚い唇をぱかっと開けて固まっている。

「伝蔵、遠慮はいらぬ。申すがよい」

笹岡は存外あっさりとうながした。伝蔵は上がりがまちに腰をかけ、渋い顔つきでこちらを横目でにらんで話しだす。

「昨夜《ゆんべ》、浅草茶屋町の番屋に娘が行方知れずになったという届け出がござんして」

「娘……あの仏は娘という年じゃなさそうだったぞ」

「たしかに年はとうに二十を越しておりやす。えらく薹《とう》が立っちまったには仔細《しさい》がござんすようで。ともかく浅草寺門前の千切屋《ちぎりや》という水茶屋はご存知で？」

「ああ。あのあたりではたしか一番大きな水茶屋だろう」

「千切屋の主人にあれを見せましたところ、やっぱり妹にまちがいないとのこって」

「水茶屋の看板娘というわけか」

「いえ、旦那もご覧になっての通り、看板娘ってェほどの容貌《きりょう》よしじゃござんせん。第《でえ》

一《いち》、店には出ておりやせんで」

同心と岡っ引きのやりとりを沢之丞はおもしろそうに見物していた。こいつは滅多に聞けない話だと思って役者心がわくわくする。

「名を聞こう」

「へえ。れん、と申しやす」

「そのほう、聞いた憶えはあるか」

と急に矛先を向けられて、沢之丞はどぎまぎしながら頭《かぶり》を振った。相手はこちらをからかっただけなのか、すぐに目をそらして腕組みをした。

「茶屋の娘と役者ならいかにもありそうな仲だが……」

「へい。おれんの兄貴もふたりがもし一緒になりたければ止めはしなかったし、妹はいくらでも自分にそう打ち明けられたはずだと申しまして」

「たしかに水茶屋の娘と役者なら釣り合いがとれる。十次郎のほうも表立って女房はなかったようだ。独り身のほうが何かと女のひいきがつきやすいのだろうが……」

笹岡がそういいながらこちらに鋭い流し目をくれたような気がして、沢之丞は思わず顔を伏せた。

「あれほどのいい男なら、一緒になってくれる娘なんざほかにいくらでもいそうなもんだが……そういえば、てめえが先に話しかけた女のほうの仔細とやらを聞かせてくれ」

沢之丞はしだいに興味津々で、こうなれば話を最後まで聞きたいからじっと息をひそめているが、伝蔵はいい加減まずいと判断したらしい。

「旦那、よろしいんですかい」

と、目顔でこちらを追いだしにかかる。

沢之丞もさすがに潮時とみてとった。

「旦那、あたしゃこれで」

と、軽くおじぎをして立ちあがる。戸口にゆるゆると足を運びつつ、耳はまだうしろを向いていた。ふたりは低い声でぼそぼそと話しているが、耳を澄ませばとぎれとぎれに聞こえてくる言葉がある。

「娘はどうやら……ちょうど宿下がりで……」

「で、どこの屋敷だ」

「へえ、それがその……」

あとは聞き取れないのではなく、伝蔵がいい淀んでいる様子だ。

沢之丞はついに戸口の前まで来た。去り際の挨拶のつもりでゆっくり振り返ると、笹岡の声が急に大きくなった。

「……なに、砥部の屋敷だと」

沢之丞は一瞬にしてからだが止まり、顔がこわばっている。ふとこちらを見た笹岡が、険しい表情を浮かべたのが恐ろしかった。

五

それは見る者を釘付けにせずにはおかぬ一幅の絵であった。軸装をほどこした紺地の絹本《けんぽん》の中心に画像をでんと据えた構図は凡庸ながら、なまなましいほどに鮮やかな彩色が目をひいた。しかしこの絵が人目を強く惹きつける理由はほかにある。

絵の上部には梵字《ぼんじ》の真言《しんごん》に添えて、画題とおぼしき「歓喜天図《かんぎてんず》」という漢字《からもじ》が記されている。

歓喜天はそもそも聖天《しょうてん》の異名で知られる天竺《てんじく》渡来の仏神で、祈願すればいっさいの災いがなくなり、七代の富を築いて子宝の御利益《ごりやく》にもあずかるという。だがなまじおろそかに祀《まつ》るくらいなら、いっそ祀らないほうがましだとするほどに祟《たた》りが恐れられていた。

ふつうは象頭人身の二体が抱擁した姿であらわされるが、罰当たりな絵師がここに活き活きと描きだしたのは人間の男女が抱き合って歓喜に打ちふるえる刹那《せつな》であった。

左右に描かれた人物は胡粉《ごふん》と雲母《きら》を混ぜた顔料で共に透き通るように白くて、練絹《ねりぎぬ》のごとくに光沢《つや》めいたやわ肌に描かれている。長い黒髪をおどろに乱して紅い唇を淫《みだ》らにゆるめた優美な顔は、左右のいずれが男とも女とも分かちがたい。どちらの胴体も骨張らずなめらかで、しなやかな腕と両足を相手の肩と胴にからめ、腹の下をぴたりとつけた柔媚《じゅうび》の裸身はまさしく陰陽和合の一体、金胎《こんたい》両部の敷曼陀羅《しきまんだら》を見るがごとし。妖しげな姿態で組み合わさったふたつのからだには、毒々しい色の男根と女陰が滑稽なまでの歪み形《なり》に描かれて、これまた男女のどちらが上になるのかもわからなかった。やや浮かしぎみにして相手を迎え入れた双臀《そうでん》の豊かな肉づきを見れば、あながち膝にのせたほうが男だと決めつけるわけにはいかないのかもしれない。

桐箱からこの絵を取りだしてひそかに眺める者は、唇の端をそっともちあげて照れくさそうな微笑を浮かべている。眼前の絵像は己《おの》れの過去を映す鏡であった。が、今はもうこれを過去に留めてはおけなくなった。人は時に愚かな過ちを冒してしまう。過ちは去っても、罪の種は芽を出して、そこから未来《さき》に花を咲かせる。同じ咲くなら立派な花をと望んでしまうところがまた尽きせぬ人の業《ごう》でもあるようだった。

六

御殿の中は表と奥にはっきりと分けられて、表で勤めるのは男の侍のみ、奥は女中だけとされて、殿様は御鈴《おすず》廊下と呼ばれる一本の通路で表と奥を往来される。その廊下には文字通り大きな鈴のついた扉が関所として設けられ、鈴が鳴って殿様のお出ましを報せると御年寄が扉口に出迎えて、表使が小姓に代わって佩刀《おかたな》をお預かりするのだという。

今は殿様が国元においでだから瑞江は鈴の音を耳にする機会がまだなかったが、それでも表使の真幸は毎日のように御年寄の浦尾を呼びに来て、ふたりでどこかに消えてゆく。ここに来た当初、真幸は何かあれば相談にのろうと親切にいってくれたものの、今は忙しそうでうっかり声もかけられず、朋輩とうまくいっていないというような子どもっぽい悩み事で煩わせる相手ではなかった。

いっぽう殿様のご不在で、瑞江の目にはいささか手持ちぶさたに見えるひとたちもいた。

奥御殿の北側は奥方だけのお住まいとなっていて、そばに中老の詰所《つめしょ》がある。中老は五人いて、交替で奥方や姫君のお相手をしているが、殿様のおいでにならない今はかなり暇そうで、五人が詰所で顔をそろえることもめずらしくはない。瑞江はここで何度かお茶くみをして、女の出世にはふた通りの道があるといったお滝の話に思い当たった。

五人はいずれも胸元に清らかな白練《しろねり》の襟を覗かせて、染色の内着にうまく合わせた地色の裲襠《うちかけ》をはおっている。裲襠は縮緬地に金糸銀糸の刺繡《ぬい》が多いやや堅めのものをいつも着ているひとと、光沢《つや》めいた綸子《りんず》に匹田鹿子《ひったがのこ》や彩糸《いろいと》の刺繡が入った柔らかな裲襠を身につけているひとに歴然と分かれていて、内着の着付けにもおのずとちがいが窺えた。

朋輩の話を洩れ聞いたり、その後も大廊下でよく出くわすお滝にたずねたりして、瑞江は五人の呼び名と身の上を少しずつ知るようになった。

五人のうちで皆の話に一番よく登場する中老はおみちの方と呼ばれていた。相部屋のおまつがある晩おたけと話しながら両手でふくらんだ胸を押さえるようにして「ああ、来世はおみちの方様のように生まれつきたいものじゃのう」といったものだ。

飛びきりの美貌というほどではないが、額のかたちがとてもきれいで、ぽってりした下唇に艶がある。きめこまかで透けるように白いうなじが綸子の裲襠に照り映えて、いたく人目をひきつけた。畳廊下を通られて紅裡《こううら》の裾がひるがえると、焚《た》きしめた薫香《くんこう》に混じって柚《ゆず》のような甘酸っぱい匂いが漂う。ゆったりした着付けで腰をおろしている姿はやや豊満にも映るが、このひとが三十路の一歩手前で、すでに三児をなす母でもあると知ったとき、瑞江は正直びっくりしたものだ。もっと若く見えるし、そばに子どもの姿がないせいもあって、当初はその話がなかなか信じられなかった。

長局では子どもの声なぞ聞こえたためしがない。たまに夜中に赤子が泣いているように聞こえるのは猫の鳴き声だった。

「その御子たちは一体どうなされた？」

と思わずお滝に訊いて、瑞江はここに勤める女たちの厳しい定めを知らされたのである。

殿様の目に触れてお手がついた女中が妊《みごも》ると、ここでは出産前後の半年間だけ勤めを休んで産所にこもることが許される。けれど生まれたわが子にお乳がやれるのは長くても十日ほどで、あまり情が移らぬうちに産んだ母親から乳母《めのと》の手に引き渡される。殿様の胤《たね》を得て生まれた御子はすべて奥方様の養子となり、殿様がご在世のうちは断じて実母の名乗りが許されない。産んだあともすぐに御殿勤めに復して、腹を痛めたわが子を若様、姫君と呼んでお仕えしなければならないのだという。

「所詮、女の腹は借り物とはいえ、それでもおみちの方のように若君をお産みあそばすと、奥じゃお腹様などと呼ばれてえらく大切《だいじ》にされる。なにせ今の殿様はこれまで姫君しかおできにならなかったから、去年おみちの方に初めて若君が誕生したときは、もうあたしらまでが万々歳で大いに騒いだもんさ。将来《さきざき》あの若君が次の殿様におなりあそばすと、おみちの方はそれこそ押しも押されもせぬご生母様ってわけだ」

などと聞かされても、やはり瑞江はおみちの方がひどくお気の毒に感じられて、詰所ではかならず顔をそっと窺ってしまう。

きょうもまた、うなじにかかった後《おく》れ毛《げ》をかきあげるしぐさに妙なけだるさと憂いがにじみ出て、切れ長の眼が泣いたあとのように赤く見えるのは、こちらの思い入れのせいであるかもしれなかった。

三人の御子はすべて北側の奥方の住まいで乳母の手によって育てられており、顔を合わせられるのは奥方と一緒のときしかない。おみちの方の気持ちもさることながら、奥方の心境もいかがなものかと想ってしまう。瑞江は自分ならどちらの立場でも堪《たま》らないだろうと感じた。

中老にはいわば殿様お手つきがほかにふたりいて、ひとりはおりうの方、もうひとりはおなぎの方と呼ばれている。三人とも顔立ちがわりあいよく似ていたが、おりうの方はおみちの方より細面で、鼻すじが通った端正な美人だ。ちょっとすました感じでその分愛嬌にとぼしい。いつも襟元を気にしてさかんに衣紋《えもん》づくろいをする様子がややいらだっているふうにも見える。三人のうちでは一番の年かさだといい、お滝が例によっての下司《げす》な口調で、

「年を取ると産むのも難儀だからねえ。ここじゃ三十でお褥《しとね》ご辞退と決まってて、あの方はもうお払い箱になられたのさ」

と教えてくれた。

おなぎの方は一番の年若で、目鼻がややちんまりとしたおとなしそうな顔立ちだが、意外とおしゃべりのようで、しょっちゅうだれかと話をしている。そうでなければ菓子器によく手を伸ばし、取るでもなくすぐに手を引っ込めてまた伸ばすといった落ち着きのないしぐさが目立つ。きょうは珊瑚色《さんごいろ》の内着で裲襠は白地に駒繋《こまつな》ぎの模様が繡《ぬ》い込まれていた。

おりうの方は鶸茶色《ひわちゃいろ》の内着に玉子色の裲襠、おみちの方は藤紫の内着に萌葱色《もえぎいろ》の裲襠といったふうに、きょうもそれぞれ色合いがちがっている。これまでいつ見ても三人はまるで申し合わせをしたように、衣裳の色が重なることはなかった。

三人のうちで殿様の御子を産んだのは、寵愛を一身にあつめるおみちの方だけだという話だが、そのおみちの方とて奥方には遠慮があるはずだった。国元にもまた別に側室がおられるらしく、たったひとりの殿様にいわば何人もの妻があるのだった。瑞江はそこにまだかなりのとまどいを感じていた。

もしここに自分の好きな殿御がいて、そのひとがほかの娘にもいい顔をしたらいい気持ちにはなれないだろう。男ひとりに女が何人もいれば、もしかするとそんなに好きな相手でなくても、女同士で奪《と》り合《あ》いになるような気がする。

三人のお手つき中老はむろんそんなはしたない真似はなさらず、きょうもなごやかに談笑しているように見えた。が、長局で飼っている猫がまた子を産んだという話になって、

「ほんにあの猫はよう妊《はら》む、性悪な色狂いじゃのう」

と、おりうの方がいったとたんに座の空気が少し堅くなったように思われた。ここでは言葉の端々にどんな針が隠されているかわかったものではなく、聞き手によってはどんなたわいもない言葉でも針に変わるのかもしれなかった。

殿様のお手がついた中老は三人だけで、あとのふたりは共に結構な年齢ながら、「清いおからだ」なのだとお滝は小声でいった。

ひとりは常磐《ときわ》様、もうひとりは玉木様と呼ばれ、いずれも家中の娘で幼いころに奥方の小姓となって、御殿奉公をはじめてから一度もここを出ずにいるという話である。

襖を開けて敷居をまたごうとすると、常磐はかならずじろっとこちらを見た。最初のころ瑞江は何か自分が粗相でもしたのかと思ってうろたえたが、今はもう馴れっこになってしまった。

他人の動静を目で追うのは常磐の癖であるらしく、いつも不機嫌そうにあごを突きだして、ほかの中老が立ちあがったり、腰を下ろしたりするたびに、けちをつけるかのように眉根や眸を鋭く動かす。それにうっかり手が触れようものなら汚らわしいといった感じでさっと避《よ》けられるので、瑞江はお茶を差しだすときに用心していた。

とはいえ常磐にはまだ面と向かって叱られたことなど一度もない。当人はいつも黙ってただ静かに座っている。要するに見かけほど意地悪なひとではなく、むしろ他人に対してえらく臆病で、それが高じたあげくの頑な振る舞いなのだろうと、ひと月たった今では思えるようになった。

玉木を初めて見たとき、瑞江はあの口の悪い弟が見たらどういうだろうと思われた。鼻がべちゃっとして、代わりに額と頬骨が飛びだした平たい顔で、頬はむくんだようにふくらんでいる。けれどよく見れば、赤子のようにきれいで柔らかそうな肌をしていた。小さな眼も赤子のように邪気がなくて可愛らしい。にもかかわらず、まるでわざとのような下手くそな化粧がすべてを台なしにしていた。

大柄なせいか常に猫背で座っていて、立ちあがる動作は操りの木偶《でく》のようにぎくしゃくしている。ちょっとしたことに甲高い声でよく笑って、そのときはまるで起きあがりこぼしのようにからだを前後に大きく揺すって、前に置いた茶台をひっくり返したりするから危ない。

瑞江はこのひとに差しだしたお茶を無事に飲んでもらえたのは稀な気がするほどで、よそ見をしてひっくり返すのはまだしも、取ったあとでも手を滑らせたりするから油断はならない。横に座っている常磐は玉木がへまをするたびにからだをびくっとさせており、長年こんな不器用なひとのそばにいたというのが気の毒になるほどだ。ほかの中老も玉木が何かおかしなことをするたびにまたかという表情を浮かべるが、殿様や奥方の御前で一緒に奉仕をする立場としては、ほとほとうんざりさせられる相手なのだろう。

玉木に悪気はなく、ただ鈍《どん》だから、自分では気をつけていてもふつうのひとには滅多に起こらないような悪い間《ま》にはまっていくらしい。へまをするとそれをまた甲高い耳障りな笑い声でごまかそうとするから、まわりもあしらいかねている。あまりの不器用さに自身でも憂鬱になるのか、たまに陰気にふさぎ込むときがあるが、こちらはかえってそのほうが落ち着いていられた。瑞江はここに来るまでおよそ玉木ほど不器用なひとは見たことがないくらいで、世間とかけ離れた大名家の奥御殿だからこそこんなひとでも生きていられるのだろうと思う。

ところがどっこい「この娘《こ》は御年寄の姪御じゃそうな」と玉木がある日ここで唐突にいいだして、泡を喰った覚えがある。そのときは皆が一斉に興味深い目つきでこちらを眺めたものだ。小萩にばれた直後のことで、玉木は一見ぼんやりしているようでいて存外早耳なのに驚かされた。人は見かけによらないという言葉を、あのときほど痛切に感じたことはないような気がする。

ともあれ五人は中老という同格の身分ながら、玉木や常磐とおみちの方ら三人とではまったく別々の道を歩んでいる。つまりはお滝のいう二通りの道で、殿様のご寵愛を得て若君をもうけることが念願とされるいっぽうで、浦尾や真幸のように何かと忙《せわ》しく立ち働く女中たちがここには大勢いた。むしろ殿様の寵愛が得られるのはごくわずかで、殿様といえど役付の女中にはお手をつけられない建前だから、たとえば表使の真幸はあれほどの美人であっても断じて殿様に肌を許すようなことはないのだという。

奥は殿様を除いて男子禁制で、誕生した子はすべて殿様と奥方の御子にされてしまうと知って、瑞江はひそかな疑問をお滝にぶつけた。ここでは殿様の御子のほかに子どもが生まれた例はないのだろうか。

お滝は餅がのどにつかえたような顔つきで、「近ごろの娘っこは怖いことをいうねえ」とつぶやいたあと、少しあたりを窺うようにしてぼそぼそと語りだした。

「十年ほど前だっけか、厠《かわや》の汲み取りでここは大騒ぎになったことがあるんだよ」

と聞かされたときは、まだどんな話になるのか見当もつかなかった。

各部屋の厠は十日に一度掃除人足が来て汲み取りをするが、お末の大部屋もそれは同じであった。その日の朝は大部屋の厠から汲み取り桶で糞尿と一緒に生まれたばかりの赤子がすくいあげられて大騒ぎになった。だんだんと詮索するうちに、産み落とした女はさる部屋方の召使いだと判明した。女はもともと太っていて腹のふくらみがさほど目立たなかったらしく、おまけに丈夫で床に就いたのも出産前後のたった二日だけだったから、部屋の主人も朋輩も少しおかしいとは感じながら、まさかと思って見過ごしたらしい。

「お宿下がりのときに種を仕込んだものか、中間《ちゅうげん》と乳繰《ちちく》り合ったのかなんだか知らないけど、早いうちにホオズキの根っこか何かで掻《か》きだしちまえばすむものを、人騒がせなこったよ。かわいそうに、糞をきれいに洗い流すと、もう女の子だってはっきりわかる赤ん坊でさあ。胞衣《えな》がまだ臍《へそ》んところでくっついてたが、水を吸って真っ白にふやけちゃって……」

話の途中で瑞江は吐き気を催して耳を覆った。つくづく訊かなければよかったと思い、そんな酷いことを平気で話せるおとなの女が憎くなった。お滝もお滝で、「なんだい、お前さんが訊いたから話してやったんじゃないか」と怒ってしまい、しばらくは廊下ですれちがってもお互い話はしなくなった。

中老の詰所からは奥庭の前栽が間近に見えるが、きょうはもうそこに紅い躑躅《つつじ》の花が咲いていて、瑞江は一年なんかあっという間だという気がしてきた。もうここでだれとも親しい口がきけなくても、自分は平気だと思えた。

ところが三之間にもどったとたん、その気持ちはもろくも崩れた。部屋の様子があきらかにおかしい。ひそひそ話がいつになく盛んで、いずれも真剣な表情をしている。なかには涙ぐんでいる者さえいた。

御殿を退出して長局にもどっても事は同じで、部屋方の召使いらまで大勢廊下に出ていて、あちこちに話の輪ができ、何やらみな熱心に語らっている。瑞江はたまらなくなって相部屋のふたりにたずねたが、案のじょう「あなたはご存知ないひとのお話よ」とやられた。それで仕方なく大廊下を東に向かうはめとなった。

大廊下の東端は例の御広敷に向かう通路につながっているが、通路をはさんだ突き当たりはお末の大部屋で、その前まで来ると噎《む》せ返るような女の匂いに圧倒された。部屋の騒々しさも半端ではない。おそるおそる中を覗くとお滝の大きなからだはすぐに見つかった。手招きすると幸い向こうはあっさり水に流したように「よう、八丁堀の」と親しげに返してきた。

身の上を語って以来、お滝は瑞江を「八丁堀の」と呼ぶようになった。八丁堀の同心は武家といっても町方にえらく身近だから、お滝は瑞江にほかの家中の娘とはひと味ちがった親しみを覚えたらしい。瑞江もまた「うめ」よりは「八丁堀の」と呼ばれるほうが自分に似合っている気がしなくもなかった。

お滝は部屋の外に出てくると、こちらが訊かない先に、

「えらいこったよ。お宿下がりのあいだにまさか心中までするとはねえ。それもお前さん、相手がなんせあの十次郎だってェから驚くじゃないか」

と、この騒ぎのもとを速やかに伝えた。が、瑞江はまだ話がよくわからない。

「十次郎って……」

「お前さん若い娘《こ》のくせして、あの小佐川十次郎をご存知ないのかい」

と、あきれた顔で逆に問い返されて、それでようやく人気役者のことだと知れた。死んだ母は元気な時分に何度か二丁町《にちょうまち》の劇場《こや》に連れていってくれたが、そのころはまだ芝居にあまり興味が持てなかった。とはいえ江戸で名だたる二枚目役者の名前くらいはさすがに知っている。

ふだん男の姿をほとんど見ずに過ごしている御殿女中にとっては、たまの宿下がりで芝居見物をするのが一番の楽しみとなる。同じ御殿勤めをしていた仲間が人気役者と心

中したとあっては騒がないほうがおかしい。瑞江もさすがに気になって、廊下を見渡しながらどの部屋の住人かとたずねたところ、

「ここには住んじゃいないさ」

お滝はあっさりと案外な答えを出した。

「どういうことじゃ？」

と訊かずにはいられなくなって、砥部家にはこの上屋敷とは別に、両国橋の近くにある下屋敷にも御殿女中が勤めているのを知った。

「下屋敷《あそこ》には、殿様のご生母であらせられる貞徳院《ていとくいん》様がお住まいなんだよ。四年前まではここにおいでだったが、昔からあっちのほうがお気に入りで、先のお殿様がお亡くなりになってから正式にお移りになったのさ」

あの浦尾が御年寄に就任したのもたしか四年前ではなかったかと、想いだされた。

「心中したのは御次の女中で、貞徳院様のお気に入りだったから、一緒にくっついてあっちにいったんだよ。ありゃ町方にいた時分から踊りを習って、芸達者を見込まれてご奉公にあがったと聞いてたから、根っから芸事が好きだったんだろうが……とても役者と心中する女には見えなかったけどねえ。まあ、いくらお宿下がりのときとはいえ、役者と心中とは穏やかじゃないから、向こうはもっと大変な騒ぎだろうよ」

男女の相対死は堅い御法度とされている。当然ながら取り締まりに落ち度があったと

されてもおかしくない。

「ひょっとすると御年寄がお咎《とが》めをお受けになるのであろうか」

と、つい気になってたずねてしまう。

「下屋敷は下屋敷で別の御年寄がおいでだが、そんなお方はいてもいなくても同じで、あそこはたぶん何から何まで貞徳院様が牛耳っておいでだろうよ。お前さんのおば様が差配をなされるのは上屋敷だけで、ここ《ここ》にだってまだあのお方の手出しができないところがあるんだよ」

と、お滝がいわくありげに人差し指を向けた方角がある。

長局の大廊下から御広敷に向かう通路は途中で枝分かれして、一本は斜めに中庭のほうへ伸びて渡り廊下となる。その先に何があるのか、瑞江は以前から少々気にかけていた。夕方になると何人もの女たちが大廊下を通ってぞろぞろとそちらに向かう。女たちの身分はまちまちで、御側や御次といった上輩の姿もあれば、部屋方の召使いもいた。お滝が指で示したのは恐らくその場所だと思われた。

部屋にもどるとおまつとおたけはまだ心中の話をしていた。ふたりは別に死んだ女と懇意だったわけでもなさそうだが、家中の朋輩が天下の二枚目と心中したのだから昂奮するのは当然だ。しかしながら瑞江はお滝の話で、心中よりもがぜん渡り廊下の先に興味がもたれた。

次の日になって、廊下をぞろぞろ通る女たちの姿を見たときはもう好奇心が抑えきれず、うしろのほうについていてひそかに足を運んだ。

渡り廊下は途中で枝分かれして、一ノ側の棟とちょうど平行に建てられた細長い数寄《すき》屋普請《やぶしん》の平屋に通じていた。近年に建てられたとおぼしきその建物は近づくにつれて薫香が強く匂った。縁側の障子が半分開いて青い香煙が外にたなびいている。

女たちの先頭が入ったところで瑞江は前とのあいだをうまい具合にあけて、障子が閉まる寸前に中の様子をちらっと覗きみた。奥には壇が設けられて、その手前に紫衣《しえ》の尼僧らしき姿があった。尼僧の頭上には妖かしの煙雲がもやもやと垂れ込めて、今にもそこから忌まわしい悪竜が飛びだしそうな気配であった。障子が閉まるとほどなくして大きな声が聞こえはじめた。

オン、シュリ、マリ、ママリ、マリ、シュリ、ソワカ。オン、シュリ、マリ、ママリ……と何やら舌を嚙みそうな呪文が聞こえたあとに大勢の唱和が続く。なんともいえず不気味な感じで瑞江は足がすくんで立ち去ることもできない。

ふいにイエィっというとてつもない大音声が轟きわたって「そこにいるのは誰《たれ》じゃっ」との声に瑞江はふるえあがった。膝ががくがくして生きた心地もしないなかで、さらに厳かな声が続けた。

「母を喪《うしの》うた孤子《みなしご》よ、ここに参るがよい。わらわがそなたの魂を救うてしんぜよう」

瑞江はその場にへたり込んでしまった。呪師《まじないし》の幻術か、ただの幻聴かは知らず、たしかにいい当てられた恐ろしさに腰を抜かした。尻餅をついたぶざまなかっこうで懸命に廊下を後退《あとずさ》りした。

七

二十三万七千石の砥部家は殿中では大広間に詰める外様《とざま》の国持ち大名格で、いわゆる出入りの旗本は先手組弓頭《さきてぐみゆみがしら》の朽木《くちき》内膳正《ないぜんのしょう》である。藩祖重虎《しげとら》は戦国の世に勇名を馳せた人物で、もとは質実剛健を旨とする家風だったが、先代の藩主重興《しげおき》公の代になって華美柔弱の風に流れだしたという。これはいずこの藩も似たり寄ったりで、八代将軍吉宗公の御代《みよ》が去ったとたんに世の中の箍《たが》はいっきにゆるんだ観があった。その重興公は四年前の秋に他界して、長子が順当に家督を相続していた。

先代は松平左京大夫《さきょうのだいふ》家、当代は松平備中守《びっちゅうのかみ》家と、正室はそれぞれ親藩の名家から迎えられたが、当代藩主の生母は近ごろではめったに聞かれなくなった、町家の出の側室だった。

神田川辺の佐久間町近くにある上屋敷は敷地およそ一万七千坪で、正室がここに住まい、先代藩主の庶子も部屋住みでいて、江戸家老の矢田部監物《やたべけんもつ》が留守をあずかっている。

上屋敷にほど近い下谷広小路《したやひろこうじ》辺にある中屋敷はわりあい手狭だが、両国橋のそばにある下屋敷の敷地は上屋敷に劣らぬ広さで、蔵屋敷と別荘を兼ねており、四年前から藩主の生母が移り住んで、留守居役の肱川兵庫《ひじかわひょうご》がここにいた。

笹岡伊織はこうした砥部家に関するさまざまな知識を同僚の薗部理右衛門《そのべりえもん》から得ていた。大名家はいずこも勤番侍の不始末に備えて、日ごろから町奉行所の役人を親しく出入りさせている。人気役者の小佐川十次郎と情死した女は砥部家の下屋敷に勤める御殿女中だったため、まず先方から薗部を通じて強い働きかけがあったのだ。

「なにせ死んだ女はお宿下がりの最中で、此度《こたび》の一件は当家のあずかり知らぬことだと先方がいい張るのは無理もない。いま藩主《あるじ》は国元で、あと三月か四月ほどすれば江戸入りだが、もしこれが表沙汰となって藩主の耳を汚すようなことにでもなれば、だれかが腹を切らねばならぬ」

と、薗部はこんどの件で砥部家を引きずりださぬよう強くこちらを説得した。ただの情死であれば追及の矛は収めてもよかったが、あくまでも根ほり葉ほり訊いたので、ふだん至って無表情な同僚がさすがに怪訝《けげん》な色を隠せず、「おぬしはなぜそれほど砥部家《あそこ》にこだわる」と逆に問いつめられるはめになった。

情死に疑いがあることは、まだ薗部には話せなかった。

死んだ女は浅草寺界隈でよく知られた千切屋の暖簾《のれん》を掲げる水茶屋の娘で、名はれんといい、すでに両親は他界していた。近くの番屋で対面した実兄の惣兵衛《そうべえ》は目鼻のちんまりした地味な人相で、死んだ妹とよく似ていた。

「妹は案外ああ見えて役者の女房がつとまるようなやつだったのかもしれませぬ」

と、惣兵衛は腫れぼったいまぶたを押さえていったものだ。

れんは幼いころから踊りが大好きで、芝居町に近い和泉町に住む女師匠のもとで稽古をしていた。年ごろになっても男には見向きもせず、また店に立って商売の手伝いをするでもなく、二十を過ぎてから踊りが達者なのを見込まれて砥部家に奉公にあがった。大名家の奥御殿にはこうした歌舞音曲の腕をもって奉公する者がいくらもあるらしい。死骸のあがった二日前には、勤め先の朋輩と一緒に二丁町で芝居見物をするといって朝から出かけたが、その朋輩の名は聞きもらしたという。

この話を受けて伊織はさっそく穴子の伝蔵に二丁町の劇場《こや》と芝居茶屋をくまなく当たらせたが、当日れんとおぼしき女をはっきり見かけたと断言できる者は茶屋にも劇場の桟敷番《さじきばん》にもいなかった。

「あの十次郎《にしきや》と心中するほどのいい女が来てたら、だれかが気づきそうなもんですぜ。それに第一《でえいち》、芝居町《ここ》で前からもっとふたりの仲が噂になってそうなもんだが、わっちらはみな寝耳に水でひっくり返っちまったような次第でさあ」

と、ある桟敷番はうがった理屈を述べたそうである。

二丁町の番屋は親父橋のたもとにある。伊織は自らそこに出向いてれんの踊りの師匠を召《よ》んだ。名は志賀山《しがやま》おきしといい、年のころは四十前後で踊りの師匠としても名はそこそこに通っているが、いっぽうで江戸一番の人気役者、中村仲蔵の女房でもあった。

番屋の腰障子をガラリと開けて中に入ってきたときは小柄な女だと思ったが、畳にあがって腰と背すじをしゃんと伸ばして座ると急にからだが大きくなって見えた。こちらの目をまっすぐに見て、挨拶からして実にはきはきした口調だった。

「おれんちゃんのことは小さいときから見ておりますが、そりゃ芸熱心な娘《こ》でござんした。うちに大勢出入りをしている役者衆には見向きもせず、浮いた噂ひとつ立たなかったという、水茶屋の娘にはめずらしいような堅気の娘でござんした。あの娘の心にはいつも芸のことしかなくて、うちの亭主の踊りにはえらく惚れていたようでござんすが……」

おきしはここでいったん話を切り、煙草盆の拝借を求めて意味ありげな間を置いた。

「十次郎さんはなにせ男っぷりがよくて、こんど亡くなってから何人もの娘が髪を切って尼になる騒ぎだと聞くけれど、そりゃ素人のごひいきの話でござんしょう。こういっちゃなんだが、あのお方はおれんちゃんが惚れ込むような芸の持ち主とはお見受けしなかったもんで、こんどの一件はまことにびっくりいたしました。男女の仲はやはり当人同士にしかわからぬものと改めて思う次第でござんす。ともあれ十次郎さんがわが家にお越しになったことは、ただの一度もありゃァしません」

と、きっぱりいって煙管《きせる》で灰吹きの竹筒をコンと打ち鳴らす。この玄人《くろうと》の手厳しい芸評によって、小佐川十次郎とれんの情死は、自分が死骸を見たときに感じたのとは別の意味で、不釣り合いに映ることがあきらかになった。

死骸の様子からして、ふたりは相対死ではなく不義者として始末されたというのが伊織の当初の見方であった。御殿女中と役者の不義が発覚して、屋敷の手で成敗されたものとみたのである。だがそれならお宿下がりのときを狙わずに、屋敷の中で殺して川に流したほうが早かったかもしれない。砥部家の下屋敷は両国橋のたもとにあって、浮き死骸が見つかった百本杭よりずっと海に近いから、そのまだれの目にも触れずに流れてしまっただろう。不義者の成敗は死骸を門前に晒すくらいのことも平気でするとはいえ、それならば砥部家がこの期《ご》に及んで知らぬ存ぜぬを押し通すのが解せない。やはり明らかにできぬ仔細があるのか、本当に何も知らなかったのだと考えたほうがよかろう。

いっぽう当代の人気役者と茶屋娘の恋路を邪魔しようとした者がかりに芝居町にいたとして、芝居町でふたりが逢っているところを見た者がいまだにだれもあらわれないのはふしぎなくらいだ。どこにでも潜り込んで巧みに餌をあさってくる穴子の伝蔵ですら、こんどばかりはお手あげのようだった。

あまつさえ周囲の話を聞くうちに、ふたりは情死どころか恋仲すら疑わしい気がしてきた。ことにれんについては検屍をもっと入念にすればよかったと今にして悔やまれる。娘の死骸が見つかると、たいていはまず産婆《とりあげばば》の手で女陰《ほと》を探らせて処女《きむすめ》かそうでないかを判断させるが、こんどばかりは情死と見て、まさかそこまでしなくてよいと考えたのが甘かったのだ。

しかし不義者が成敗されたのならまだわかるが、契りもしない男女が情死を装って殺されたのだとすれば事は穏やかではない。ふたりはだれかに恨まれて殺されたのか、ふたりを殺してだれか得する者がいたのかもしれない。

大名屋敷で何が起きたとしても町奉行所は手出しのしようがないから、ふつうなら砥部家は放っておくところだが、今は瑞江の勤め先であるだけに、伊織はむしろそちらのほうが気がかりだった。もっとも瑞江は上屋敷で、れんは下屋敷にいたのだから、直に関わりはなかったはずだ。向こうからはまだ便りがないが、ここは俗にいう便りがないのは無事な報せとみておきたい。

志賀山おきしにはもうひとつ大切なことを訊かなくてはならなかった。おれんが砥部家に奉公にあがるきっかけを作ったのは、この踊りの師匠だという気がしたのだが、

「うちは義母様《おふくろ》の代からたくさんのお屋敷にお出入りをして、踊りの指南をつとめて参りましたけれど、口入れ屋の真似なんぞ一度も致しちゃおりませんよ。それに砥部様と

はご縁が薄くて、伺ったのもごくわずかというあんばいで。おれんちゃんはきっとよそにツテを求めてご奉公にあがったんでござんしょう」

と、これまたきっぱり打ち消されてしまった。

砥部家との縁については千切屋惣兵衛に詳しく問いただしてみるしかなさそうだが、その前に伊織はここでもう一度会っておきたい人物がいた。男か女か判別のつかないあの化け物は、前にここで会ったとき、去り際に砥部の屋敷という言葉を聞いてあきらかな動揺を見せた。あれはなんだったのかたしかめなくてはならない。

呼びにやってもう半刻近くになるというのに、志賀山おきしが去ってもまだ姿を見せない相手に、伊織はさすがにいらだちを覚えていた。もう一度呼びにやろうとしたそのとき、ようやく腰障子が静かに開いて、「遅くなって申しわけござりませぬ」との声がした。

荻野沢之丞は身を深く屈めて打ちしおれたふぜいで中に入ってきた。相手がふつうの男なら頭ごなしに怒鳴りつけたところだが、伊織もいささか勝手がちがってぼそっとつぶやくにすぎない。

「遅かったではないか……」

「旦那にお会いするかと思うと、なんとのう心が落ち着きませんで、不調法《ぶちょうほう》をいたしました」

その艶めいた声を聞いたとたんに、ふと亡き妻がたまの外出で身じたくに手間取っていた様子が想いだされて、伊織はわれながらばかばかしくなった。

「心が落ち着かぬのは、自らにやましいところのある証拠だ」

わざと居丈高《いたけだか》に決めつけると、相手はさっと顔をこわばらせた。案のじょう、こんどの件で何か知っていることがまだありそうだ。

「そのほうは砥部の屋敷に何か心当たりがあるだろう」

と、ずばり斬り込んでみたところ、

「何をおたずねかと思えば、ホホホ、そりゃどういうこってござんしょう」

相手はしたたかにとぼけてみせる。

「てめえらがしょっちゅう大名屋敷に召《よ》ばれてることなんざ、こっちはとうにお見通しだぜ」

と、砕けた調子で水を向けた。

江戸三座の役者が近ごろよく大名屋敷に召ばれて芸を披露するという噂は聞こえている。中にはあの松平雲州公のように、自ら楽屋に足を運んで酔狂にも芝居の稽古まで見物なさるお方まで飛びだすご時世だ。今や身分の高下を問わず、世の綱紀はゆるみっぱなしだといってもよい。

「そのほうも一度や二度は砥部の屋敷に召ばれたことがあるだろう」

こんどは静かに問うたところ、相手もわりあい素直に応じた。

「はい、ござりまする。それはとんと昔の話で、近ごろはもうお屋敷方に出向くことはござりませぬ。舞台に立つので精いっぱいというところでござります」

沢之丞の口調にはある種の自信が窺えた。自分はもうだれのご機嫌取りをしなくても、舞台に立つだけで十分やっていけるといいたいのだろう。伊織はちょっと意地悪な気分になった。

「その昔の話とやらをここで聞かせてもらおうか」

とたんに相手の美しい顔がゆがんで頬が少し紅くなった。だがすぐさま不敵な調子で、

「それがこんどの心中と一体どういう関わりがござんすので?」

と切り返してくる。かよわい女形と見せて存外あなどれない利口な男であった。

「因果応報という言葉がある。もともとの意味はこの世で起きることはすべてなんらかの過去につながるということらしい。小佐川十次郎はたぶん砥部の屋敷に出入りをしたことで女と縁ができたのだ。そのほうは向こうでふたりの様子に気づかなかったか」

伊織はじっと相手の目を見すえた。

「だからといって……」

沢之丞はなおも訝《いぶか》しげな顔つきである。情死したふたりがどこでどう知り合おうが別にいいではないかといいたそうだ。

「旦那はなんだってまた砥部様のお屋敷を、そんなに気になさるので？」

と、けっして非難するのではない、沢之丞にはむしろこちらを気づかう様子が窺えた。

伊織はここぞとばかりやさしい調子で訴えかける。

「そのほうがあそこに出入りしていたときの話を、少しでもよいから聞かせてくれ」

「はい。あれはもう本当に古い話で……まだ先代のお殿様のころに何度か伺ったことがございました。けど、こっちはひと通りの修業を済ませはしたものの、まだ舞台には出るか出ないかといった中途半端な分際で、先達《せんだつ》のお供をするかっこうでして……」

「小佐川十次郎も一緒だったか」

「さあ……何度か参りましたので一緒になった折がまったくないとは申せませぬ。ただ当時はまだふたりとも互いにそれと気づくほどの役者になっておりません」

急に声が弱々しくなって沢之丞は面を伏せた。何か昔の嫌なことでも想いだしたかの様子だ。

「まあ、よかろう。きょうのところはもうよい」

伊織はあっさりいって顔をあげさせた上で鋭い矢を放った。

「昔のことは、おいおい想いだしてもらうとしよう」

たちまち沢之丞の美貌はゆがんでその心の内側を正直に映しだした。

八

「アハハ、鬼じゃあるまいし、まさか取って喰やしないさ」

お滝は瑞江の話に腹を抱えてひとしきり笑った。瑞江が渡り廊下の先で見たのは桂月《けいげつ》院《いん》という、先代の殿様に寵愛された女人の隠居所であった。

「かつては中老おだいの方といって、さらに昔を遡ると、フフフ、大部屋であたしらと一緒にいたお末だったのさ」

と聞かされてびっくりしたものだ。

「あたしが知ってるなかでも運の好さにかけちゃ飛びきりだ。もっとも若いころはえらいべっぴんだった。女はなんといっても美人に生まれたほうが得なんだよ」

桂月院はさる商家の女房が岩倉法印《ほういん》という山伏の祈禱師《きとうし》と倫《みち》ならぬ恋路の果てに産み落とした娘だと、お滝は以前に本人の口から聞かされている。それゆえ幼いうちから奉公に出され、ここでも最初はお末として拭き掃除や使いっ走りをさせられていたらしい。

「当時、おだいの方という、やはりお手つきの中老が別においでになって、その方が美《き》貌《りょう》に目をつけて部屋子になさった。で、おだいの方の二代目を名乗ることになったたってわけなのさ」

殿様のお手つきになった女中は三十歳を境にお相手をご辞退させられるという慣わしだが、一度でもお手がつくと死ぬまで御殿から出られなくなる。そこで老後の面倒をみてもらうために、だれか身内を部屋子に迎えて跡継ぎにしなくてはならない。先代のおだいの方は跡を継いでくれる身内がいなかったので、殿様の目に留まりそうな美しい娘を選んで部屋子に仕立てたのだった。

桂月院は中老の部屋子になってお末からいきなり御次に昇進し、案のじょう先代の殿様に見そめられて中老に取り立てられた。先代おだいの方が他界したのち、自ら二代目を名乗るようになったという。

「お手つきの方はたいがい美しい娘《こ》を部屋子にして、同じ道を歩ませるもんなのさ。今のおみちの方だって、お小さいころは貞徳院様の部屋子だったんだからねえ。あたしゃその時分をかすかに憶えてるが、羽二重餅《はぶたえもち》のような色白のお肌で、髪は真っ黒で目がぱっちりしててお雛様のような可愛らしい子で、そんじょそこらの小娘たァ最初《はな》っから比べもんにならなかったよ」

貞徳院は当代藩主のご生母で、今は下屋敷にお住まいだと聞いた憶えがある。おみちの方がその部屋子だったというのは初耳で、つまり貞徳院は腹を痛めて産んだわが子に、自らの手で育てた部屋子を愛妾として差しだしていることになるのだった。

「なんだかおかしな話……」

と、瑞江はつぶやいてしまう。

「仕方ないじゃないか。ひとは年を取るとだれかに面倒をみてもらわなくちゃならない。ふつうなら子どもが面倒をみてくれるところだが、ここじゃ子どもはみんな殿様と奥方様の御子になっちまうんだから、部屋子を別に仕込むしかないんだよ。でもって結句ひとは自分がしてきたことしか教《おせ》えられないから、お手つきの方は部屋子にもお手つきの心得を伝授なさるって寸法なのさ」

「お手つきの心得とはどういうものなのです？」

真顔で問うと、相手はふたたび大きな腹を揺すってげらげら笑いだした。

「お前さんのような生娘《きむすめ》に話してもわかるこっちゃないが、男と女のやることはひとつだからねえ。フフフ、そりゃ年季が入ったほうがいろいろ教えて、何かとうまくいくってこともあるんだよ」

お滝は唇元に淫らな薄笑いを浮かべている。この大年増の女は親切で頼りがいもある反面、時折こうした下卑た話でこちらを不愉快にさせた。

ともかく先代の殿様にはほかにも大勢の側室があったが、先代が亡くなってすぐに髪を下ろしたのは寵愛を二分した貞徳院と桂月院だという。しかしふたりは年齢が離れていて、同じころに寵愛を受けていたわけではない。桂月院のほうは当代の殿様とさほど年齢が変わらないと聞かされて、瑞江は少なからず唖然とした。

「桂月院は先の殿様がお亡くなりになるまでおそば去らずで、あそこに隠居所までこしらえておやりなすった。貞徳院様はそれでえらくご立腹なすって、ご自分は下屋敷のほうを隠居所になされたってわけさ」

寵を競った側室の仲が良くないのは当たり前とはいいながら、貞徳院と桂月院の確執は尋常でなく、貞徳院は先の殿様が在世中から桂月院のいる上屋敷を嫌って下屋敷で過ごされることが多かったという。大川端にある下屋敷はもともと領地から運ばれた米などを納める蔵屋敷だったが、貞徳院はそこの空き地に立派な数寄屋普請の屋敷を建てさせて別荘にしたらしい。

「先の殿様はおふたりのいうことならなんでもお聞きなすったって話だ。当時はそれこそ御用達の呉服屋が毎日でもここに顔を出した。下屋敷では月に何度も派手な宴が張られて、いわばお互いに贅沢の競べっこをなさってたから、ふつうの家なら借金でとうに首がまわらなくなったところさ。今の殿様の代になって、ここはようやっと落ち着いたんだよ」

たしかに今はだれもそんなに凄まじい張り合い方をしているようには見えないけれど、まだ殿様がご不在なので瑞江には本当のところはわからなかった。まして貞徳院と桂月院が寵を競った当時の様子は想像もつかない。ただ話を聞いているうちに、先代の殿様をそこまで迷わせた女人の姿を一目でも拝見できるものならしてみたいという気がしてくる。下屋敷の貞徳院を拝見する機会はまずあるまいが、桂月院なら無理ではない。中庭の隠居所には身分を問わず大勢の女たちが詰めかけている。それにしてもあの怪しげな呪文を唱える集まりは一体なんだったのだろう。

「ああ、ありゃ烏枢沙摩明王《うすさまみようおう》とかいう、ややこしいお名前の仏神様にお詣《まい》りをしてるんだよ。もとは山伏の祈禱師だったお父つぁんがお祀《まつ》りしてたもんらしいんだがね。桂月院はただ祀るだけじゃなくて、集まった連中に説教を聞かせるんだとさ。あたしゃここに長くいて素性をお見通しだから、あんな女が説教するなんてちゃんちゃらおかしいけど、今どきの娘《こ》は何もご存知ないから真に受けて聞く気になれるんだろうねえ。あの女の出世譚《ばなし》を聞いて、自分もあやかろうっていう厚かましいのもいそうだよ」

大勢が一斉に呪文を唱えていたのも不気味だったとはいえ、実のところ瑞江は廊下で聞いた声に腰を抜かしたのだった。「母を喪うた孤子よ」と呼びかけたあの声の持ち主こそが桂月院だったにちがいない。父親が山伏の祈禱師だというから、本人もそれなりの霊力を備えているのだろうかと思うほどに、あれはふしぎな体験だった。

「烏枢沙摩明王は不浄金剛ともいって、穢《けが》れを祓《はら》うときや何かに祈るといいそうで、あたしらも大掃除で鼠の死骸を片づけたときやなんかにはお札《ふだ》をもらいにいくんだよ。祟《たた》り除《よ》けにもなるっていうし、相思相愛や安産を念じても利くって話さ」

と、お滝は付け加えるが、そもそも殿様のほかは男子禁制のここで相思相愛や安産に利く神様というのがおかしい気もする。

「桂月院が熱心に祀りだしたのは御子を妊ったのがきっかけなのさ。最初は腹が横に広がって、きっと姫君だろうっていわれてたんだ。それがあの神様にお祈りをして、腹がだんだんと前に突きだすようになった。なんでも変成男子《へんじようなんし》の修法《ずほう》とかいって、胎内の赤子を女から男に変える力まであるんだとさ」

「で、まことに若君がお生まれになったのか」

と、ここは訊かずにいられない。

「ああ、由次郎《よしじろう》様と申しあげて、今はもう二十に近いはずだが、いまだに部屋住みでこの上屋敷においでだよ」

上屋敷の敷地は広大で、御殿のほかに家臣の住まいがあるのは瑞江も知っていたが、主君の御舎弟も別に住まいを構えているという。

「大きな声じゃいえないけど……」

お滝はわざとらしく声をひそめた。

「由次郎様のご誕生は先の奥方様がすでにお亡くなりになったあとだから、産んだお袋さんが殿様におねだりして、長局《ここ》でお育て申しあげたんだよ。桂月院の部屋から赤ん坊の泣き声やらはしゃぎ声が聞こえてきたら、貞徳院様にしてみりゃ面白いわけがないじゃないか。それでたいそう険悪な仲になって、よく下屋敷の別荘へお出かけになったってわけなのさ」

同じ寵愛を受けた側室でも、一方はわが子を赤ん坊のうちから人手に奪われ、もう一方は長く手放さずにすんで互いの明暗を分けた。それが双方の確執の因《もと》であり、また下屋敷に別荘を建てさせるなどの贅沢三昧につながったという話は瑞江にも納得できた。

しかしながらお滝が大部屋の入り口で立ち止まって、

「ほんにあのお方は困ったもんさ。お前さんも気をつけたがいいよ」

と、顔をしかめていった捨てぜりふはさっぱり解せなかった。

何かいわくのありそうな由次郎様と呼ばれる人物の話が気になったのはその夜だけで、次の日はもうそんなことなどすっかり消し飛んでしまうほど、瑞江にとっては大変な一日となった。

三之間ではこれまで古参の女中がふたり日替わりで御年寄の付き人を務めていたが、この日浦尾を呼びに来た真幸は「うめ、来やっ」と名指しで付き添いを命じた。

付き人は厠であろうがどこであろうが御年寄の向かう先にはかならずお供をする。ふつうなら「お通りあそばします」と大声で叫んで露払いをしなくてはならないところだが、勝手のわからぬ瑞江は真幸の先導に従って背後から浦尾にはさまれるかっこうだ。

なぜ自分にお供をさせるのか、両人にはとても訊けるような雰囲気ではない。

廊下は何度か曲がるうちに、初めてここへ来たときに通った場所に出て、真幸は例の御錠口の少し手前で右手に曲がった。小部屋の前で立ち止まり、「では私はこれにて」と浦尾に軽く会釈をし、ついでこちらに向かって、

「お客人は御家老の矢田部監物《けんもつ》様じゃ。粗相がないようにのう」

と彼方の座敷を指した。

瑞江は何がなんだかさっぱりわけがわからないが、それでも真幸は客人の名を教えてくれるだけまだ親切で、片や浦尾は黙ってさっさといけとばかりに扇の先で背中を小突いた。

表と奥を御鈴廊下で往来するのは殿様ひとりで、家老といえど奥を訪ねる際はわざわざ御広敷にまわって御錠口に近いこの座敷で対面をするらしい。表の家老と奥の御年寄は同格だと聞いていたが、やはり男女の懸隔というものは抜きがたいのだろう、浦尾は先に待っていた裃姿の相手にことのほか丁重な挨拶をした。

瑞江はお末の仲居が運んできたお茶をおずおずと矢田部の前に差しだしながら、うわ目づかいでそっと顔を窺った。鬢《びん》にかなり白髪が混じって恰幅《かっぷく》がよく、頬骨が張って眉毛の先がぴんとはねた厳めしい人相だ。が、黙って浦尾に書状を差しだしたあとはしきりに額の汗を拭い、膝に置いた手も何やら落ち着かない動きを示す。「いやはやなんとも……」と口ごもって、すがるような目で浦尾の様子を見守っている。

いっぽう書状に目を通す浦尾はめっぽう暗い顔つきで、瑞江はふと御殿に出仕した初

日の様子を想いだしてしまった。きっとあのときもここで何か悪い報せを受けたあとだったのだろう。きょうはさらに悪い報せなのかもしれない。書状を読みおえて手早くたたみながら、すっかり肚をくくったようにいう。

「案じておっても埒《らち》はあきませぬ。こちらもそろそろなんとかしておかねばなりますまい」

「はて、どこから手をつけたらよいのか……」

厳めしい顔をした家老が意外に弱気な声で腕組みをすると、浦尾がこれまた意外に決然とした口調で応じた。

「まず朽木《くちき》様に申しあげたほうがよろしいのではござりませぬか。むろん備中《びっちゅう》様にも……」

そこから先はふたりが膝詰めになったので、瑞江には声が聞こえなかった。表の御家老と奥の御年寄が深刻な面もちで話し合うのだから、砥部家に何か大事が出来《しゅったい》したらしいという見当はつくものの、それ以上のことはわかるはずもないし、別に知りたいとも思わなかった。

半刻ばかりの面談で家老が引きあげると、瑞江がこんどはひとりで「お通りあそばします」と叫びながら露払いをつとめなくてはならなかった。廊下の曲がり角で迷ったりすると背後から扇で小突いて方向を教えはしても、浦尾は始めから終《しま》いまでひと言も口をきかなかった。

この日は御殿を退出して長局に向かう途中でまた真幸にばったりと出会い、

「どうじゃ。少しは馴れましたか」

と、やさしく声をかけられて、瑞江は胸がぽうっと温まる気がした。薄暗くなった廊下で網行灯に照らされた相手の顔は、最初に見たときと同様にハッとするほど美しかった。

「先ほどはさぞかしあわてたであろうが、よう無事につとめられた。今後もたびたびこういうことがありましょう。浦尾様も今は信の置けるお身内がおそばにいて、心丈夫にお思いのはずじゃ」

「左様なこともござりますまいが……」

と、瑞江は口を濁した。

浦尾が今さらこちらを身内扱いして付き人を命じたのだとすれば、身勝手すぎてなんだか腹立たしくなるが、そうはっきりと相手にいうわけにもいかなかった。

浦尾を敬愛する真幸は、いま砥部家《ここ》で御家老と御年寄を悩ます何事かがあるのを知っている様子だった。が、むろんそれは口にしなかったし、瑞江もまたそんな大変なことまで訊く気にはなれず、次の日もまた付き人として駆りだされるはめになった。

きょうの客人は下屋敷から来た平岡という御年寄と留守居役の肱川《ひじかわ》兵庫だった。

羽織袴であらわれた肱川はきのうの矢田部よりも年かさと見え、べちゃっとした丸顔の温厚そうな人物で、平岡は背骨が曲がって髪も真っ白な文字通りの老女である。たぶん先日起きた心中の一件の釈明にあらわれたものとおぼしいが、ふたりとも蚊の鳴くような声で話すから言葉がさっぱり聞き取れない。ふたりがおとなしすぎるせいもあるだろう、

「貞徳院様にお伝え申してくだされ」

という浦尾の声がやけに大きく響いた。

「これに懲りて向後は戯《たわ》けた遊びを少しお控えめさるるようにとな」

驚くほど高飛車な調子が耳をかすめて、瑞江はこの話がいたく気になってしまった。きのうの家老の話とちがって興味をひかれたのは、心中の一件が長局で大騒ぎになっていたことと、お滝から先に貞徳院の話を聞かされていたためだろう。

「人目厳しき折から、当分はおみちを召《め》されぬようになされよ。おみちには、わしからよう申し聞かせておく」

おみちの方は貞徳院の部屋子だったという話も聞いていたので、下屋敷にもよく召されていたのだろうとは察しがつく。が、心中の一件がどう結びつくのかはわからなかった。

とにかく上屋敷の奥をあずかる御年寄の浦尾には、日々あちこちから難題が持ち込ま

れているようだった。おば様は女ひと通りの躾をして良縁を世話するつもりだろう、などといわれて瑞江はここに来たわけだが、今はとても私事にかまける余裕なぞなさそうだし、もともとそんな気持ちがあったかどうかも疑わしい。いつの間にか付き人にされて「うめ、来やっ」と呼ばれても、あとは扇の先で小突かれるだけで、相手はやさしい言葉のひとつもかけてはくれない無情のひとだ。真幸が勝手に思い込んでいるような身内としての親しみなぞは、お互いに持てるわけがなかった。

ただここは、いわば女たちだけで乗り込んだ船がぽつんと海に浮かんでいるようなありさまで、しかも今は何やら嵐の前の生温《なまぬる》い風が吹きつけている塩梅《あんばい》だから、舵取《かじと》り役の苦労は並たいていではあるまいとは察せられた。

付き人は厠にまで同行して裲襠を預かり、すませたあとは手洗いの介添えもする。柄《ひ》杓《しゃく》で水をかけて懐紙できれいに拭いてやっても、浦尾は手を引っ込めずにぼんやりとしているときがある。何かよほどに根をつめて考え事をしているにちがいないが、そっと上目《うわめ》づかいで見ても、顔はいつも怖いほどの無表情だった。

御殿と同じく人の心にも表と奥があるのなら、瑞江はここを出てゆく前に、一度はこのひとの心の奥を覗いてみたいという気がした。

九

嫌な雨だけど、降らないよりはましかもしれない。荻野沢之丞は屋根からしたたり落ちる雨の雫《しずく》を楽屋の窓越しにじっと見ている。この季節は降らないとかえって蒸し暑くてやりきれない。舞台の出番がすむと、襦袢《じゅばん》が肌に張りついて水に飛び込んだようになる。思えばあの小佐川十次郎が水に飛び込んでから、早くもひと月はたつのだった。

それにしても、きのうの太夫元ときたら、ありゃただの不機嫌なんてもんじゃなかった。皐月《さつき》狂言の初日を前に、御白洲《おしらす》に召《よ》びだされて油を搾られたのがよほどにこたえたのだろう。帰ってくると、まるで火のついたダルマさんが廊下をころげまわるようなかっこうだったから、十次郎《あいつ》は本当にはた迷惑なことをしでかしてくれたと楽屋中の者がこぼしていた。

江戸には幕府御免の芝居がもともと四座あったが、今から六十年ほど前に当時全盛の二枚目役者、生島《いくしま》新五郎が江島《えじま》という大奥の女中に関わって召し捕られた折に、一座が取り潰されて三座になった経緯があって、大奥の女中は今も芝居見物は堅く禁じられているという。大名家の奥女中は大奥ほど厳しい取り締まりは受けずにすむのだろうが、役者と心中したとなれば話は別で、楽屋の古い連中がこんどは市村座が取り潰しの憂き目に遭うのではないかと心配したものだ。

幸いこれでひとまずけりはついたようだが、沢之丞はまだ合点のいかないことがいくつかあった。何よりもあの十次郎が、落ち目のときならいざしらず、人気の絶頂で自ら命を絶ったというのが解せない。それに相手がどれほどのいい女であったにせよ、あの男は心底ひとに惚れぬくようなたちとは思えなかったから、ひょっとすると女に迫られた無理心中だったのではないかという疑いも湧く。

笹岡というあの八丁堀の旦那は砥部家の話を根ほり葉ほり訊くかと思ったが、結句あれっきりになったのも腑に落ちない。あの旦那はなかなかの男前で、外面《そっぽ》のいい男は得てして薄情だというから、たぶんろくに調べもしなかったのだろう。むろんそれでこっちも古傷をえぐられずにすんで幸いだったけれど、あの男にはもう一度くらい会ってもよかったような気がする。

沢之丞は照れくさそうに鏡の中の自分に笑いかけて、化粧刷毛《ばけ》を手に取った。さあ、これから身も心も女になる。しわはまだほとんどない。白粉はこうしていくらでもきれいにのびてくれる。あの女たちの肌は今ごろどうなっているのかしらん、などと急に自分でも意外なことが想われた。

ひとは今が悪ければ昔語りをしたくもなろうが、今が良いのにだれが昔を懐かしむだろう。ましてや他人にはとても語れぬ、けっして想いだしたくない過去ではないか。けれど他人様《ひとさま》の死はいつもどういうわけだか生きている人間を淫らな気分に駆り立てるのだった。

あれは十年以上、いやもう二十年近くたつのかもしれない。当時は自分も十次郎もまだ前髪を剃らずにいて、共に振袖を着た若衆の姿であった。

舟で大川端の桟橋に乗りつけて石垣の階段を昇るとすぐに裏門の前に出た。中に入るときは番人がひとりひとりの顔に龕灯《がんどう》をさしつけて、「いってよし」と横柄にいった。目の前には土蔵の白壁が闇にぼうっと浮かびあがって、横手にはあかあかと燃える松明《たいまつ》が人ひとりやっと通れるほどの狭い路地を示していた。

路地を五間《けん》ばかりも進むと前が急に開けて広い庭に出た。日がとっぷり暮れたあとだから、前栽の緑が色鮮やかに見えることはなかったが、あちこちに焚かれた篝火《かがりび》で泉水の黒い水面《みなも》がてらてらと光っていた……。

「そろそろ出番でござんす。お支度《したく》をお早めに」

と衣裳方が暖簾の外で叫んだが、舞台の数もこれだけ踏めば、せかされなくともちゃんと間に合うようには仕上げてみせる。筆を取ってきれいに弓形の眉をひきながら、沢之丞の心はまだ遠い昔に遊んでいた。

泉水の横には破風《はふ》屋根付きの立派な舞台があった。まだ当時は新築で白木が芳しく匂った。舞台の正面は広縁付きの座敷で、そこに殿様をはじめ大勢の女中たちがずらりと並んで見物していた。舞台で舞いや踊りを披露したのは当時の名だたる役者たちで、芸の未熟な若い役者は酒宴に侍《はべ》ってお酌をするのがおつとめだった。酒のお相手をして年増女のご機嫌をとり、時に酔いにまぎらした悪いからかい方をされるのが当時は苦痛でたまらなかったが、今から思うとあれもいい芝居の修業にはなった。

しかし自分があそこにいったのは二十になる前まで、わずか三度《みたび》か四度《よたび》にすぎない。十次郎はたぶんその後もずっと縁が切れなかったのだろう。それにしても、まさかついこないだまで続いていたとは驚きで、今さらあそこでだれかと心中するほどの恋仲になったというのも、過去を知る者としてはふしぎな話だ。ただもしそうだったとすれば、心中ではなくお手討ちに遭ったというほうがまだしも納得がゆく。笹岡という同心が砥部家にえらくこだわっていたのも、何かそれなりのわけがあったのではないか。

むろん八丁堀の旦那といえど、あの屋敷に裏門とは別の小さな出入り口があることまではご存知あるまい。ある夜そこから抜けだして自分が何をしたかは、いくらなんでも話せることではなかった。

十次郎はもう死んでしまった。過去は死人と一緒に静かに眠らせておくにかぎる。生ある者は未来《さき》を見つめてひたすら前に進むしかない。きのうは終わって、きょうがある。日陰に花を咲かせた昔は忘れて、今は目の前の立派な表舞台に立つことだけを思えばよいのだった。

「太夫、もうよろしうござんすか」

と、衣裳方は気がせくせいか返事を待たずに押し入ってくる。素早く畳紙《たとう》を解いて衣裳を取りだし、肩山をつまんでこちらを見た。新調の振袖に手を通せば、嫌な想い出はたちまち心からすうっと消えてしまう。

十

「ねえ、これよかったら召しあがって」

と、おたけに塩瀬の饅頭を差しだされて瑞江は少々驚いていた。一体どういう風の吹きまわしだろう。饅頭にかびでもはえたのかしらと思うくらいだ。

おたけは日本橋辺にある小間物問屋のひとり娘で、十日に一度は実家から何やかやと届け物がある。ふだんえらそうにしているおまつも、このときばかりはおたけの機嫌をとりにかかるし、近所の部屋までおすそ分けにあずかるのに、瑞江はいつも仲間はずれにされた。客人や上輩に運ぶ茶菓子をつまみ喰いしたくなるほど甘いものには飢えていたが、うっかり手を出すのはためらわれた。

「その代わりに、お願いがあるの」

そう聞いて、ほうら、やっぱり、と思う。

「あなたは真幸様とお親しいようだから、この手紙《ふみ》を、いつかお渡ししていただけないかと思って……」

おたけがもじもじしながら差しだした書状は封じ目の側に「真幸様参る　たけより」とあった。横にいるおまつがすかさずこちらの顔を見てにやっとした。声を出さずに唇を大きく動かしている。どうやら「こ、ひ、ぶ、み」と読みとれるが、瑞江は首をひねるばかりだ。ともかくも書状を受け取って、

「いいわよ。届けてあげる」

と、すぐに部屋を飛びだした。

浦尾に客人があるたびに瑞江は真幸に会ってはいるが、昼間は向こうが忙しそうだし、勤めが退《ひ》けたあとに長局の部屋を訪ねる理由も見あたらないので、話らしい話はできなかった。この際おたけの手紙をきっかけにでも親しくして、ここの様子を何かと訊きたい気持ちもあった。

真幸の部屋は大廊下の一番奥で浦尾の部屋の真向かいになる。といっても大廊下の側は勝手口に当たるため、浦尾や真幸のような上輩はまずこちらには出てこない。部屋の戸を叩いたときも、本人ではなく部屋方の召使いが出てくるものと思い込んでいたから、いきなり「誰《たれ》じゃ」と聞きなれた声がしてどきっとした。

戸がかすかに開いて、爽やかな薫香が漂ってきた。近ごろは湿気《しけ》るのでどの部屋でも

香を焚いているが、ここの匂いのよさはまた格別だった。

天窓は開いていても陽がもうかなり翳《かげ》っているのに、真幸が戸口に姿をあらわすと、あたりがぱあっと明るくなった気がした。出仕姿のままとはいえ、夏の今は単衣物《ひとえ》に細い付帯《つけおび》を締めた涼しげな装いだ。鯨のひげを芯に入れて、うしろにぴんと二本の角が張るかっこうで締めているのが実によく似合っていた。

「あ、あのう……」

おずおず手紙を差しだすと、相手は案外あっさり受け取って、裏返しにしてくすっと笑い、

「うめどの、文使い、大儀じゃ」

と、こちらの顔をおかしそうに眺める。

たぶんこういうことに馴れっこなのだろうが、瑞江はたけに代わって自分が笑われたようで、急に顔がほてりだして何もいえなくなった。黙ってぺこんとお辞儀をすると、そそくさと廊下をあともどりする。と、こんどは一ノ側の戸口がすうっと開いて、「うめェ、待ちゃア」という間延びのした声。ぎょっとして振り返れば、なんとここには出てくるはずのない中老の玉木が召使いの腕に支えられるようにして立っているではないか。

玉木はこちらが御年寄の姪だと思い込んでいて、中老の詰所でも何かと親しげに声を

かけてくるが、瑞江はいささか迷惑に感じていた。玉木の物腰は見れば見るほどおかしい。こういってはなんだけれど、あまり親しくされると同類に見られそうで若い娘としては心配になる。その立ち姿も先ほど見た真幸とはえらいちがいで、付帯の先をだらんと垂らして、召使いの腕を振り払ってこちらにひょこひょこ歩いてくる姿が危なっかしくて見ていられない。案のじょう途中でころびそうになり、あわててそばに駆け寄ると、小さな目をさらに細くして、にいっと笑った。

「連れていってたも」

「どこにおいでになるおつもりでござりまするか」

と、瑞江は思わずきつい口調になった。このひとのことだからきっとまちがえてここに出てきたのだとしか思えなかったが、

「桂月院のもとに参りたい」

と、相手は存外まともな返事をした。

桂月院の隠居所は中庭にあるが、一ノ側とは直につながっておらず、この大廊下に出て例の渡り廊下を通るしかない。

それにしても玉木が桂月院を訪ねるとは意外な気がした。

「あちらには、よくお見舞いあそばすのでござりまするか」

と問えば、玉木は即座に首をぐらっとさせた。が、相変わらず木偶《でく》のようにぎこちな

い動きなので、否か応かも定かでない。

「近ごろは皆様がご親切でのう」

と、うれしそうにいうのを聞いて、皆様とはだれのことかと気になるものの、その中にたぶん桂月院も入っているのだろうと思うしかない。

お滝の話だけでは桂月院がどんな人柄なのかまではわからなかったが、玉木のようなひとを相手にするのだから思ったほど悪いひとではないのだろう。そもそもまだ会ったこともない相手にこちらが勝手に悪い印象を抱いたのは、あの怪しげな集会のせいだけれど、玉木もあれに加わるつもりなのかもしれない。

瑞江は薄暗い廊下をしずしずと導いて渡り廊下に出たところで手を放した。玉木は黙ってがくっと首を前に垂れるようにして謝意をあらわし、そのまま危なっかしい足取りで先に向かった。

あくる日は朝からどんより曇って昼にはとうとう雨が降りだしていた。午後が非番の瑞江はたまたま大廊下に出て、一挺《いっちょう》の網代駕籠が通るのを目にした。

身分の高い御殿女中は外出のときにかならず駕籠を用いるが、男子禁制の長局に乗り入れる際は陸尺《ろくしゃく》に代わって大柄なお末が担ぐ。駕籠はたいがい大部屋の北にある乗物部屋から一ノ側に向かい、大廊下を通るのは見たことがなかった。女ばかりで担いだ駕籠の物珍しさに気を奪われて、そのときは何が起きたのかにまでは心が及ばなかった。

玉木が亡くなって運びだされたことは、あとで知って仰天したのである。

最初は病死だという噂だった。前の日は元気そうに見えたが、ふだんからどことなく変な感じがしたのはきっと病気のせいだったのだろうと思い、それなりに納得した。

ところがさらに次の日の夕方、「ようっ、八丁堀の」とお滝に呼び止められて、物置の陰で真相を知るはめになった。

「玉木様の亡くなり方は尋常じゃなかったんだとさ。部屋方から直に聞いたんだからまちがいない。自害のことは伏せるよう、御年寄にいわれたそうだ。あたしゃお前さんだから打ち明けるんだよ」

と、お滝はいうが、この分ではまたたくまに長局中が知るにちがいなかった。

玉木の部屋は前に見た浦尾の部屋と同じような縦長の間取りで、ただし間口が半間狭い造りになっている。召使いはふたりいた。ひとりは二階に、もうひとりは一階の台所に近い三畳間で寝起きしていて、中庭に近い広い部屋で寝ていた玉木とは、あいだに四畳半の部屋を置いているので、夜中の物音はまったく聞こえなかったらしい。召使いは主人より一刻早く起きだして朝食のしたくをしなくてはならないため、夜はいつも火の用心の拍子木も耳に入らないくらい、ぐっすり眠り込んでいるものなのだという。

朝はいつもの通り、襖越しに声をかけても主人がなかなか目覚めない様子なので、思いきって部屋に入った。最初、主人は白い寝巻のままで敷居の前に立っているように見えた。召使いはお辞儀をした拍子に、足の裏が宙に浮いているのを見て腰を抜かした。すぐに御年寄の部屋に駆け込んで訴えると、浦尾はさっそく自分の召使いを連れて乗り込んできた。亡骸《なきがら》を自らの手で抱き下ろして、命切《こと》れているのをたしかめた上で、御広敷に御殿医を呼びにやらせた。

外聞にも関わるだけに、召使いは命じられるまでもなく自害の件は伏せておきたかったようだが、あまりにも腑に落ちないので、何かのまちがいで首を吊ってしまったのではないかという疑いを、ついお滝に洩らしてしまったらしい。

瑞江も同じように、とても信じられない気持ちだった。玉木がにいっと笑ったときの顔や、幼子のようにひょこひょこ歩いているうしろ姿がまぶたに浮かんだ。こんなことならもっと親切にしておけばよかったという後悔が胸に押し寄せて、目にはじわじわと涙が湧いてくる。

「馴染みの薄いお前さんまでが泣いてあげれば、いい供養になるってもんさ。それにしてもあのお方が自害とはねえ……。お宿下がりのときに見た芝居の『鏡山』なんかだと、御年寄にさんざん苛《いじ》められた中老が自害するけど、あのひともやっぱりだれかに苛められてたのかねえ。でもって、夜中に魔が差したってとこなのかねえ」

といいながらお滝も首をかしげていた。

だれの目にも玉木は自害するようなひとには見えなかったようだ。しかしだれかに苛められるということはあったかもしれない。苛められやすいたちのひとだったような気もする。何かにつけて眉をひそめる常磐様、いつもいらいらしているおりうの方、いや、近ごろなんだかとても憂鬱そうなおみちの方や、若くて屈託がなさそうなおなぎの方だって怪しいものだと思う。

女は自身でよくつかめない心のもやもやが薊《あざみ》の棘《とげ》のようになって、ときどき他人を刺すのではなかろうか。ひとつひとつはたわいもない嫌みだったり、あてこすりだったり、親切めかしたちょっかいだったり。けれどそうした些細なことが塵も積もれば山となって、もういい加減にしてくれと叫びたくなる。いっそ顔がゆがむほどひっぱたいてやったらどんなに気分がすっきりするだろう、と瑞江はここに来て何度思ったことか。

でもそんなことで自害するなら、あのひとはとっくにしていたはずだ。それにたしか前の日に桂月院の隠居所に案内したときに、「近ごろは皆様がご親切でのう」といったではないか。あれは嘘だったのだろうか……。

瑞江の胸が突如ずきんと大きく鳴った。

まず急に気になってきたのが自害の仕方だ。いくら意気地がなかったとはいえ、かりにも武家の娘が懐剣で喉笛《のどぶえ》をかき切るか、胸を突くかしないで、首を吊ったのは解せない。首吊りの死骸は鼻水をずるずる垂らして、実に見苦しいものだという話を前に父から聞かされたときは、耳を覆いたくなったものだ。

これも父に聞いた話だと、町なかで首吊りの死骸が見つかったときは、かならず身内を呼びだして検屍に立ち会わせるらしい。ずいぶん酷い話に聞こえるが、絞め殺してから首を吊ったように見せかけたものではないことを納得させるためなのだという。

瑞江はこうと決めたら矢もたてもたまらなくなる性分で、さっそくまた大廊下の一番西端にある部屋の戸を叩いてしまった。もっともこんどは真幸の部屋ではなくその向かいの浦尾の部屋で、戸が開いて顔を出した女はこちらを見るなり「ああ、あなた様は」と見覚えがあるいい方をした。

「玉木様のことでちょっと」

そういったとたんに相手は目をぎょろっとさせて、とっさに戸を閉めようとする。すかさず瑞江はその手を押さえて、

「話してくれたら、そなたのことはけっしておば様に悪いようにはいいませぬが、もし話してくれなかったら……」

と、やんわり脅しをかけていた。

浦尾と一緒に玉木の部屋に乗り込んだのはこの団栗眼《どんぐりまなこ》をしたお安ともうひとりの召使いの三人だった。玉木は中庭に一番近い三畳間と広い部屋の境にある欄間に扱帯《しごき》を通して首を吊っていた。二階建ての長局はいずこの部屋も天井がさほど高くないが、ましてて欄間を上に載せた鴨居は低くて、つま先が畳に触れていたから、最初に玉木の召使い

が立っているように見えたのは無理もないという。

「うちの旦那様は、三年前の火事のときとおんなじで、やっぱり肝のすわり方が並の方とはちがっておりました」

と、お安は誇らしげにいって、浦尾が自らの手で遺骸を抱き下ろして蒲団に横たえたあとも顔や何かをじっくりと見ていた剛胆さを物語った。

御殿医があらわれると浦尾は何やら耳打ちして一緒に御広敷に向かった。あとに残された召使いらは取り敢えず遺骸に懐剣を載せ、経机《きようづくえ》を置いて線香を手向《たむ》けるといった型通りのことをしたあと、駕籠が迎えに来るまで部屋の中にじっとこもっていなくてはならなかったという。

瑞江はこの日はさすがになかなか寝つけず翌日に響いた。気分はぼうっとしているときと、妙に冴え冴えしいときとが交互に訪れた。

「うめ、来やっ」

と呼ばれたときはぼうっとしていて、怖いひとに扇の要《かなめ》で背中を痛いほど小突かれたものだ。

例の客間で待っていた老年の侍には見覚えがあった。以前たしか下屋敷の御年寄と同行した留守居役だが、きょうは悄然と独りで座っていた。浦尾は部屋に入るなり両手をついて、

「肱川様、面目次第もござりませぬ」

と、畳に額をこすりつけんばかりにした。

「お手をおあげくだされ。面目なきは身どものほうでござる」

憔悴しきった老人の顔をそっと上目づかいで窺って、瑞江はたちまちに悟るところがあった。扁平な丸顔に小さな目鼻。前のときは温厚そうな侍だとしか思わなかったが、あらためて見れば実によく似た父子だった。

「まさかあの娘が斯様《かよう》に愚かな真似を致すとは思いませなんだ……あれは最期まで不憫《ふびん》なやつでござりました」

父は無限の哀しみを込めて深いため息を洩らした。

浦尾は御広敷を通じて自害した娘をすぐさま父のいる下屋敷に送り届けたのだろう。外聞を慮《おもんぱか》った御年寄の捌《さば》きに肱川は感謝をしている様子だが、片や浦尾は御年寄として当然責めを負わされる立場にあるとはいっても、ひたすら下手に出ているのは、このひとにしてはめずらしい気がしないでもない。

「書き置きがあったとお聞き致したが、それを見せてはもらえませぬか」

と、肱川が膝を寄せれば、

「さあ、書き置きがあるにはあったれど、奥では何事も表には出さぬのが昔からのしきたりでござりまして……」

「やはり左様か。書き置きなれば恨み言もござりましょう。奥におられるのはみな殿に身近《みぢこ》うお仕えなさるる女中方なれば、どなたに傷がついても困るはず。されば致し方ござらぬ」

瑞江はこの間のやりとりを唖然として聞いていた。遺書があるなら、父親に見せてやればよいではないか。父もまたなぜそんなにあっさりとあきらめるのか。

それにしても、お安は遺書があったとはいわなかったし、もしあったなら玉木の召使いがお滝に自害の不審をいい立てたりはしなかったはずだ。浦尾は肱川に玉木の自害を信じさせようとして、遺書があったという嘘の報告をしたのではなかろうか。

「まさか……」

と思わず声が出そうになって、瑞江はあわてて口を押さえた。

浦尾は冷静沈着に玉木の遺骸を自らの手で抱き下ろしたというが、果たしてそれはよかったのだろうか。八丁堀の同心ならば、肱川を立ち会わせて、もっと念入りに検屍をするところではないか。

玉木はやはり自害をしたのではないのかもしれない。疑惑の黒雲がふつふつと湧いて恐ろしい勢いで胸に広がっていた。

長局に帰ると、昨夜の寝不足もあって、幸い蒲団に横たわるとあっという間に眠りに落ちた。ところが真夜中に目が覚めた。長局はどこもかしこも寝静まって、猫の鳴き声も聞こえず、ふたりの安らかな寝息だけが耳に入る。少し開けた障子から生温い風が吹き込んでくる。外はたぶん月も星も見えない五月闇《さつきやみ》なのだろう。あの晩はどうだったのか、と、またしても余計なことを考えてしまう。

雨が降らない日は蒸し暑いので、こうして雨戸を閉じずに障子も少し開けておく。雨戸には枢《くるる》があって、きちんと閉めておけば外からは開けられない。けれどあの夜はたしか蒸し暑かった。玉木の部屋でもきっと中庭側の戸は開けていただろう。

ふいに障子に影法師が映ったような錯覚が起きて、瑞江はふるえた。影法師は音もなく忍び寄って廊下を速やかに進んだ。開いた戸口に身を滑らせて、畳の上をそろそろと歩み、蒲団のそばで静かに腰を下ろした。両手に堅く握られた扱帯《しごき》が闇を引き裂くような弧を描いて女の首を一瞬のうちに締めつける。赤子のようにすやすやと眠る女は恐怖の叫びをあげる間もなく息絶える。

しかし赤ん坊をそのまま大きくしたようなひとを、殺したいほど恨む者なんてこの世にいそうもない。それにあんなひとを殺して一体だれが得をするというのか。気を落ち着けて考えてみれば途方もない話だ。

すべてはここで心身がもみくちゃにされて生じた妄想にすぎない。こんな世間から閉ざされた場所に長くいると、次から次へとおかしな妄想に取りつかれて気が変になりそうで、そっちのほうがよっぽど恐ろしかった。

ただ玉木は亡くなる前日に桂月院のもとを訪れている。瑞江はいまだにそのことが気になって仕方がない。あのとき「近ごろは皆様がご親切でのう」といったのは何を意味していたのだろう。今になってそれがひどく知りたい。

ああ、こんなとき父がここにいたらと思わずにはいられなかった。気がかりなことがいっぱいあるのに、ここではだれにも訴えようがないのだ。

もしかするとここには人殺しがひそんでいるかもしれないというのに、杉戸の内で見たことはだれも断じて外に洩らしてはならないとされていた。

十一

ちっ、と舌打ちしたのは何度目だろう。笹岡伊織はゆるやかな坂道をえらくせかせかした足どりで下っていた。雨降りのぬかるみで、裾はおろか黒羽織にまでハネが飛び散っている。

ひょっとすると娘の勤め先に人殺しがひそんでいるかもしれないという懸念が、父をじっとしていられない気持ちにさせるのはたしかだ。そうでなければ、

「なんだ、おぬし、まだこだわっているのか。あの一件はもう片がついたのではないか」

と、同僚の薗部にあきれられたりはしないだろう。

小佐川十次郎と千切屋の娘れんが大川に浮かんだ一件はつまるところ相対死として落着した。相対死でなく殺されたというたしかな証拠もなければ、理由もわからないというのでは、かりに訴えたところで吟味方の与力は耳を貸さなかったはずだ。落着すればこれ以上の詮索《せんさく》は無用であり、ただでさえ人手の足りない町廻りの同心が、何を勝手に動いているのかと自分でも首をかしげたくなる。

ただ薗部からなんとか砥部家の菩提寺《ぼだいじ》は下谷《したや》の青雲寺だと聞きだすと、どうしてもいってみたくなったのだが、境内に足を踏み入れようとしたとたんに寺男が騒ぎだし、若い坊主らと一緒になって文字通りの門前払いを喰らわせてくれた。

町奉行所は寺社にも大名の屋敷にも手が出せない。そんなことはむろん承知の上だが、これで少しばかり取っかかりが得られたような気はしたのである。

新堀川に架かった橋を渡れば道は急に平坦になり、おのずと足の運びも落ち着いた。あたりは依然として寺町ながら、がぜん通行人の姿が目立ち、町家も多い。浅草本願寺《ごぼう》の参詣人を目当てにした花屋やら、仏具を商う店は浅草寺の門前まで続いていた。

風雷神門の出入りで賑わう広小路の一角に、千切屋の暖簾を見つけて足を止める。梅雨どきとあって緋毛氈《ひもうせん》を敷いた床几《しょうぎ》はみな庇《ひさし》の下で、腰をかける客もまばらであった。着流しに黒の巻羽織という出装《いでたち》は目につきやすく、すぐに亭主の惣兵衛が出て来て奥の小座敷に案内した。

数寄屋風に造られた三畳間の板床には、浅葱色《あさぎいろ》をした紫陽花《あじさい》の一輪挿しが淋しげに見える。こちらを向いた亭主の顔をあらためて見ると、これも淋しげな顔立ちで、やはり死んだ妹とよく似ていた。お世辞にも美男美女といいがたいのはともかくとして、こういう人相は表情に乏しいのが困りものだ。

「あれから仏をよく検《しら》べてみたのだが、お前の妹はどうやらただの相対死ではなかった」

といってやったところで、惣兵衛の顔は驚くべき真相を初めて聞かされた様子には見えない。もっともそれはこちらの推量を裏づけるのに好都合でもある。

「てめえは初手《しょて》からうすうす気づいてたんじゃねえのか」

と、こんどは伝法《でんぽう》な口調で揺さぶりをかけた。が、相手はうんともすんともいわず、怯《おび》えたように首をすくめるばかりだ。

「俺はいま青雲寺に参ってからここに来た。砥部家の女中方があそこにご代参をなさる折は、この千切屋にお立ち寄りになるという噂を近所で拾ったぞ」

と鎌をかければ、

「滅相《めっそう》もない。いやしくも御殿勤めの女中方が斯様《かよう》な人目に立つ茶店にお立ち寄りあそばすわけがござりませぬ」

「ほう。ならば同じ茶店でも、ここほど人目に立たなければ遠慮なくお立ち寄りになれるってわけだ」

惣兵衛は目に見えて硬い表情に変わっている。れんが御殿奉公をしたきっかけは、青雲寺のご代参で砥部家の女中がもともと千切屋と縁があったことによるものではないかというこちらの勘が当たったようだ。

千切屋は思った以上に昔から砥部家の奥女中と深くつながっていて、この兄も妹が始末されたことを知っていたにちがいない。理由が何かを知っていても、それがそうやすやすと口にできることではなかったからこそ、堅く沈黙を守っているのだろうと思われた。

「なあ、妹は殺されたんだぜ。草葉の陰でさぞかし悔しい思いをしてるだろうよ。兄さんは仇を討ってくれねえどころか、わが身かわいさに知らぬ存ぜぬを押し通すだけだって、恨んでるにちげえねえ。お前は死んだ妹がかわいそうだとは思わねえのかい」

仏の旦那の異名をとる伊織が得意の切々とした調子を聞かせると、惣兵衛はさすがに目のふちをほんのり赤く染めて、唇をかすかにふるわせている。

「妹の菩提を弔《とむら》うつもりで、知ってることをあらいざらいぶちまけてくれんか」

とどめを刺せば、がっくりとうなだれて、

「私もよくは存じませんが、ただ……」

と弱々しい声を聞かせた。

「ただ……」

伊織は即座のおうむ返しで身を乗りだした。

「妹が役者とちょくちょく会っていたのはたしかでござります。小佐川十次郎の名も何度か出てまいりました」

「ほう。で、どこで会っていた」

惣兵衛はまたもや目を伏せた。伊織はいいだしにくい理由を呑み込んで、そっと助け船を出した。

「役者と会っていたのは砥部様の下屋敷だろう」

「はい。殿様が下屋敷にお出ましの折には二丁町から役者を召《よ》んで芸を披露させるとかで。妹は女ながらも芸達者なところを見込まれて、殿様の前で役者と一緒の舞台が踏めるのがたいそう自慢でござりました」

外様の大名が屋敷に役者を召んで芸を披露させるのは近ごろはよく耳にする話である。おおっぴらにはできないにしても、たいして秘密にしなくてはならないことでもなさそうだ。

「妹から聞いた話は、それだけか」

と、伊織は相手の小さな目を覗き込んだ。

「聞いた話はそればかりでござりますが……」

惣兵衛はまたぞろ少しためらって声を低める。

「最初は上屋敷に勤めておりましたが、下屋敷に移ってからは、文使いのようなこともやらされていたようで」

「文使いの先が十次郎だったのか」

「さあ、そこまでは存じませぬ。ここを待合いに使って、会っていた相手がおりました」

惣兵衛は首《こうべ》をゆっくりとまわして三畳の小座敷を見渡した。伊織はつられて板床の花に目がいった。一輪挿しの紫陽花が心なしか微妙に色を変えたように見える。

「相手は役者か」

とたずねれば、惣兵衛は素早く頭《かぶり》を振った。

「無名の役者でも、役者なら何かそれと匂うものでござります。相手は役者ではなく、さりとて堅気のようにも見えませなんだ。妹にここを待合いに貸してくれといわれたときは、やっと色恋のお相手が見つかったと喜んだものでございますが……ふたりがこの座敷で会うときはかならず人払いを致しました。男のほうは小半刻もしないうちに先にさっさと引きあげてゆくのが常で」

「なるほど。こんどの一件にはたぶんその男がからんでるというんだな」

「はっきりとは申せませぬ。ただ妹のことで思い当たるのはそれだけなのでございます」

惣兵衛はまだ肝腎のことを隠しているように見えた。が、一度には無理だ。こっちはひとつひとつ手がかりとなりそうなものを潰していくしかない。

「その男の人相は憶えているか」

惣兵衛は深くうなずいた。

「額に……」

といいかけて、急に妹の顔がまぶたに蘇ったように目頭を押さえた。

デデン、デデンと打ち出しの太鼓がにぎやかに響いて楽屋の喧噪に輪をかけていた。

鏡台の前に腰を下ろして肌脱ぎになると、ようやく人心地がついた。

こう蒸し暑くっちゃたまらねえなあ、と、まずは鏡に映る女に向かってぼやいてみせる。汗びっしょりの鏡の女。それに向かって話しかける男。舞台を降りても一人二役をやめられないのは哀しい性《さが》だ。こうしてだんだん鏡に魂を吸い取られていき、今やどちらが真実《ほんとう》の自分だかもわからなくなった……。

盥《たらい》の湯に浸かった手拭いを取って顔をごしごしこすりながら、過去も未来もこうして一気にかき消せたらどんなにすっきりするだろうかと思う。なんだかいつになく投げやりな気分の沢之丞だ。

急に外の廊下で太鼓をかき消すような激しい草履の音が響いた。

「ちょいとごめんよ」

暖簾を押し分けて入ってくるのは太り肉《じし》の勘三郎だ。沢之丞は化粧を落としかけの顔で振り向いて、

「太夫元、ちょいとお待ちを」

「ああ、そう急ぐこっちゃねえ。ゆっくりとやってくんな」

勘三郎は煙草盆を手元に引き寄せて一服しながら、次々と挨拶にあらわれた役者を煙管の先であしらっている。こちらが身じたくを終えて振り向くと同時に、雁首《がんくび》でコンと灰吹きの竹筒を鳴らした。

「太夫、お前さん、たしか男衆《おとこし》をもうひとり欲しがってたねえ」

だしぬけにいわれて、ああ、いつかそんなことをこのひとにいったっけか、と想いだす。

沢之丞改名に先立ってあれやこれやで急に忙しくなり、前からいる男衆だけではとても手がまわらないようなので、いっそもうひとり雇おうかと冗談まじりにいったような憶えがあった。けれどなんとかそれも乗り切って落ち着いたところで、

「いい男衆がいるんだが、抱えてみねえか」

と、今さら話を蒸し返されても困ってしまう。相手はさらに信じられないような追い打ちをかけた。

曖昧に微笑《わら》ってごまかそうとしたところ、主人の頓死で路頭に迷うはめになった。

「前はあの小佐川十次郎に仕えていた男衆だが、どうか太夫、人助けだと思って抱えてやんなよ」

そう聞いたとたん、沢之丞は顔がこわばったのが自分でもよくわかる。つるかめ、つるかめ、縁起でもない。なんだってこのあたしが変死した役者の男衆を抱えなくちゃならないんだよ、と相手が相手でなければ怒鳴りつけてやるところだ。

「小佐川《にしきや》に仕えた男衆ならこの道でも顔がきくし、ごひいきもたくさん持ってるはずだから、お前にとって損はない話だと思うがなあ」

勘三郎は前に突きだした下腹を撫でさすりながら、例によってのお気楽な善意の押し売りだ。

人気役者はだれしもいい男衆を抱えている。ごひいきのご機嫌をいかにうまく取り結んで、どれだけ多くのご祝儀を吐き出させるか、一座といかに有利な契約を結べるか、すべては男衆の腕しだいだといわれている。小佐川十次郎が晩年めきめきと売りだしたのも、男衆の力にあずかるところが大きかったのはたしかだろう。

「しかし太夫元、あたしゃすでに……」

と皆までいわさず、

「おっと、これから長く人の上に立とうという者が、薄情な真似をしちゃァいけねえよ。ほかの道はいざ知らず、この芝居の道は弟子であれ、ごひいきであれ、自分のふところにどれだけ大勢の人間を抱え込めるかが勝負だぜ。三代目荻野沢之丞を名乗るほどの役者が、男衆のひとりやふたり余計に抱えられなくてどうするんだ」

説教を垂れる太夫元に一介の役者は文句もいえず、やれやれといった表情を浮かべるばかりだ。が、すでに当人をここに召んであるから今すぐ会ってやってくれという手前勝手な口上には、沢之丞もさすがに絶句して、腹が立つより先に顔が笑ってしまう。するとそれを見た相手がうれしそうに、

「おお、いい顔だ。芝居町のためにも、お前は一生そのきれいな顔のまんまでいてくれよ」

と、お世辞だかなんだかわからぬいい加減なことをいってさっさと出ていってしまう。ああ、あのひとが長生きしたなら、あたしの寿命はきっと十年は縮まるだろうよ、と、さらに長生きしそうな女形は胸のうちで嘆息した。

見ているだけでも暑苦しい太っちょの勘三郎と入れ替わるようにして背の高い男が入ってくると、部屋の空気が少しひんやりとした。上がり口の板の間で行儀よく膝をそろえてこちらにお辞儀をした姿には、亡き男の影を見てしまうせいか、いうにいえない暗

さがあった。

「まあ、手をおあげなさいな」

との声で男は即座に顔をあげた。無遠慮に感じられるほどの素早さだ。

楽屋や道ですれちがったことはあるのだろうが、面と向かうのはまったくの初めてで、沢之丞は、ああ、なるほど、これが弥陀六《みだろく》さんかと納得した。

男の額の真ん中には、まるで阿弥陀様のように疣《いぼ》になった大きなほくろがある。名前も六蔵なので、弥陀六という、よく知られた芝居の役名をそのままあだ名に頂戴していると、先ほど勘三郎から聞かされたばかりだ。

亡くなった主人のような甘い二枚目ではないが、こちらもこちらでけっこう苦み走った好男子である。ただし、もとは役者を志してこの道に入ってきたというような、よくある手合いとはひと味ちがって、表情《かお》に愛嬌が足りない。

「六さんは、この道で飯を喰って何年におなりだい」

「へえ。まだ四、五年といったとこで」

との口調もいたくそっけなかった。

芝居の道に入ってまだ四、五年なら、自分が知らなくても当然だと思う。だが十次郎の羽振りが急によくなったように聞こえてきたのもたしかここ四、五年くらいのはずだから、相手はこう見えて存外やり手なのかもしれない。

「この道に入る前は、何をしてなすった？」

「へえ。屋敷勤めを少々」

この手の男が屋敷勤めというのは、たぶん渡り中間《ちゅうげん》か何かで草履取りをしていた口であろう。道理でいい男なのに、艶っぽい風情《ふぜい》に乏しい。だがわずかのあいだで畑ちがいの渡世に馴染み、十次郎の羽振りをよくしたのだから侮《あなど》ってはいけない。

「旦那を亡くして、お気の毒だねえ」

と型通りの文句をいえば、相手は黙って首を垂《こうべ》れた。顔をふたたびあげてこちらに向けたが、至って無表情で、主人との別れをさほど哀しんでいるようには見えない。

「あたしは前からの男衆が別にいるから、お給金やら何やらで、錦屋さんほどのことはしてやれないよ」

「へえ。そりゃ、もう」

こんどの素早い返事には沢之丞もほっとする。

「この道に入ってまだ四、五年じゃ昔のことはご存知あるまいけれど、死んだあのひとはずいぶんとお親しくさせていただいたもんでねえ。これも何かのご縁だと思うから、よろしく頼みますよ」

相手はこれまた黙って首を垂れるのみである。軽薄なおしゃべりよりは無口な男のほうがましだというが、よくぞこれでごひいきの前がつとまったものだと感心させられる。

「十次郎さんは羽振りがよかったようだが、きっと六さんが尽くしておあげだったんだねえ」

と若干皮肉めかしていえば、相手は唇の端をわずかにもちあげて、はにかんだような微笑を浮かべた。が、目は少しも笑っていない。

「いいときに亡くなって、本当に惜しいことをしましたよ」

「へえ。左様で……」

と、くぐもった声が聞こえた。

役者は人に観られる商売だが、人を観るのもまた仕事のうちだと沢之丞はつねづね思うところがある。それとなく他人の様子を窺って芝居に活かせればよし、使えなくとも思案をめぐらす糧《かて》にはなる。いま目の前に座っている男のちょっと捉えどころのない不気味な感じは、舞台ならだれがうまく演《や》ってくれるだろう、と、つい要らないことを考えてしまった。男はさっきから端近《はしぢか》で静かに行儀よく座っていて、少しも粗暴な振る舞いはしていないのに、こちらをなぜか不安な気持ちにさせる。

沢之丞は先ほど勘三郎が使っていた煙草盆を置き直して、自らの華奢《きゃしゃ》な銀煙管に火を点じた。

「お近づきのしるしに、というほどのこっちゃないけど、お前さんもここに来て一服おやりな」

六蔵は黙したまま腰をあげた。遠慮なくそばに来て煙草入れを取りだした。

「ねえ、六さん、お前さんは知っておいでだろ」

何げなくいったつもりだが、六蔵が真鍮《しんちゆう》の吸口《すいくち》にカチッと歯の音をさせたので、思わず顔を見つめてしまう。相手はこちらから目をそらして、煙管の雁首を灰吹きにあわただしく打ちつける。

「なんのことで……」

と、わざとらしいとぼけようだ。

「なんのことって。お前さん、とぼけんじゃないよ」

沢之丞は鼻にかかった声を聞かせた。

「心中のお相手のこったよ」

「心中……ああ、旦那のお相手で」

「決まってんじゃないか。男衆のお前さんなら、逢瀬《おうせ》の手引きくらいはつとめたはずだろ」

「……いや、こっちも死なれてびっくりしたようなことで……」

六蔵はあきらかに知っていた様子だが、事がすんだ今になって何を隠し立てしようとするのかは謎だ。

「なんでもお相手は砥部様にお勤めの御女中だったって話じゃないか。十次郎さんがお屋敷に出入りしてて、そこで知り合ったことくらいお見通しだよ」

沢之丞は先手を打って出方を待った。相手がなおも黙っているので、

「ああ、そうか」

　わざと大きな声でいって膝を打つ。

「さっきたしかお前さんはお屋敷勤めをしてたといったけど、そのお屋敷ってのは砥部様だね。それでふたりの手引きをした。ちがうかい？」

沢之丞は自らの当て推量《ずいりよう》に会心の笑みを洩らした。六蔵はむっくりと顔をあげ、

「わっちがご奉公にあがっておりました先は、砥部様ではござりませぬ。萩原様と申しあげる御直参《ごじきさん》で」

　と、ふてぶてしく応じるのが余計に怪しい。

おかしい。やはりこんどの心中には何か裏があったのだ、と女形の勘が告げていた。

沢之丞は目の前に座った男の不気味な無表情を見守った。この弥陀六さんは一体どこまで知っていて、何を隠しているのだろう。

　ひょっとするとこの男は亡友の魂魄《こんぱく》がここに導いたのかもしれない。そしてこんどはこちらを過去に、忘れようとしても忘れられない過去に導くのだろうか。今や江戸に名を轟かせる秀麗な女形は、それを想うと悔しさに顔がゆがんだ。

過ぎ去ったことは早く忘れよう。何もかもおかしな妄想にすぎないのだ。玉木のことも、そしてここでは浦尾と呼ばれるおば様のことも。瑞江は日々自分にそういって聞かせた。

十二

玉木の自害はあっという間に長局中に広まったが、ふだんからちょっと変わった方だったから、亡くなり方も尋常ではなかったのだろうと片づけられて、噂話も二、三日で下火になった。あとはまた若い娘たちに退屈な日常が待っていた。

例の三番勤めも、夜明け前の掃除から夕方までぶっ続けに御殿に詰めるという一番きつい勤めを除けば、馴れると意外に楽なものだった。午前中にあがった者は夕飯のしたくをまかされた。ここでは女中たちが一堂に会して食事をすることはない。年三度に分けて支給される切米《きりまい》と、御広敷の台所でまとめて購った蔬菜《そさい》と肴や塩噌の類を使って各部屋ばらばらで料理をする。召使いのいない部屋では交替で手のあいた者が料理当番になった。

ここに来て瑞江にとって救いだったのは、御年寄の姪だと誤解されて真幸が親切にしてくれることで、おたけにはその後もよく文使いを頼まれた。手紙ばかりでなく何やかやと手作りの品を託して真幸に届けさせ、その手前もあってこちらに意地悪をしなくなった。当人はおまつに絶えずお菓子のおすそ分けをしていて、瑞江と揉めそうになると取りなしにかかるので、三人娘の同居もだんだんとうまくいきそうな気配である。

ここは一日としてきちんとした休みはないから、月の障《さわ》りや何かで勤めができないときは、文句をいわずにあとのふたりがその分を代わってやる。何かと助け合い、譲り合いがなくてはここの暮らしは成り立たない。皆それなりの不満を抱えつつ、まめやかな情と気配りで相互の親しみを培《つちか》っていくのが女ばかりの暮らしだ。男のいない場所には脅威もなければ、諍《いさか》いの火種も少なくなるというのを、瑞江はここで知った。いささか物足りない気もするが、おたけのようにそれを極めて心地よく受け入れている娘もあった。

長局に湯殿は何カ所かあって、瑞江たちも二日に一度は湯浴みができるが、湯を大量に用いる髪洗いは月に一度とされ、しかも湯を盥《たらい》で部屋に持ち込まなくてはならない。洗ったあとも乾かすのがひと苦労で、どうしても他人の助けが要る。

この日の夕方はおまつが縁側で肌脱ぎになって髪を洗ったあと、おたけとふたりで団扇《うちわ》を使って風を送っている最中に、キャアッという悲鳴が聞こえた。おたけとおまつは怯えた表情で顔を見合わせると、すぐさま部屋の障子を閉めた。瑞江は何が起きたのかわからず、開けてある大廊下側の戸口を閉めるようといわれたのを幸いに、ついふらふらと部屋の外に出てしまった。うしろでふたりがなんだか叫んでいるが、強い好奇心には勝てなかった。

近ごろはもう蚊帳《かや》を吊りはじめて戸は開けっ放しにしておく部屋が多いのだが、ふしぎなことに今宵は目が届く範囲の戸がすべて閉まって、廊下を通る人の姿もない。ところどころで網行灯が仄《ほの》かに光っていても、全長二十間の大廊下は薄暗くて遠くまでは見通せなかった。

急にそら恐ろしくなって部屋に入ろうとしたが、戸はびくともしない。心張り棒をしたらしく、こちらはなんと締めだしを喰ったかっこうだ。

「ここを開けてちょうだい。ふざけないでっ」

と、瑞江は久々に怒りのこもった声と共に激しく戸を叩き鳴らした。

「ご、ごめんなさい、でも怖くて開けられないの。許して」

おたけは声がふるえて今にも泣きそうだった。

瑞江は何が起きたのか見当もつかない。もしかして幽霊でも出たのだろうか。あの玉木が青ざめた顔でずるずると鼻水を垂らして……。目に浮かぶと怖くてたまらない。胸の鼓動が急に激しくなる。廊下の向こうから徐々にこちらに近づいてくる黒い影法師が目に入って恐怖は頂点に達した。

くるりと向きを変え、お末の大部屋に向かって走りだそうとしたそのとき、背後から肩口をむんずとつかまれた。幽霊ではない、生きている人間の掌の温かい感触に幾分かほっとして振り向いたところで、ああ、自分はきっと悪い夢を見ているのだろうと思う。

そこに立っているのはまぎれもなく男である。首が太いずんぐりしたからだつきで、だらしのない着流しだが、髷はきちんと結っている。額が狭くて顎のない丸顔で、黒眸《くろめ》がちの大きな眼は潤んだように見える。唇が分厚くて口元にしまりがない。

夢ならきっと途中で覚めるだろうと思い、瑞江は恐れげもなく手を振り払って、「何者じゃっ」と声高にいう。

「ここを男子禁制と知らずにおいでなさったか」

男はちょっと怯《ひる》んだ顔つきから突如おかしそうに笑いだした。ひきつった笑い声が耳障りで瑞江はますます怒りがこみあげてくる。

「何がおかしいっ」

と怒鳴りつけたが、男はなおも唇に薄笑いを浮かべている。

「気の強い女子《おなご》じゃのう」

と、舌っ足らずの間が抜けた声を聞かせた。

男の潤んだ黒眸がほんの一瞬、道ばたに捨てられた子犬のように見えて、瑞江は相手に奇妙な同情が湧いた。捨てられた子犬を目にすると、なぜかいつもそこに自分の姿を重ねてかわいそうになるのだった。

ところが同情は一転して恐怖に変わる。やにわに男の腕が喉に巻きついてぎゅうっと首ねっこを締めつける。肩までがっちり押さえつけられ、懸命にもがけども男は手の力をゆるめない。せっぱ詰まって手首に嚙みつけば、ゆるむと同時に「無礼者」と低い唸り声が聞こえた。

「無礼なのはどちらじゃっ」

と、瑞江も負けずに吠え立てる。

男はもう笑ってはいなかった。うろうろと定まらぬ眸が妖しく光って尋常でない心を映しだしていた。狂気の闖入者《ちんにゅう》に壁際まで追いつめられて、瑞江はこんどこそ本物の恐怖にかられた。キャアッと頭のてっぺんから飛びだす金切り声は自分のものではないようだった。

廊下の向こうで急にガラッと戸の開く音がして、ついでタッタッタッと小走りの足音がこちらに近づいてくる。そのひとの姿を目にしたとたん、瑞江は全身の力が抜けてその場にしゃがみ込んでしまった。

りりしい襷《たすき》がけをした真幸は長刀《なぎなた》を小脇にかいこんで、相手をじっと見すえていた。

「由次郎様、ご無体《むたい》な真似はおやめあそばしませ」

瑞江はずんぐりした男のからだを見あげて、ああ、これがお滝のいっていた……と了解した。

真幸は馴れた手つきで長刀を斜めに持ちかえ、八双《はっそう》の構えで足さばきも速やかにするすると回り込む。瑞江の盾となって立ちはだかり、石突《いしづき》でトンと床板を鳴らした。寸分の隙もない身ごなしで長刀を左右に大きく振り返すと、網行灯の薄明かりに刃先がきらめいて男のひきつった表情を二度ばかり明るく照らした。が、主君の御舎弟に切っ先を向けるというような畏《おそ》れ多い真似はせずに、最後は長刀を真横に持ち構えて通せんぼうのかたちを取る。

「母上のもとに参る。邪魔立ては無用じゃ」

と若い男は熱っぽく吠えた。そこには少しもの哀しい響きが混じって聞こえた。

「ここをお通りあそばすことは断じてなりませぬ」

真幸の声はやけに冷然と響いたが、瑞江はもはや男に同情するいわれはない。ぴんと張った付帯をつかんで真幸の背後にしがみつき、一緒になって男のまわりをぐるぐるとまわる。

「どけっ、どかぬかっ」

野獣のうなり声にも似た響きに混じって廊下の向こうでまたも戸の開く音がした。かすかに聞こえる女の声で、男に余裕の表情が浮かんだ。男はにやっと笑ってこちらに背を向けると、廊下をすたすたあともどりして、そのますうっとどこかに消えた。瑞江はこの間はじめからしまいまで悪夢を見たような心地である。

「そなた、無事であったか」

との声に夢ではないと気づいたとたん、また恐ろしさがこみあげて、目の前のひとのからだに抱きつき、ワアッと声をあげて泣きだした。

「そなたも武家の娘であろう。これしきのことで泣いてどうします」

と、肩を揺すってきつく叱られても涙が止まらなかった。勝ち気な娘は男に初めて感じた恐怖に打ちひしがれて、女の胸に顔を埋めて泣いた。薄手の夏衣に焚きしめた清涼な香の匂いに包まれて、瑞江は自身でも気恥ずかしいほど年上の女に甘えていた。

「何もかもきれいさっぱりと忘れてしまうがよい」

真幸は淡泊な口調でこちらの背中をポンポンと軽く叩いて、顔を引き起こしにかかる。目が合えば、

「よいか。何も見なかったことにするのじゃぞ」

と、おごそかに命じた。

杉戸の内で見たことはけっして外に洩らしてはならぬ、と瑞江はここに来た最初の日に命じられた。何を見ても、聞いても、感じても、見ざる聞かざる言わざるを押し通すのがここの流儀なのだろう。それはそれとして、自分がここにいる以上は知っておきたいことが山ほどある。一体全体こんなに大騒ぎをして、廊下にだれも出てこないのが尋常ではなかった。

「私だけが知らないというのは我慢がなりませぬ。どういうことなのかお聞かせくださいまし」

と袖の上から腕をつかんで揺すぶれば、相手は困ったふうに少し笑った。

「ならば話して聞かせるほどに、ついて参るがよい」

思いがけず部屋の中に招かれて、瑞江はついじろじろと見てしまう。部屋の造りはほぼ同じで、入ってすぐが台所だが、ふしぎと所帯じみた匂いがまったくしない。召使いの姿も見えず、どうやら独り住まいのようである。

「おひとりで不自由はござりませぬか」

と、うっかり私事に触れてしまったが、真幸は思いのほか気さくに応じた。表使の役目がら、毎日のようにほうぼうから差し入れがあって、自炊はほとんどしなくて済むのだという。が、瑞江の目には、このひとはふだんふつうに食べ物を口にしているのか疑わしいほどに、ちょっと浮き世離れした雰囲気がある。

座敷にも調度の類は至って少ない。大きめの車簞笥《くるまだんす》と蒔絵《まきえ》で定紋《じょうもん》を打った黒漆《くろぬり》の長持《ながもち》がいっぽうの壁際に寄せられて、もういっぽうに黒漆の文机《ふづくえ》と手文庫が並び、その横に小さな青磁の香炉が見える。実にすっきりとした畳の間で、おたけの持ち込んだ無用の品々であふれ返ったわが部屋と比べてここはいかにも大人の住まいだという感じがする。

文机には硯箱があいたままになっていて、書きかけの手紙と書状が何通か載っているが、真幸はおたけのほかにも大勢の娘たちから手紙をもらっている様子で、それにいちいち返書を書くのでは大変だろうと思われた。

部屋のあるじが漆骨《ぬりぼね》の紅い丸行灯に油を注ぎ足すと、明るくなって互いの顔がよく見えるようになった。先ほど激しい剣の舞いを演じた女は、頰にかかるほつれ毛を手櫛でそっと掻きあげていた。肌にうっすら汗をにじませて、まぶしく輝く端麗な美貌がえくぼを見せると、瑞江の顔もおのずとほころんだ。

「こうあらためて見ると、やはり伯母上によく似ておいでじゃのう」

おなじみのせりふはうれしくなかったが、瑞江はもう打ち消しはしない。この相手が親切にしてくれるのも、浦尾の姪だという思い込みが大きいからにちがいなかった。

「由次郎様のことは御年寄もいたく案じておられる」

「あのお方はどちらにお住まいなので？」

と、まず一番に知りたいことをたずねたところ、相手は指で隅の柱をさした。

御舎弟の住まいは御殿の南にあるけっこう広いお屋敷で、そこに仕える侍や侍女もいるのでなんら不自由のない暮らしだという。殿様が在府の折は奥御殿の仏間にも顔を出されるが、殿様が国元の今は奥御殿には入れない。表と奥をつなぐ御鈴廊下の扉にはしっかりと錠が下ろされていた。

「ところがここに思いもよらぬ抜け道があってのう」

真幸がこんどは開け放した障子の先を指した。縁側の向こうには漆喰《しっくい》で塗られた土蔵の壁が仄白く見える。

二ノ側は土蔵と生け垣で固められているとはいえ、潜り抜けられる隙間は見つかる。由次郎様はちょくちょくその隙間から二ノ側に侵入し、大廊下をたどって中庭にある桂月院の隠居所にいくという乱暴な手段に出た。「母上のもとに参る」といったのはまんざら嘘ではなく、ふつうなら御広敷を通して客間で会わなくてはならないのだが、急に母親に会いたくなると今宵のように長局を襲うことになるらしい。

「こう申しては畏れ多いが、今のお殿様はご立派な明君《めいくん》であらせられるのに、御舎弟の由次郎様が斯様な暗愚の振る舞いをなさるについては、お腹《はら》がちがうことにもまして、お育ちのせいじゃといわれておる」

「お育ちのせい？」

「左様。本来ならば、お生まれになるとすぐに乳母の手に託されて、五歳になられると表でお育て申しあげるのじゃが……」

真幸が眉をひそめていうことは、以前お滝にちらっと聞いた話と重なった。

男児を女のそばに長く置くと軟弱に育つといわれて、大名家にかぎらず家人の多い武家では五歳を境に母親からなるべく引き離しにかかる。瑞江も弟の平左衛門が亡き母にべたべたするのが気に障っただけに、そうした育て方には多少うなずけるものがあった。

殿様のご生母の貞徳院は殿様を赤子のうちから乳母の手に奪われて、先代の在世中は親子の名乗りさえできなかったと聞いている。ずいぶんと酷い話のようだが、こうしたことは砥部家にかぎらず、将軍家の大奥でもいずこの大名家でも同じようなものらしい。

片や御舎弟の由次郎様は桂月院が自らの手でかなり大きくなるまで長局でお育て申しあげたために、ここの様子もよくご存知で、今宵のようなことがこれまでも度々あったのだという。

「御母君とよく似ておいでなのでございましょうか」

これはとっさに口をついて出た質問だが、由次郎様と桂月院、殿様と貞徳院という二組の母子が瑞江の念頭にはあった。さらにはもっと広く親子の血の絆といったものにまで関心が向かうのだが、話の成りゆきからして真幸は当然のごとく桂月院の母子に沿って答えを出した。

「似ておいでどころか、男女のちがいはあれど、お顔はそっくりで瓜ふたつと申しあげてもよい」

瑞江は先ほど見た男の顔から眼を妖しげに輝かせた猫のような女性《によしよう》を想い描いた。

猫が舐めるようにして舌っ足らずの少年を可愛がるさまが目に浮かんだ。あるときを境に母親から強引に引き離された少年は、それが今も心のどこかで傷になっているのだろう。血のつながった母と子はいっそ関わりを持たないほうがよかったのかもしれない……。

だがいっぽうで、殿様のように最初から産みの母親を知らなければどうなのだろう。他人だと思っていたひとから急に産みの母親だと打ち明けられたら、そこに素直な情が湧くのだろうか。瑞江はむしろそのことのほうが気になるのだった。

ともあれ御舎弟のことでとても気になるのはあの唐突な消え方だ。

「由次郎様がここを立ち去られる前に、だれかが戸を開けて呼んだように聞こえましたが、あれはどういうことでござりましょう」

と真幸にたずねたところ、困ったふうに目をそらす。

「そなた、気づいていやったか……」

「ここには由次郎様にお味方する者があるのではござりませぬか」

と、瑞江は喰い下がる。

「世の中にはさまざまな女子《おなご》がいるものじゃ。いずれわかる……」

真幸は物憂げな調子でそばの行灯をたぐり寄せた。油皿の様子を覗いた顔は潔癖そうにこわばって、揺れる炎がさまざまな陰翳《かげ》をつけ、時にそれは怖いような表情になった。

余計な詮索をしてはいけないのだろうと判断したが、きっとここには由次郎様に味方する女もいるにちがいなかった。

瑞江はさしたる理由もなく殿様はきっと面長《おもなが》な方だとばかり思い込んでいたので、丸顔でずんぐりした相手が御舎弟とはまったく見抜けなかった。絵本や芝居で見るような貴公子とは似ても似つかなかったけれど、あの舌たるい声を聞かされて、潤んだ眸を見たときは自分でも胸が一瞬ちくりとしたくらいだから、あのお方を放っておけなくなった女がいることにふしぎはないのだ。

が、甘ったれた男でも時には狂暴になるから恐ろしい。あのときの口惜しさは忘れない。武家の娘として護身の心得がなかったのは不覚だった。

「真幸様は長刀をどこでお習いになりました」

と話題を転ずれば、相手はこちらを向いてにっこりとした。

「国元で習うたのじゃ」

「国元で……されば、お父上は御家中のお方で？」

「父はとうに亡くなった。弟が家督を継いでおる。若年の身で家が保ちかねるゆえに、少しは助けにもなろうかと存じて江戸に出て参ったのじゃ」

弟がいると聞いて瑞江はがぜん近しさを感じた。真幸はお国訛《なま》りがほとんどないから、本人から話を聞くまでわからなかったが、国元から出てきて江戸の藩邸に勤めるのは恐らく近い縁者が定府《じょうふ》の家臣か何かなのだろう。

それにしても真幸の実家はどのくらいの家格だったのかがわからない。武家といってもぴんからきりまであって、一藩の家中にもさまざまな身分の家臣がいるはずだ。真幸の立ち居振る舞いを見ているかぎり、あの小萩のような足軽の娘とは思えないが、たしかここでの振り出しは三之間勤めだったとお滝に聞いている。それなりの家柄であれば、御次から御側、中老へと出世する近道もあるだろうに、三之間の下積みから表使という激務の道を歩んでいる理由は何かあるのだろうか。

「真幸様ならば、もそっと楽なお勤めがおできになられたのではございませぬか」

ちょっと水を向けてみたが、

「自らが望んだ道じゃ。気にしてたもんな」

と、極めてさばさばした調子で受け流されてしまった。

瑞江はふと、もし真幸ほどの美人がもっと若いときに殿様の目に触れていたなら、すぐにお手が付いたのではないかと考えてしまった。当人はそうならないためにわざと御目見《おめみえ》のない三之間勤めを望んで、お目に触れてもお手が付くことのない表使という役付の道に進んだのかもしれない。ここでの勤め方に二通りの道があることはすでに知っていた。

真幸は若く見えても三十に近いのではなかろうか。ここに長く勤めて、いずれは浦尾のような御年寄になるのだろうか。こんなに美しいひとが嫁ぎもせず、子どもも産まずに一生独り身で終えるつもりなのだろうか。それではあまりにも淋しすぎるのではないか。もしかすると国元に云号《いいなずけ》が待っていたりして。いや、それはいくらなんでもおかしい。夫と死に別れるというような不幸でもあったのかもしれない。それとも男嫌いなのか、浦尾のように子ども嫌いだったりするのだろうか……などと勝手に余計なことまで考えてしまうのは自分でも悪い癖だと思う。

「長刀の御指南をしていただけませぬか」

と、これは素直な気持ちでいったのだった。

「同じ習うなら伯母上に御指南を願うたがよかろう。御年寄は長刀も小太刀《こだち》もみごとな腕前じゃと聞いた覚えがある。他人には手ほどきをなされずとも、そなたが頼めば快くお引き受けになりましょう」

それだけはまっぴら御免といいたいところだが、そうもいえず、

「ここでの習い事はいろいろとござります。浦尾様はきっと先にほかのことを習うよう仰せになるような気がいたします」

瑞江がさらりとかわしたところで、

「ならばもう寝《やす》むがよい。明日も朝は早かろう」

と、相手はすげなく追いだしにかかった。

部屋にもどると、ふたりはまだ起きていた。

「さっきはごめんなさい。本当に怖かったの」

と、おたけは突っ伏してわっと泣きだし、

「真幸様が助けに出られたのが声でわかって、これで大丈夫だとは思ったけど、なかなか帰ってこないもんだから……」

と、おまつもさすがに心配そうにいったが、瑞江が返事もしなかったのはふたりに腹を立てているせいばかりではない。由次郎様の奇矯な振る舞いで、にわかに気になりだしたことがあった。

由次郎様がただ隠居所にいきたいのであれば、何もわざわざだれかの部屋を通って大廊下に出てこなくても、ずっと縁側をたどって中庭に出られるはずだ。つまりその気にさえなれば一ノ側の廊下も通れるのだった。

玉木の亡くなった蒸し暑い夜がまたしても想いだされた。

いや、これはただのおかしな妄想にすぎない。けっして他言してはなるまい。

瑞江は、忘れよう、忘れようといくら努めても、あの幸薄いひとの面影がいつまでも心から離れてくれないことにほとほと参っていた。目をつぶると出口のない地獄絵がぐるぐるとまぶたを駆けめぐる。眠りに落ちるとそれは夢魔となって胸に重くのしかかった。

十三

こちらを見る目がふたりとも変わったのに気づいたのは朝からだった。昨夜の件で自分たちのしたことがうしろめたいというばかりではない。「あの由次郎様とやり合っているのを聞いて、本当にたまげたわ」と、おまつが率直に洩らしたように、どこか一目置いたふしがあるらしい。

おたけはえらく下手に出て、きょうは自分が午後の勤めを代わるからといって、お茶の稽古に出るよう勧めた。ここでの余暇はさまざまな習い事に当てられて、本来はそれがお目当てで勤めている娘たちも多い。師匠になるのはいずれもその道に長《た》けた年輩の女中だ。

茶の湯の師匠は五百崎《いおさき》という老女で、御殿では仏間の横にある台子《だいす》の間に詰めて、殿様と奥方にお茶を点《た》てて差しあげる役だった。顔が小さくて痩せて見えるのに、かつてはその豊かな乳房で殿様をお育て申しあげた乳母だったと聞いて大いに驚かされたものだ。

おみちの方から誕生した亀千代君と申しあげる今の若君はまだお小さいせいもあって、乳母は常に奥方のそばにいるらしく、瑞江はその顔を見たこともない。乳母はふつう手が離れたら御殿からいなくなるそうだが、五百崎は自らの乳でお育てした若君が殿様になられたから御殿に残れたという話であった。

御殿には台子の間とは別に茶の間があって、女中たちが飲むお茶はそこで淹《い》れており、時に茶の湯の稽古場にもなる。稽古に集まるのは若い娘たちばかりではない。かなり年輩の姿もあって、最初に浦尾の部屋で会った鳴瀬という御側の上品な顔をよく見かけた。新参者の瑞江はまだ師匠の手ほどきを受けるところまではいかず、いつも黙って部屋の隅で他人の稽古を拝見している。しかしさすがに前夜のことで、きょうは心穏やかに見てはいられなかった。

三之間の連中は朝からその話でもちきりで、瑞江は何やかやとうるさいほどたずねられていた。師匠の五百崎は一ノ側の住人だから気づかなかったということもあり得るが、同じ二ノ側で暮らす御次の連中があれだけの騒ぎを知らないはずはないのに、皆すました顔で稽古に臨《のぞ》んでいるのはふしぎな気がした。

御次の詰所は三之間のすぐ隣りだが、互いにほとんど口はきかないから、名前も知らない相手ばかりだ。いずれも年齢は若いのに装いは上輩並で、奈良晒麻《ならざらし》を藍染めにした涼しげな衣裳で風情よく座っている。なべて同じように化粧した顔に見えるが、ひとりずつじっくり見てゆくと上品でとりすました感じの美人、妙に愛嬌のあるひと、一見きつそうに見えて根は意外とやさしいのではないかと思わせる顔、逆さまに陰でうんと意地悪しそうな顔と、それぞれのちがいもはっきりしてくる。

思わず見とれてしまったのはそこだけ明るい光りを浴びたように富士額を白く輝かせた美人で、心もち顎をあげて、眸が宙に向かい、唇にうっすらと笑みを湛えて実に満ち足りた表情をしている。瑞江はその顔に何かしらひっかかりを感じた。はて、どこかで会ったような……。

そうだ、例の桂月院の隠居所に向かう行列に加わっていたひとだ。行列の中でも妙に目立っていたが、きょうはまたひときわ輝いて見えるのはなぜだろうと考えながら、あっと声が出そうになる。もしかすると昨夜、由次郎様を手引きしたひとではなかろうか、と娘の勘が告げながら、この日はまだ呼び名まではわからなかった。が、瑞江はほどなくして別の習い事でその娘の名を知ることになる。

ここでの習い事も数あるなかで、娘たちに意外と人気があるのはあまり役に立ちそうもない和歌の講義で、師匠は右筆頭《ゆうひつがしら》の関屋《せきや》と呼ばれるひとだった。

右筆は奥方の書状の代筆をはじめ御殿内におけるあらゆる文書に携わって、関屋はそれらに目を通す立場にあった。瑞江は世の中にこれほど物識りな女のひとがいることにまず驚かされたものだ。またこういってはなんだけれど、人は見かけによらないとも思ったのである。

関屋はお滝とよく似た固太りで、顔が白くて糸のような細目だから、あっちが古狸とすればこちらは太りぎみのお稲荷様といったところだろう。書を教えるかたわら、よく手本にする古筆切《こひつぎれ》の歌を講義した。今は夏とあって、手本にする歌のほかにもホトトギスを詠んだ古歌が関屋の口からすらすらと二十首ぐらい出てきた。千木《ちぎ》の片そぎとやら、高円山《たかまとやま》とやら、どうでもいいような枕詞も、このひとの口にかかると皆ふんふんとうなずいて聞いてしまうほどに話がうまい。中でも若い娘たちの心をとらえてやまないのは関屋が熱を入れて語る恋歌の解釈だった。

自身あまり縁がなさそうな太りぎみのお稲荷様の口から恋歌の意味を聞かされて、最初は笑いを嚙みころした瑞江だが、だんだんと話に引き込まれていくからふしぎである。ここにいると身近に男の影を見ないから、かえって恋する気分に誘われるのだろう。関屋の講義が娘たちに絶大な人気を誇る理由もそこらあたりにありそうだった。

本日は「逢《あ》ひ見《み》ての後《のち》の心に比ぶれば」の歌詞が意味するところをあからさまに口にしたので、娘たちは一斉に隣りと顔を見合わせてくすくす笑った。瑞江は茶の湯の稽古で一緒になった例の御次がたまたま前方の見える位置に座っているので、じいっと視線を送ってしまう。あの日がまさしく由次郎様と「逢ひ見ての後」だったのではなかろうか。きょうはあの日ほどの輝きはなく、ぼんやりした表情で、関屋が何か問うたのに答えられず、

「茜《あかね》どの、如何《いかが》いたした。耳がお留守になりましたか」

と叱られて、瑞江はようやくその名を知ることができたのだった。

なんら証拠があるわけでもないが、由次郎様を手引きしたのは御次の茜ではないかという気がした。真幸はそれを知っていたのだろうか。いや、案外ここの住人の多くが気づいているのかもしれない。茜の表情にはどこか妙な気取りと、私は皆様とはちがうのよといった自信めいたものが窺える。

それにしても御次はたしかふたり部屋のはずだから、かりに茜が由次郎様を部屋に引き込んでいたのだとしたら、相部屋のもうひとりはその間どうしていたのだろう。かりに二階に隠れていたとしても、あとでお互い気まずいのではなかろうか。

こういうときはやはりあの古狸に訊くしかないと思われた。茜の名までは持ちだせないにしても、由次郎様のことならお滝はすでに自分よりはるかに知っていそうで、案のじょうこっちが話すことを聞いてにやにやしながら、わが意を得たりといった調子でいった。

「さすが八丁堀のお嬢さんだ。たしかにお前さんがにらんだ通り、ここにだれか手引きする者がいるのはまちがいないんだよ」

相部屋の場合はどうなるのだろうと思いきって訊けば、

「アハハ、八丁堀はなんでも気になって仕方がないんだねえ」

と、腹を揺すってげらげら笑いだした。

「相方はきっと別の部屋にいるんだよ。案外お互い様ってことがあるしね」

「はあ……何がお互い様なのかしら？」

瑞江は目をぱちぱちさせた。お滝はじっとこちらの目を覗き込んで、

「由次郎様を手引きしたのは、いうなればあのお方と忍ぶ恋路を通わす娘《こ》だと、お前さんはにらんでるんだろ」

と念押しをする。瑞江は黙ってうなずく。

「なら相方も相方で、自分の恋人の部屋にいたかもしれないってことさ」

「はあ？」

と素っ頓狂な声が出てしまい、お滝はじれったそうに自分の太腿《ふともも》を拳《こぶし》で叩きながら早口でいった。

「鈍いねえ。恋のお相手はなにも男にかぎったわけじゃないよ」

「ああ……」

そういわれて瑞江に思い当たるのは、おたけの文使いをしたことくらいだろうか。

「お前さん、ここに来た最初の日に、誓詞とやらを読まされなかったかい」

「ええ。たしか、一つ、御法度を堅く守ること。一つ、けっしてわがままをいわぬこと。それから、ええと……」

「最後のほうに、合床同衾《あいどこひとつね》はけっして致すまじきこと、ってのがあったのを憶えてない

万が一お召物に残ったら大変なので、針は毎日きちんと数を検《しら》べている。一本でも足りないときは、その場にいる者がみな裸で畳を這いずりまわって、しらみつぶしに捜さなくてはならなかった。

御物師はみな寸暇《すんか》を惜しんで手を動かしているようでいて、意外によく舌も動かした。大切な生地に唾をかけてはいけないので物静かな口調だが、御殿の中ではどこよりものびのびと噂話や世間話をしているようだ。

福島はかつて大奥に勤め、一度嫁《か》してふたたび砥部家《ここ》の御殿にあがったというひとなので、時にさりげなく大奥の話を披露した。大奥の広さや女中の人数はここ
とは比べものにならないほどで、勤め方もここよりはるかに厳しいというような話を折にふれて聞かせた。

大奥の話でおもしろいのは何よりも古くから伝わる怪談で、若い娘たちは皆どうしたわけか、怖いくせに気味の悪い話が大好きだから、何度も繰り返して聞きたがった。福島は声が小さくてぼそぼそとささやくような調子で話すのだが、聞くほうはかえって根をつめて聞くようになり、それぞれの胸のうちに他人とはちがった恐怖を抱え込んだ。

瑞江が聞いたなかで一番怖かったのは、立花《たちばな》という中老の話である。召使いが朝たまたま寝坊をしたらもう姿を消しており、大勢で手分けしてありとあらゆる場所を捜しても見つからなかった。

大奥では女中が外出の際に用いる駕籠の数も半端ではなく、乗物部屋は五カ所にあって、それぞれに七、八十挺からが収まっている。部屋はふだん出入り口にしっかりと錠がかけてあるが、こうなったらその錠も開けて中の駕籠を一挺ずつ検べようということになった。

駕籠はまた埃がかぶらないよう油単《ゆたん》の紙で覆って、上に大きな木箱がかぶせてあるので、いちいちそれらを除《の》けて検べるのはかなりの手間を要した。ところがなんとその一挺から立花が無惨な死骸となってあらわれた。死骸には黒い穴がいくつもあいていて、一滴もあまさず血が抜きとられており、これぞまさしく狐狸《こり》妖怪が魅入って血を吸った痕と見えたという話である。

瑞江はその話を聞いたとき、立花が玉木と同じ中老の身分だったので、またぞろ嫌なことが想いだされて閉口した。ただもし本当にあったことだとしたら、狐狸妖怪のしわざとでも考えるほかないのだろう。しかし八丁堀同心の父なら、かならずや長局にいるだれかに殺されたものと見たにちがいない。怪談に仕立てて片づけられたのは、何もかも秘密にしようとする大奥という場所だからではないか。ここも同じで、玉木は自害で片づけられたが、次にまたここで変死があったら、こんどは狐狸妖怪のしわざになってしまうのかもしれない。瑞江はそのことのほうがずっと恐ろしいような気がしたのである。

きょうもまた福島は皆に何か怪談をとせがまれて、

「宇治の間の怪は、畏れ多くも常憲院《じょうけんいん》の御台《みだい》様にかかわるお話なれば、謹んでお聞きなされ」

と、いつにない神妙な面もちではじめている。

歴代の将軍は死後の諡号《おくりな》で呼ぶ習わしで、常憲院と聞けば、瑞江も、ああ、あのお犬様の公方《くぼう》様かというくらいの知識はあった。だがそのご最期にまつわる驚くべき話を聞くのは初めてだった。

大奥の壁は長局の端々に至るまで板に金箔銀箔の紙を貼った張付壁で、紙には美しい絵が画かれている。宇治の間は四方の張付壁や襖、格天井《ごうてんじょう》すべてに茶摘みの風景が描かれていて、当時そこは御台所《みだいどころ》の部屋とされていた。

綱吉《つなよし》公は嫡子の徳松君が早世したのち跡継ぎの男子に恵まれず、男子誕生を祈念して例の悪名高き生類《しょうるい》憐み の令を出されたが、それでもご誕生はかなわず、甥御の甲府宰《さい》相《しょう》綱豊《つなとよ》卿、後の六代将軍家宣《いえのぶ》公を養《よう》嗣《し》子と定められた。ところがそのあと寵臣の柳沢吉保《よしやす》公に下賜《かし》された側室に男子が誕生し、これをご落胤《らくいん》と見られて綱豊卿を廃嫡《はいちゃく》しようとなされた。

「常憲院様の御台様は畏《かしこ》くも京の鷹司《たかつかさ》家からお輿入《こしい》れあそばした賢婦の誉れ高き御方で、もし甲府宰相様がご廃嫡となれば、天下が麻のごとく乱れるものと深くご憂慮をあそばして、井伊掃部頭《かもんのかみ》様をひそかに召《め》され、内々御密談の上で事に臨まれました」

と、福島は沈鬱な調子で話を続けた。

「宇治の間で上様とご対面の上、衷心《ちゆうしん》よりご諫言《かんげん》つかまつられても、いっかなお耳に達しませず、よんどころなくご懐剣をお取りになれば、たちどころに薨御《こうぎょ》したまい、ついで自らもご生害《しようがい》……」

瑞江はなんだか凄い話を聞かされていると思ってそっとまわりを見まわすが、皆すでに一度は聞いた話なのだろう、驚きの表情はなかった。

御台所が上様を殺《あや》めて自刃した宇治の間は以来「開《あ》かずの間」となって、御台所付きの御年寄であった松島の幽霊がときどきあらわれるといわれた。福島が勤めていたころはそばを通るのさえ恐れられ、新参の女中の肝試しにされていたという。

幽霊も怖いが、それよりもっと恐ろしいのは跡継ぎの男子ができないということかもしれない。将軍家でさえそれほどに混乱して、血なまぐさい噂がささやかれてしまうのだった。

将軍家や大名家にかぎらず、子どもが生まれないと家が断絶する。だから人はみな何とぞ子どもが授かるように願う。そうしてまわりに望まれて生まれてくる子もいれば、厠の糞壺に産み落とされて胞衣《えな》ごと白くふやけて死んでしまった哀れな水子もある……。

瑞江は以前お滝に聞かされた話が想いだされて、つい涙ぐんでしまった。子どもの誕生を望むのも、望まないのも、所詮は大人の勝手にすぎない。そんな勝手な大人たちを嘲笑うかのように、子どもは時に生まれたり、生まれなかったりするのだった。

宇治の間の話を聞いて、瑞江はまたひとつ気になってきたことがあった。大奥と同様に、もしかするとここの長局にも開かずの間があるのではないか。

一ノ側の西端は浦尾の部屋だが、その隣り部屋の戸は、ここに来て三月《みつき》近くのあいだ、開いたところを一度も目にしたことがない。開かずの間というほどではないにしろ、あそこは今だれも使っていない様子で、まさか浦尾の隣りに住むのが嫌がられているわけでもあるまいと思う。折をみてだれかに訊くつもりでいたが、次の日にはキャアッと魂《たま》消《ぎ》る悲鳴によってそれが明らかになった。

この日は午後からの出仕とあって瑞江は独りで部屋にいた。悲鳴は最初どこから聞こえたのかわからなかったが、騒ぎの物音がどうやら縁沿いにこちらへ徐々に近づいてくる。きっとまた例の由次郎様にちがいないと思い、まず縁側の障子をぴしゃりと閉め、大廊下側の戸口に立てかけた心張り棒を手に取って身構えた。

騒ぐ声はだんだんと大きくなり、あわただしい足音が近くに聞こえ、ついでドスンと大きな物音がして尻餅をついた人影が障子に映る。瑞江は心張り棒を握りしめて、おそるおそる障子に近づき、隙間をわずかに開けた。

目の前で腰を抜かしてふるえているのはなんと茶の湯の師匠の五百崎ではないか。片《かた》外《はず》しの髷が崩れて髪を背中にだらんと垂らし、付帯の角を尻に敷いて前方を見あげている。

「お鎮まりをっ」と叫ぶ真幸の声で、瑞江は思いきって障子を大きく開けた。

羽交《はが》い締めで真幸が組み留めているのは由次郎様ではない。白無垢《しろむく》を着てしらが混じりの髪を肩で切りそろえた女が虚ろな眸で、にたっと笑っている。半開きになった唇の奥に深い闇を覗かせて、まさしく生きた鬼女の面だ。

「おゆら様、ここは奥方様のご寝所に近うござりまする。どうぞお静かにあそばしませ」

と、真幸はやさしい声でゆっくりといい聞かせるようにしながら、そろそろと前にまわって、即座の当て身で鬼女を倒した。

十四

鏡に映った顔にはまだ白粉の残滓《かす》が見える。白く濁った盥《たらい》の湯から取りだした手ぬぐいでまぶたのくぼみを丹念に拭きながら、沢之丞は千秋楽まであと何日かを数えた。この皐月狂言が済めば盆狂言までは三座が長い夏休みに入る。こんどの休みには何をしようかと考える余裕がやっと出てきた。

昔はよく夏には旅まわりの一座を仕立てて小遣い稼ぎをしたものだが、今はもうからだを休めておくゆとりが十分にある。わが家でのんびりと過ごすもよし、女房のお鶴を連れて湯治に出かけてもいいかもしれない。

若い時分は所帯を持とうだなんてこれっぽっちも思わなかったが、いざ持ってみれば、これはこれでまんざら捨てたものでもなかった。ただひとつ残念なのは、夫婦ともに三十路を越してまだ子どもが授からないでいることだが、これはもう半分あきらめている。子どもというのは得てして要らないときに出来たり、欲しい家《うち》に出来なかったりする厄介なものらしい。ともあれ子どもがないならないで、いずれ弟子のうちから芸養子を迎えて、荻野沢之丞の名跡を継がせることにでもなるのだろう。

「伊之《いの》、お前、この夏はどうするね？」

と、団扇《うちわ》で背中をあおいでくれている荻野伊之輔《いのすけ》に話を振った。

弟子のうちで今のところなんとか物になりそうなのはこの男くらいだろうか。少し淋しげな憂い顔だが容貌《きりよう》はまずまず、踊りも達者なほうだ。他人の気持ちを読むのが巧くて芝居の素質《すじ》があり、座持ちもいいからごひいきが付きやすい。いつもならすぐ気のきいた返事をしてくれるのに、今はめずらしく耳がお留守だったようだ。

「伊之、どうした？」

と、催促してやっとのご返事である。

「それがその……まだ決まっておりませんで」

決まってないならないで、すぐそうといえばいいのにというふうに、ちらっとうしろを振り向くと、あわてて弁解するようにいった。

「今ちょいと弥陀六さんから、お話をもらっておりますもんで。けど、まだ、ご返事のほうは……」

「ほう。あいつがもう話を持ってきたのかい……」

と、沢之丞は鏡に向かって独り言のようにつぶやいた。

古くからいる男衆の手前もあって、亡き小佐川十次郎から譲り受けたかっこうの弥陀六には弟子の世話をまかせていた。向こうも向こうで万事控えめにしているように見えたが、まだ半月もたたないうちに伊之輔に目をつけたとは恐れ入る。今でこそ師匠の付き人をして舞台に端役で出ている弟子だが、弥陀六はこちらと同様にこの役者の将来を見込んだのだろう。

ついこないだまで江戸で一、二を競う人気役者に仕えた男衆ならば、当時のごひいきともまだつながっているはずだし、そのときのツテで旅まわりの仕事や何かが入ってきてもふしぎはなかった。格が下がったのは気の毒ながら、これからは伊之輔を相手にかつての腕を存分に振るうつもりなのだろう。

「旅の仕事か何かだね？」

と、おざなりに訊いてはみたが、

「へえ、まあ、そんなもので……」

伊之輔がいつになく煮え切らない返事でも、根問い葉問いはよそうと思う。たとえ師弟の間柄でも、三座が休みのときはなるべく立ち入らないのがいい。思えば自分だってこの男と同じ年ごろには、ずいぶんと無茶をしたものだ。

「若いうちは旅に出るのもいいもんだよ。なまじ江戸のお客ばかりを相手にしてると、穿《うが》ちすぎて、へたをすりゃ嫌みな芸になっちまう。それに旅先だと、多少は羽目もはずせるからねえ」

沢之丞はにやっとしながら振り向いて、急に真顔になる。伊之輔がまっすぐ目を合わせず、何やらうしろ暗い表情が読みとれた。弥陀六が持ち込んだのは、旅芝居というような、そんじょそこらの仕事ではなさそうだ。どうにも悪い胸騒ぎがする。

思えば十次郎の男衆なら、砥部様の屋敷とつながっていてもおかしくはない。やはりあそこではきっと昔と同じようなことがいまだに続いて、十次郎はそのことで何かしくじって始末されたのではないか。もっとも危ない橋を渡ればそれなりのうまみもあったはずで、十次郎の羽振りがよかったのも砥部様の、というよりあそこの女のひいきが大きくものをいったのだろう。衣裳や何やかやと役者はたいがい給金よりも出費のほうがかさんで、いかなる人気役者でも貢いでくれるごひいきがあってこそ羽振りよくも見せられる。それがまたさらに人気をあげるという寸法なのだ。

十次郎が死んだ今、代わりの役者が求められて、伊之輔に白羽の矢が立ったということは大いにあり得る。伊之輔は話をどこまで聞かされているのだろう。前途ある若い者に危ない橋を渡らせたくはない。いっそ弥陀六をつかまえて直に問いただしてみるという手もあるが、それを訊くなら訊くで、こっちも古傷をさらす覚悟が要る。

ふだんえらそうにしていても、自分はまだ本当には何ひとつちゃんとしたことはいえない。沢之丞は内心忸怩《じくじ》たるものがあった。どんな世渡りにもまして役者稼業は運不運が付きまとう。自分がここまで上がって来られたのも、ただ運が好かったというだけのことかもしれない。もとより自慢できる世渡りばかりしてこなかった身としては、若い者に何がいってやれるだろう。役者は人に愛《め》でられてなんぼの商売。だからお前もせっせと人に愛でられるがいい、とでもいうのだろうか……。

「へい、御免なすって」

楽屋番が暖簾を割って入って来たのをしおに、沢之丞はいっそもう何も聞かなかったことにしようと心を決めた。さっぱりとした顔で上がり口を見て、

「今時分なんの用事だい。こっちはもう楽屋を出るとこじゃないか」

「へい。間に合いましてようござんした。帰りにちょっくら番屋へ顔をお出しなすって」

「番屋へ……なんだってまた？」

「へい。御用のすじはわっちも伺っちゃおりやせんで。ただ笹岡様と申しあげる八丁堀の旦那が、太夫にぜひお目にかかりたいとのこって」

鏡に背を向けている沢之丞には自らの表情が今どう動いたのかを捉えることができなかった。が、不安のうちに妙なうれしさが入り混じった奇妙な表情をしたように思われた。

薄紫の縮帷子《ちぢみかたびら》に黒の絽羽織《ろばおり》という洒落た身なりで楽屋口を出ると、もうあたりは薄暗かった。あわてたために提灯《ちょうちん》を持って出なかったのは失敗で、下駄の歯がともすれば水たまりにずぶずぶとめり込んで鼻緒に泥水がかぶってしまう。今年の五月雨はずいぶんと長続きするけれど、もういいかげん明けてくれないと鼻緒を何度すげ替えることやらわかりゃしないとぼやいて、小褄《こづま》を高く取り直す。横に並んで見える濡れそぼった枝垂れ柳の影よろしく、そろりそろりと足を運んだ。

ふと、自分の一生はこの暗がりの泥濘《ぬかるみ》を歩くようなものだという思いになる。気まぐれな世間相手の人気稼業は自分が今どこに立っているのか、次にどう足を進めたら沈まなくてすむのか見当もつかない。他人の目に己れをあずけたら、どこまでいってもこうしてふわふわとしたおぼつかない足下に堪えるしかないのだろう。

番屋の灯りがようやく見えたところで足を速める。相手はしびれを切らしているだろう。でもまた今ごろになって召びだすなんて何事だろうと思う。伝えにきた楽屋番も変な顔をしていた。こっちに何かうしろ暗いところでもあるように見られたのが癪だった、と思う勢いでガラリと腰障子を開ける。

「おお。ようやっと美しい化け物の御入来《ごじゅらい》か」

憎まれ口を叩いてこっちを見たのはやさしい目をした男前の同心だ。

「旦那、お久しうござんす」

無理に愛想笑いをしなくても、おのずと顔がほころんでいた。軽くお辞儀をし、まずは框《かまち》に腰をかけて泥だらけの足を拭いた。畳の上で向き合って両手をつけば、

「まあ、気楽にいこう」

と相手は煙草盆を前に差しだす。どうやらひとまず胸をなでおろすかっこうだが、別にやましいことはないのだから当たり前といえばいえる。

「こんどの芝居は、おぬしが見たくて二度も劇場《こや》に足を運んだ。こうして間近で顔を拝むのもまんざらではないのう」

まあ、なんてぬけぬけしたお世辞だろうと思いつつも、ぽおっと頰が赤らんでくる。声もおのずとはずんだ。

「ホホホ、いやですねえ、旦那ったら、ご冗談ばっかし」

この旦那は御用めかして本当はあたしに気があるのじゃないのかしら、などと胸のう

ちで馬鹿げた冗談を自分で自分にいって遊んでいるうちに、相手の表情は一変した。

「役者って稼業も人気が出ればごたいそうな身分になるもんだ。てめえはこんどまた新たに男衆を召し抱えたって話じゃねえか」

「は、はい。それがどうか致しましたので……」

沢之丞はあっけにとられた。相手は急に伝法《でんぽう》な口調で突っかかってくるが、何が気に障ったのかまったくわからない。

「名は六蔵。弥陀六のあだ名で通っていて、額の真ん中に大きなほくろがある男だな」

「はい。たしかに……」

「やっぱりそうか。穴子の調べにまちがいはない」

相手がにやっと悦に入ったふうに笑って、こちらもようやく事が呑み込めた。どうやらこの同心はまだ例の一件にこだわっているらしい。やはりあれはただの心中ではなかったのだ。

「旦那、六蔵がどうかいたしましたんで？」

と、ここはひとまずとぼけてたずねてみる。

「六蔵はもとは小佐川十次郎の男衆だ。てめえはそれを承知の上で雇ったんだな」

「左様で。こっちは太夫元の仰せもあって召し抱えましたが、一体それのどこが悪うござんすので」

と斬り返せば、相手が逆にこんどは、まあ、そんなに気色《けしき》ばむこともあるまいというふうに白い歯を覗かせた。

「ねえ、旦那。六蔵が死んだふたりの手引きをしていたってことくらいは、あたしだって承知をしております。初手にそれとなくたずねてみましたが、うまくはぐらかされて、あとはもう、どのみち済んだことだからと思って放ってあります。旦那だって、今さらおたずねになるほどのこっちゃござんすまい」

と、やりこめてじっと顔を見つめたが、相手は表情を崩さなかった。

「小佐川十次郎の話はもういい。六蔵本人のことで、何か聞いたか」

「はい……六蔵は十次郎の男衆になってまだ四、五年ほどしかたってなかったと申しますので、以前は何をしてたのかとたずねましたところ、お武家様に奉公をしていたと……」

「ほう、そりゃ初耳だ。どうせ渡り中間《ちゆうげん》か何かだろうが、奉公先はきっと……」

沢之丞は相手に皆までいわせなかった。

「あたくしも最初はてっきり砥部様かとにらんでおりましたが、本人はちがうと申しまして。奉公先はご直参の……お名は、そう、たしか萩原様とか」

「萩原……たしかにそういったのだな」

笹岡は腕組みをしてさかんに首をひねっている。沢之丞はそれを見ていい加減いらいらしてきた。

「ねえ、旦那。役者ふぜいが生意気を申すようでござんすが、もうそろそろ腹を割って真実《ほんとう》のところをお聞かせ願うわけにはまいりませんか。こう何度も召びだされたんじゃ、どだいこっちに気にするなってェほうが無理と申すもの。ありゃただの心中じゃなかった。そうでござんしょう」

と、沢之丞は相手の顔色を窺いながら煙草盆を手もとに引き寄せていた。額に落ちかかるほつれ毛を掻きあげて身を屈め、細身の銀煙管を口にくわえて火を点ける。大きく一服吸って、ふたたび相手の目を見た。

笹岡はやおら腕組みをしてじいっと見返してくる。あまりにもしげしげと見られて沢之丞は面映ゆさに閉口した。

「おぬしは見かけによらず利口なやつだ。左様な化け物にしておくには惜しい男だ」

「お褒《ほ》めにあずかって恐縮にござんす」

と、少しむっとしたようにいう。

「おぬしを男の中の男と見込んで打ち明ける。けっして、だれにもいうな」

「は、はい。それはもう……」

相手はそこから驚くべき、いや、案外そうでもなくて、あるていどまではこちらが見当をつけていた真相を打ち明けた。

「相対死は見せかけだ。一緒に死んでいた女は十次郎の本当の相手ではなかった。六蔵とふたりして本物のお相手との仲立ちをつとめていたらしい」

急に背すじがぞくっとした。

「で、旦那は六蔵がふたりを始末したとお考えなので……」

「さあ、直に手を下したかどうかはわからん。が、ふたりをおびきだしたのはたぶんやつだ」

最初に六蔵を見たときに受けた、なんともいえない不気味な感じが想い起こされた。

それにしても、昔のことからすると十次郎の本当のお相手はあの女のはずだが、あれから二十年近くも縁が切れずに続いたとは驚きで、女の年齢から考えてちょっと信じられない気がするほどだ。おまけにここに来て急にお払い箱どころか、命まで奪ったのはふしぎとしかいいようがない。十次郎が相対死の片割れと浮気でもして、あの女のご機嫌を損じてしまったということなのだろうか。あるいはもっと別の込み入った仔細でもあるのか……。

「役者買いという言葉があるそうだのう」

と笹岡がずっけりいって、

「はあ、はい。色子《いろこ》買いとも、陰間《かげま》買いなどとも申しまする」

沢之丞はもうすっかり開き直って応じた。舞台に立てるかどうかの役者の卵が女郎のように身を売るためしは昔からよくあって、買い手の多くは女犯《にょぼん》を禁じられた僧侶だったり、金持ちの後家だったりする。

「御殿女中の役者買いは御法度中の御法度だということは存じておろうな」

「は、はい。そ、それはもう……」

苦い想い出が胸元に突きあげて声がふるえた。相手がまさか自分の過去を知っているとは思えないが、こっちは臑《すね》に傷もつ辛さとでもいうべきか。ただこの旦那はこちらと同様、砥部家で何があったかをあるていど察した上で、それにからんで十次郎が殺されたものと見ているらしい。しかしもう片づいたはずなのに、なぜ今さら蒸し返そうとするのか。真相がかりにわかったところで、大名屋敷を向こうにまわして何をしようというのだろう。

「ひとつおたずねしとう存じます。八丁堀の旦那はお屋敷内に手出しはなさらぬものと存じておりますが、こんどはどうしてまた？」

と、つい訊かずにはいられなかった。

「娘が砥部の屋敷で奉公をしておる」

相手はいともあっさり答えてこちらをびっくりさせた。

「なんと、旦那のお嬢様が……」

「かりにも直参の身で外様の屋敷に娘を奉公に出したのはふしぎに思うだろうが……」

相手がふっと小さなため息を洩らしたので、思わず顔を窺ってしまう。目を伏せがちに、唇を開きかけた表情は心に溜め込んだ屈託をだれかに吐きだしたいように見えた。

人は時に身近な者には打ち明けられない仔細でも、行きずりの相手ならかえって気楽に話せるということがある。沢之丞はおそるおそる、しかし誠意だけは通じてくれるよう願って、静かに口を開いた。

「旦那、もしよろしければ、そのお嬢様のお話とやらを、あたくしにお聞かせ願えませぬか」

やさしい目をした男は涼しげに微笑《わら》った。

「ああ。夜は長い。そのほうの話もゆるりと聞くとしよう」


女は現心《うつつごころ》なき微睡《まどろみ》にあった。痺れきった五感のうちで魂が過去と未来、この世とあの世の境でふわふわと宙に舞う。

「ここはどこだかおわかりで」

と、暗がりに若い男の声が響いた。声変わりして間もない初々しい少年の面影を残した若い男は女のようにやさしく頼りなげなしゃべり方をした。

「わらわにもわからぬ。わかったからというて、それが何になろう」

女のほうは逆にきりっとして高飛車な口調だ。いらついているふしもあった。今宵はうっかり酒を過ごしたのが後悔された。つい、はめをはずした、というより皆にはめられたのだろう。だが今宵でなくとも、いずれ仲間に引きずり込まれて、こんなふうになる夜がやって来る気はしていた。なんだかすべてがばかばかしい。今さら片意地に貞女ぶってみてもはじまらぬ。道を踏みはずして奈落に墜ちたところで、所詮はほんの束の間なる一生の、わずかな瑕《きず》にしかなるまいと思われた。

むりやり駕籠に乗せられて大川を越えたのはたしかだが、そこから先はよくわからなかった。月の出ない晩だから、駕籠から降りても目隠し同然、星影だけを頼りに夜の帳《とばり》をかき分けながら、露地づたいに手を引かれてこの数寄屋に案内された。数寄屋は雨戸が閉じられて、案内人が姿を消したあとは左右も分かたぬ暗がりに放りだされてしまい、壁を手探りで進むしかなかった。そこに若い男の声が聞こえた。見ず知らずの男とはいえないまでも、それに近い相手である。

そばをゆっくりと流れる川の音が三途の川かと聞こえるくらい、あたりは中有《ちゅうう》の闇に沈んでいた。

「あれはなんでござりましょう」

と仄白い影を指さして、若い男は手探りでそろそろと足を運んだ。畳を擦《す》る音が止むと、こんどは燧石《ひうちいし》がカチカチと鳴る。すぐに行灯の薄明かりで手狭な三畳間がぼんやりと照らしだされた。正面にある明かり取りの小窓が少し開いて、右手の板床に置かれた宗全籠《そうぜんかご》には一輪の鬼百合と半夏生《はんげしょう》の緑が映える。空気は澱んで湿っぽい。濃厚な花の香が匂って、噴きだした汗がじわじわともみあげに伝う。

「蒸し暑いのう……」

と、女は不機嫌そうにいう。

畳にはすでに床が伸べられて、蒲団の真ん中にぽつんと古びた鏡団扇《かがみうちわ》が見える。

「雨戸を開けることは、叶いますまいなあ……」

男はどことなく哀調を帯びたやるせない声だ。

「そなた、いくつになる」

女はそっけない口ぶりで、

「……十七に相成ります」

男は恥じらいの声だ。

女はわざと意地悪にいう。

「そなたがこんな真似をするとお袋様が知らば、さぞやお嘆きであろう」

「私は孤子《みなしご》にて、父母共に顔を見た覚えもございませぬ」

「左様か……悪いことを申した」

素直な詫び言を口にして、女は挿櫛《さしぐし》と笄《こうがい》を瞬時に引き抜く。肩に流れ落ちた光沢《つや》のある黒髪を左右に大きく振り分けた。

「きれいなお髪《ぐし》でござりまするのう」

ぼそっとした男のつぶやきに、

「世辞は要らぬことじゃ。髪しか褒めるところがあるまい」

年上の女は照れくさそうにいい返した。

「滅相もない。お顔立ちも凛《りん》として、涼しげで……」

女に向かっていう世辞ではないと気づいたのか、男はハッと口をつぐんだ。女はかすかに笑った。お互い急に打ち解けた雰囲気となって男は帯を解きはじめる。

「女子《おなご》の客を取るのは、まさか初めてではなかろうのう」

ずっけりとした問いに、男は前をはだけて下帯を見せた間抜けなかっこうでうなずく。

「今宵は年寄りが相手で気の毒なことじゃ」

女がいささか自嘲気味にいうと、男はあわてて首を振る。女がくすくすと笑いだし、男は素早く帷子を脱ぎ捨てた。

若い男は下帯ひとつで堂々と女の前に裸身をさらした。両足を少し開いて誇らしげに胸を張る。女はやや気圧されたように座り込んで、鏡団扇で風を送りながらしばし陶然と眺めた。

首が長くて撫で肩の目立つ優美な上半身とは逆さまに、腰から下は意外にたくましく、肉づきのいい太腿に男らしさが匂い立つ。四肢は伸びやかで腕や脛《はぎ》の肉は締まり、胸や腹には薄く脂がのって、体毛の薄い滑らかな肌が汗でしっとりと輝いている。

自ら挑むようにして女はすっくと立ちあがった。わが手でするすると帯を解き、青い絽の単衣を綸子の白い襦袢ごといっきに肩から滑らせる。男勝りに伸び伸びとした四肢を披露して、生絹《すずし》の腰布《ゆもじ》の下に肉づきの豊かな腰まわりを覗かせている。両胸のふくらみは小さいながらに張りがあってきれいな淡紅色《ときいろ》の花を咲かせ、きめ細かな肌は透き通るように白い。

こんどは男が畳に腰を下ろして、団扇でゆったりとあおいでいる。

「お見かけとはずいぶん違いまするなあ」

おのずと嘆声がこぼれて、女はおかしそうに笑った。

「どう違《ちご》うた？」

「お目にかかりましたときは、もそっとお堅い方のようにお見受けいたしました。斯様《かよう》な成りゆきに至るとは思いもよらず……」

「フフフ、正直な男じゃのう」

遠慮というものを知らぬ若い男に女はかえって気持ちよさを感じた。

「あなた様はきっとほかの方々と違うて……」

若い男がなおも律儀《りちぎ》に応えつづけようとするので、

「ほかの女子とどこが違うと申すのじゃ」

わざと怒った口調で相手をからかってみる。

「口ではうまく申せませぬが、ほかのお方ならば、私は斯様に無礼な口をきいてはおりますまい。いいたくとも、まずいわせてはもらえませぬ」

「まだ若いのに……左様ないいまわしを覚えるとは、利口な男じゃのう」

と、こんどは女の口から素直な感嘆が洩れる。

「今宵はほかのお方でのうて、ようござりました」

若い男が媚びたようにいえば、

「もうよい。ほかの女子の話なぞ聞きとうはない」

女がこんどは本気で怒ったようにいって男の腕をつかんだ。男はつかまれた腕を負けじと引いて、女のからだをぐらつかせる。

「お互いに、もう二度と会うことはあるまい」

と自らにいい聞かせるようにいって、男の頬に触れながら、女はその身を深く奈落の淵に沈ませていった。

十五

火事場でわれを忘れると人は思いも寄らない力を出す。それと似て、心の箍《たが》がはずれた人は凄まじい力で暴れるので手がつけられないと、瑞江は前に父から聞いた憶えがある。だから真幸もさぞかし大変だったにちがいない。表使はふたりいて、あのときは真幸が非番でたまたま部屋にいてくれたから助かったと、あの場にいただれもが口に出していう。

それにしても由次郎様のときといい、ここでの真幸の働きはめざましいものがあった。そもそも表使は利発で機転がきくひとでないとつとまらない役目だといわれているし、あれだけの美人で、おまけに武芸に達した女丈夫《じょじょうぶ》となれば、こうした女ばかりの暮らしではおたけのように憧れから恋に向かう娘が出るのもふしぎではなかろう。

その真幸が「おゆら様」と呼んだ、茶の湯の師匠五百崎《いおさき》を追いまわしていた人物は、瑞江が開かずの間と思っていた部屋の住人だった。もう何十年も前に心の箍がはずれて幽閉され、今は浦尾の召使いが日ごろの世話をしている。ふだんは割合おとなしいので座敷牢のかたちはとらなかったが、大廊下側の戸には釘を打ち、中庭側の戸は表に掛金《かけがね》が取りつけてある。浦尾の召使いは中庭側の戸口から出入りして食事を運んでいるが、こんどのようにうっかり掛け忘れて大騒ぎになることが前にもあったという。

中庭側の廊下は出仕と退出の時刻以外はあまり人が通らない場所だから、おゆらが部屋を抜けだしたのはだれも気づかなかった。いっぽう五百崎はほかの女中とちがって出仕や退出の時刻もまちまちで、あの日はたまたま御殿から帰ってきたところに鉢合わせをして二ノ側に逃げてきたらしい。

おゆらは乱心していても、だれかれなしに追いかけまわすわけではないし、五百崎もまた相手をあれほど恐れるには理由《わけ》がある。瑞江はその仔細を古狸のお滝から聞かされた。

「なにせ二十年以上前の話で、当時はあたしだってここにゃいなかったから、直に見聞きしたわけじゃない。ただ噂によれば、こうなんだよ」

と、お滝はおもむろに語った。

おゆらは先代藩主重興公のお手つき中老で、もともとは先代の奥方の実家から砥部家に来たひとなのだという。

先代の奥方には男子がなかった。そこで実家の松平左京大夫家に仕える家臣の娘の中からおゆらを召し出して、自らの身代わりに差しだしたところ、めでたく男子が誕生した。鶴丸君と名づけられたこの男子は、残念なことに四歳の夏で敢えなく命を落とされている。

「その年はえらく蒸し暑い夏で、町方に悪い流行り病いが広まってたから皆が用心をしてた。ここでは当時お末でも生水をたらふく飲むのは遠慮してたというし、まして上《うえ》つ方《がた》はお茶か白湯《さゆ》しか口になさらなかったそうだ。ところがそれだけ用心してたのに、鶴丸君はお腹を下して三日三晩ひどい熱をお出しになった。御殿医の診断《みたて》では、どこかで生水をお飲みになったんだろうってことで、これについちゃ、あの婆さんに悪い噂があったんだよ」

鶴丸君には藤枝という名の乳母があった。その藤枝の口からとんでもない話が飛びだした。鶴丸君が発病する前日に五百崎がご機嫌伺いにあらわれて、冷ました砂糖湯を献上したが、きっとそれに川の水が混ざっていたのだといいだしたのである。

当時すでに今の殿様は元服に間近いお年ごろで、五百崎はとっくに乳母をお役御免になっていたが、貞徳院の口添えにより、茶の湯を供する役目を得て御殿に残っていた。乳母同士はとかく反目しがちなものだから、藤枝と五百崎も日ごろからあまり仲が良くはなかったにしても、まるで毒殺の疑いをかけるようないい方までしたのは尋常ではない。

「まわりから責められて、まあ、苦しまぎれで、ほかに悪者《わるもん》をでっちあげようとしたのかもしれないけど、当時はこれがまんざらあり得ない話でもないと思われてねえ」

と、お滝は声をひそめた。

跡継ぎはかならずしも先に誕生した男子が選ばれるとかぎったものではない。同じ殿様の御子でも母親が大きく関わっていて、おゆらの方は松平家中の娘であり、正室のいわば代人であるのに対して、片や貞徳院は名もなき町家の娘だから、お世継ぎとなれるのはおそらく鶴丸君のほうだと見られていた。鶴丸君は五歳まで無事に育てば正式な世嗣《よつぎ》として幕府に届けられ、御殿の奥から表に移られるはずだったが、その寸前に惜しくも命を絶たれたというわけだった。

いっぽう、おゆらの方は自ら腹を痛めて産んだわが子をそばで看病することすら許されなくて、三日三晩眠ることもできず、深い哀しみに打ちひしがれたあげくにその話を聞かされたものだから、いっきに頭に血がのぼって錯乱した。殿様の前でさんざん貞徳院を罵って、あらぬことまで口走るようになり、あわやお手討ちになろうかというところを救ったのが浦尾であった。

「当時お前さんのおば様は表使で、お殿様のお腰の物をお預かりしてたから、文字通りからだを張ってお諫《いさ》め申しあげたって話だよ」

瑞江はひとまず、へええ、と感心したような声を出しながら、内心はあきれ果てていた。

あとで考えれば考えるほど腹が立ってきたものである。

まったく、ここはどうかしているとしか思えなかった。気の毒なのは亡くなった鶴丸君だ。なまじこんなところに生まれなかったら、実の母親の手でちゃんと育てられて、寿命もまっとうできたであろう。もし大人たちの思惑で罪のない子どもの命が奪われたのだとしたら許しがたい。この世に生まれた子どもはみな大人たちの勝手な思惑や都合に翻弄されて、何かしら不幸の種を蒔かれてしまうのではないか。鶴丸君はその最たる例だという気がした。

ところで藤枝という鶴丸君の乳母はその後どうなったのかと訊けば、

「ああ、あのひとならお前さんも見てるはずだよ」

あっさりいわれて、こんどは本当に、へええ、と驚かずにはいられなかった。

長局には先代に仕えた老人が何人か住んでいて、今は御殿に出仕せず、かつての部屋子で跡継ぎになった女中に養われてのんびりと暮らしているようだった。ただひとり、瑞江が前からずっと気になっていたのは、いつも玄蕃桶を担いだお末らのうしろにくっついて、こぼれた水をいちいちていねいに拭いている老婆であった。腰の曲がった老婆が廊下に這いつくばって、シミの浮いたしわだらけの手で床板を拭いている姿は痛々しく、見ているほうが辛くなった。それが藤枝のなれの果てだと聞かされて、世の中にはつくづく酷いことがあるものだと思われた。

藤枝はおゆらの方と同じく松平左京大夫家から来たひとで、子どもを喪ってすぐに夫も亡くすという不幸に見舞われ、古巣の松平家には頼りとなる親類縁者もいなかったらしい。おゆらの方が乱心し、先代の奥方が他界したあとも砥部家を出ていけなかったのはそのせいだといわれている。五百崎を敵《かたき》呼ばわりして、ひいては当代の殿様に楯を突いたかっこうだから、ここでの立場が悪くなったのは当然としても、かつては若君の御乳人《おちのひと》だったとすると、尋常な落ちぶれようではない。

「昔はいろんな話が飛びかってた。鶴丸君に懺悔《ざんげ》をするつもりで、わざとああした苦行を買って出てるんだろうとか、不幸につきまとわれた女が開き直った末に、ここで惨めな姿を存分にさらして逆に嫌がらせをしてるんだとか。まあ、あたしも噂で聞いただけで、本当のところはよく知らないんだよ」

古狸のお滝でさえ知らないというくらいだから、噂はあくまで噂にすぎず、あの老婆が藤枝のなれの果てだという話自体が真実かどうかも疑わしい。老婆の姿はただ、うかうかしてると年を取ってあんなに惨めになるという、ここの若い娘たちの脅しに使われているような気がしないでもない。

「女は三界《さんがい》に家なしっていうが、あの婆さんの姿を見てると、その言葉が身につまされるよ」

と、お滝はいったものだ。

「だからあんたも早くいい婿さんを見《め》っけて、いい子を産んで、年を取ったらちゃんとその子に面倒をみてもらうがいいよ」

瑞江もここに来る前は父がいったように、怖いおば様がひと通りの行儀作法を仕込んで、縁談を世話するつもりだというふうに思い込んでいた。ところがここに来て、もうそんなことはすっかりどこかに吹っ飛んでしまった。たぶんほかの娘たちもここでは大なり小なりさまざまなことに気を取られて、時がたつのを忘れてしまうにちがいない。嫁入り前の腰掛け勤めだったはずなのに、二十歳をとうに過ぎてしまった娘がここには大勢いた。

「習い事ばっかりしてたって埒《らち》があくもんか。お前さんはその習い事が役に立つところに嫁げるのかって、あたしゃいってやりたいよ」

とお滝は嗤《わら》った。そこで瑞江はちょっと口答えをしたくなった。

「でも、ここで一生勤めていたいと思うひとだって大勢いるでしょうに」

まぶたに亡き母の面影を浮かべて、浦尾の顔とふたつ並べて見くらべていた。

「たしかにこんな金ぴかの御殿に勤めていれば、地味な暮らしでは飽き足りないと思う娘《こ》も出てくるはずさ。万が一にも殿様のお手がつけば、という気持ちにもなるだろうからね」

「いえ、そうではなくて……」

と、瑞江はとっさに打ち消した。本当は浦尾がなぜここに長く勤める気になったのかを知りたかったのだ。

「ああ、お前さんのおば様はたいしたもんだよ。ここであと十年も勤めあげれば、女の身でもちゃんと家が興《おこ》せるわけだしねえ」

「家が興せる？」

即座のおうむ返しになった。

「殿方並に、一家のあるじになれるってことさ。御年寄まで出世をすれば、ご家来として永代のご知行《ちぎょう》を賜《たま》わるというから、勤めを辞めたあとも心配はない。かりに身内がいなくったって、ここのご家来のだれかが養子に入って、ちゃんと家を継いで、最期を看取って墓守までしてくれるよ」

お滝はそういったあとで少し皮肉に笑った。

「でもどんなに偉くなったって、他家にお仕えするという身分に変わりはないんだから、何もかも自分の思い通りになるわけじゃない。それよりかはたとえ貧乏所帯でも、親子夫婦水入らずで暮らすに越したこたァないんだよ。そりゃここで殿様のお手がついたり、お前さんのおば様のように才覚を働かせて立身出世をすれば、つましいお武家の女房なんかがしゃっちょこ立ちしたってかなわない贅沢な暮らしができるってもんだ。だけど女がやたらに贅沢をしたがるのは、たいがい肝腎のところが満たされてないからだと、あたしゃにらんでるよ」

「肝腎のところ……」

と、瑞江はまたしてもおうむ返しでつぶやくはめになった。

「そうさ。人で一番肝腎のところ、つまりは心が満たされてないっていうんだよ。お腹が空けば飯をたくさん喰いたくなるように、心が空くから、そこを贅沢で埋め合わせするってわけさ」

自身は心がしっかり満たされているといわんばかりに、お滝は分厚い胸を張っていったものだ。瑞江は半ばあきれてしまい、では、そういうあなたは一体どうしてここに長く勤めているのかと訊かずにはいられなかった。

「フフフ、あたしゃ亭主と別れて、ほかにいくところもないから、ここにいるのさ。こう見えて不幸せを絵にかいたような女なんだよ」

と笑っていうから、そうおっしゃるわりにはいつもえらくご機嫌ではないか、と、こちらも笑って応じたものだ。

お滝という女はどうやら良人《おっと》にも恵まれず、下働きに一生を甘んじて、しかし傍目《はため》にどう見えようと当人はそれなりに達観しているようだった。人は心の持ちよう次第で、どこにいて、何をしようが、案外うまくやっていけるものかもしれない。こわごわ世間に踏みだしたばかりの娘にとって、お滝は救いに見えた。浦尾や真幸のようなひとからはけっして与えてもらえない、生きていくことの自信のようなものが得られる気がした。

「お前さんのおば様なんかとは比べもんにならないけど、あたしだって勤めだしたときから頼母子講《たのもしこう》に掛金が積んであって、もう働けないとなれば、ここを出てもなんとかやっていける。あの婆さんのように、棺桶に片足を突っ込んでも杉戸の外に出られないというんじゃ困るしねえ。人はそう自分の都合がいいときに死ねるわけでもないからさ」

お滝はさばさばした口調でいいながら、水仕事で荒れた手の甲をじっと見つめて、話の最後をこんなふうに締めくくった。

「お前さんの年ごろだと、まだ年を取るってェことがどんなことだか、本当のところはちっともわかっちゃいないんだよ。けど、あたしくらいの年になると、運が好いのも悪いのも、いろんな女の生き方を見てきてるからねえ。でもって、若い娘《こ》をとっつかまえて文句を垂れてりゃ、世話がないやね」

いろんな女の生き方。瑞江はたしかにここに来てそれを知り、少なからず驚いていた。縁談を世話してくれるはずだったひとも今やそれどころではない様子だ。

浦尾はあれからも御家老の矢田部監物と何度か面談を重ねていた。いつも膝詰めで互いの書状を見せ合いながらのひそひそ話だからさっぱり聞き取れないが、顔つきは常に深刻そうである。ときどき前にも出てきた朽木様や、備中様という名が洩れ聞こえたりした。備中様は奥方の実家である松平備中守家だとあとで知れたのは、先方からも使いが来て浦尾と会っていたからだ。

浦尾は表の御家老に対して常に毅然と渡り合い、時には自ら判断を下す様子で、片や御家老のほうがむしろ何かとためらいがちに見受けられた。男勝りというのはまさに浦尾のようなひとを指すのだろうと思われた。

男勝りといえば真幸も同じで、近ごろは浦尾に命じられて他家によく文使いをしている。浦尾より年齢がずっと若くて美貌の持ち主だから、娘たちが憧れる大人の女《ひと》だが、傍で見ていると常に気を張って忙しそうで、なんだかここではずいぶん損な役まわりのような気がする。

もっとも「お前さんはまだここの本当の姿を知らないんだよ。なにせ殿様のお出ましがないんだからねえ」とお滝がよくいうように、今はのんびりして見える中老の方々も、殿様があらわれるとまったくくちがってくるらしい。

御殿には鴛鴦《おしどり》の間と呼ばれる十畳敷きの部屋があって、床の間には嘴《くちばし》を合わせる鴛鴦の姿をした香炉が置かれている。瑞江は何度かそこの掃除もさせられたが、使われたあとはまだ目にしていなかった。その部屋の真ん中に緋色の羽蒲団《はぶとん》が敷かれたときの様子なぞは見当もつかない。

男が目の前にあらわれただけで女はびっくりするほど気が浮き立って華やぐという実感が、晩生《おくて》の娘には乏しい。さらにはひとりの男を大勢の女が取り巻いたときの息詰まるような緊迫感は、まさに知らぬが仏というべきか。

「いくら殿様のご寵愛を受けても、ここじゃ一年のあいだは離ればなれになるのさ。どんなにしけた亭主《やどろく》でも、独り占めできる幸せってもんが、いずれお前さんにもわかるよ」

と、お滝はあるとき指を折って日数をかぞえた。

砥部家の参勤交代は例年陰暦の七月を境にしていて、今年も涼しい秋風が吹く七月の末には殿様が江戸に到着されるはずだといった。

「あのお年で丸一年もご無沙汰ってのは、さぞかしお辛いこったろうよ」

お滝が淫猥な含み笑いをした意味まではわからなかったが、そう聞いて近ごろいつ見ても憂愁に閉ざされた顔つきのおみちの方が目に浮かんだものだ。

女ばかりだと睦まじくしていられても、殿様があらわれたとたんに、ここはいわば嫉妬の坩堝《るつぼ》と化して、お滝がいうような目に見えない諍《いさか》いでぴりぴりするのだろう。殿様の寵愛を受けて何よりも子どもを授かることが念願される。昔も今も変わらず揉め事の根っこはそこなのだ。ここにかぎらず世間いずこも似たり寄ったりで、女は男に愛されて子どもを産むことが求められ、絶えず嫉妬や怨念につきまとわれるはめになる。自分もまた追々そこへ加わるのかと思うと、情けなくてやりきれない気持ちになった。

砥部家で一番得をしたのは殿様のご生母になられた貞徳院様であり、やがてはおみちの方がそうなるのかもしれない。呉服之間で聞かされた大奥の話でも思ったが、ここにかぎらずどこでも望まれるのは跡継ぎだ。だから女はだれしも嫁いで男子を産めば幸せになるとされている。けれど頭からそんなふうに決めつけられると、女はまるで跡継ぎの男子を産むための道具だといわれているようで哀しくなってしまう。わが子を亡くして自らの心までも喪ってしまったおゆらの方、子どもが産めずに終わっていつもいらいらしているおりうの方を見ると、ただ不運だとか不憫だとかいう言葉ではけっして片づけられない気がした。

女はだれしもあの藤枝の婆さんのような貧乏くじを引きたくないという気持ちでいっぱいだ。この世でなるべく得をしたい、楽をして生きたいという気持ちは瑞江だって変わりがない。でも女がみんな自分が得をしたいために子どもを産んだら、楽をするために良人にめぐり会って子どもを授かりたいというのが本音だとしたら、右筆頭《ゆうひつがしら》の関屋が熱をこめて語る恋歌だってなんだって興ざめではなかろうか。ここに勤めているほかの娘はそれをどう思うのだろう。

もしかすると娘たちの多くは自分がたまたまめぐり会った殿御に恋をしたように信じて、楽をして生きたいという本音に気づかずにいるのかもしれない。そうだとしたらよほどに血のめぐりが悪くて心の働きが鈍いのだといってやりたいけれど、一方で、ああ、そんなふうに生まれたかったと、瑞江は自分を素直にさせてくれない厄介な宿命《さだめ》を呪った。

ここで生まれた子どもはみんな可哀想だと思う。糞尿にまみれて死んだ子や、鶴丸君のように殺されないだけましにしても、亀千代君だって産みの母親からは引き離されて……。

瑞江は御殿でときどき幼児の泣き声が聞こえてくるたびに胸がしめつけられた。昔から子どもの泣き声が苦手で、聞くと自分まで一緒に泣きそうになるのだ。

もし女たちが得をしたい、楽をしたいというような気持ちで子どもを産んでいたとしたら、やがてその子どもからとんだしっぺ返しを受けることになるだろう。あの手がつけられない由次郎様がいい例ではないか。子どもを産んだ女はいっそみんな復讐されたらいい、などと瑞江は時に恐ろしく剣呑《けんのん》に思い詰めてしまうことすらある。自分もいずれは他家に嫁いで母になると素直に信じていた。しかしここに来て、そうした素直な気持ちが粉々に飛び散ってしまった。

父が自分をここによこしたことは、あきらかにまちがいだったと思う。

「今から脅すわけじゃないけど、子どもを産むってのは文字通り命がけの仕事だよ。口でいってもわかるまいが半端な苦しみようじゃない。お前さんのお袋さんもどっかでいっぺん、ああ、これでもう自分は死ぬんだって覚悟をしたはずさ。それだからこそお前さんがこの世にオギャアって出てきたんだよ。そういう親のご恩をありがたいと思わなくちゃ罰が当たるよ」

と、お滝がいつぞや真顔で説教をしたときは、こちらも妙に向きになって突っかかってしまった。

産むだけなら厠の糞壺に産み落とした女でもしたことだ。母親の値打ちは産んだ子をわが手で立派に育てるところにあるはずではないかといったところ、相手は大きく頭《かぶり》を振ったものだ。

「育てたくとも、ここじゃそうできないんだから、しょうがないじゃないか。腹を痛めて産んだわが子をすぐに人手に奪われて、そりゃおみちの方にしろ貞徳院様にしろ、お気の毒な話だよ」

おみちの方が亀千代君を産んで自らの乳を呑ませたのはわずか十日だったという。ご生母の貞徳院も同様だったはずで、そのあと殿様に乳を呑ませて五歳になるまでお育て申しあげたのは乳母の五百崎だった。

「だからお親しみも格別なんだろうよ。殿様が御殿においでになると、いまだにあの婆さんが厚かましくしゃしゃり出るって話だ」

と、お滝はしかめっつらをして見せた。

五百崎は今はわりあいに痩せた小柄な老女だ。細面で中高《なかだか》のすました顔をしている。茶の湯の稽古で、下唇の突きでた受け口をしゃくるようにして指図をする姿を見ていて、ちょっと陰険な感じはした。

「あの婆さんは鴛鴦の間の隣りの部屋で寝《やす》んでいて、寝物語までしっかり聞いてるそうだよ。うっかりご機嫌を損じたら、殿様に何を告げ口されるかわかったもんじゃないって話でね。おりうの方が早くにおそばを遠ざけられたのも、そのせいだっていうしねえ。だからみんな気兼ねしてるのさ。今はおとなしくして見えるけど、あとふた月もたたないうちに、お前さんもあの婆さんの怖さがわかるだろうよ」

殿様の前に出れば五百崎はがぜん虎の威を借る狐で、浦尾よりも尊大に振る舞って見せるのだという。下の者にも威張り散らすので評判は至ってよろしくない。

「あの婆さんが死んだら、ここで哀しんでくれそうなのはクロだけだっていわれてるよ」

「クロ？」

と、またしてもおうむ返しで問うたところ、それはここでよく見かける黒猫だといわれた。瑞江がここに来た当初、気持ちの悪い声で鳴いて安眠を妨げてくれた迷惑な雄猫で、もとは貧弱な野良だったのを、五百崎が庭先で餌付けしたらしい。今では毛がつやして、縁側で出くわすとこっちがぎょっとするほど大きな烏猫《からすねこ》だ。以来、長局でほかの女中に飼われている雌猫がやたらに妊《はら》むようになったという、皮肉な落ちまでついていた。

五百崎が先代の側室おゆらの方の件でのみならず、当代のおりうの方の件でもまた悪く思われているのはなぜだろうかと考えて、瑞江はそこにふと貞徳院の黒い影を見てしまった。

五百崎は貞徳院に取り入って御殿に残れたという話も聞いている。もしかすると五百崎が鶴丸君に生水を呑ませて亡き者にしたというのも本当の話で、貞徳院が裏で糸を引いていたのかもしれないとさえ思える。おりうの方が退けられたのも、貞徳院の部屋子だったというおみちの方を有利に導いたのはまちがいない。ただ貞徳院を勝手に悪く決めつけるのもおかしな話で、お滝がいうように、一面ではたしかに気の毒なお方でもあるのだった。

いっぽう同じ先代の愛妾でも、桂月院は長いあいだわが子の由次郎様を自らの手もとから離さなかったことで悪く思われているふしがある。にもかかわらず、毎夕その隠居所に向かう女たちはあとを絶たない。理由はたぶん例の烏枢沙摩明王《うすさまみようおう》で、女はとかく自力ではどうしようもないことにぶつかりやすいから、何かと信心をしてみたり、占いに頼ったりするのだろう。近ごろは気のせいか、徐々にその人数が増えているような気もする。

瑞江は一度そばまで近づいたとき「母を喪うた孤子《みなしご》よ」と見ず知らずの相手から呼びかけられて仰天した。ただの当てずっぽうか、本当に神がかりでいい当てたのかはわからなかったが、それ以上に例の玉木の一件で、前からどうにも気になって仕方がない相手であった。

蒸し暑さがつのって今にも降りだしそうなこの日の夕方、瑞江はついまたふらふらと行列のうしろにくっついて足を運んだ。途中で引き返すつもりでいながら、斜めに伸びた渡り廊下に踏み込んだあたりで、こんどばかりはもうあと戻りができない気がしてきた。人は何かに向かって道を歩みだせば、途中で引き返せない時がくるのだという、妙に大げさな気分にまでなった。

自分はもう何事にも目をそらさないでおこう。それによって心が乱されても、真実は見届けなくてはならない。自分がここにやって来たのはその真実を知るためなのだという天啓のようなものすら感じたのは、もしかすると桂月院の神がかりを恐れるあまりだったかもしれない。

隠居所は瀟洒《しょうしゃ》な数寄屋普請で縁側の障子は開け放たれている。中から漂う青い香煙に強い西陽が当たって、まさに紫雲たなびくといったふぜいだ。女たちは紫雲に包まれてぞろぞろと入ってゆく。

縦長の広間は片側の襖が閉じられて、前方の祭壇に置かれた大きな鼎形《かなえがた》の香炉がさかんに青い煙をあげている。煙を透かして見える正面の壁には一幅の掛軸が下がっていた。火焰の光背に包まれて忿怒《ふんぬ》の形相《ぎょうそう》をした仏神の画像で、六臂《ろっぴ》のうち一本の手は印《いん》を結んで、あとはそれぞれ独鈷《どっこ》、三鈷《さんこ》、蓮華杵《れんげしょ》、輪《りん》、数珠《ずず》を携えている。

祭壇の手前に座した桂月院とおぼしき紫衣の尼僧はすでに祈禱をはじめていた。そばにあって団扇でさかんに風を送るのはたぶんここの召使いだが、あとはすべて信者であろう。あらためて人数の多さに驚かされた。

ただでさえ蒸し暑いのに大勢が一堂に会した人いきれは堪えがたい。いずれも扇や袂《たもと》で風を送り合っているが、香や白粉や髪油や汗の入り混じった凄まじい臭気で目が痛くなるほどだ。

例の茜は一番前のよく目立つ位置に座っている。瑞江は最後尾におとなしく控えていた。

金剛鈴《こんごうれい》の音が高らかに鳴り響いて紫衣の尼僧が、オン、シュリ、マリ、ママリ、マリ、シュリ、ソワカと声を張りあげたとたんに、一同は両手で印を結んだ。瑞江も隣りの見よう見まねで両手の人差し指と中指の先を軽く触れ合わせ、残りの三指をしっかりとからませる。一同はみごとにそろえて唱和をするが、こっちはオン、シュリ、マリあたりでつかえて顔がほてった。一斉に声を張りあげると障子紙がビリビリとふるえ、畳が波打つような気がした。凄まじい熱気と騒音でしだいに頭がぼうっとしてくる。

キエイッと、いきなりの奇声で一同はぴたりと静まる。尼僧がおもむろにこちらを振り向くと、皆が一斉に頭を下げたので瑞江も倣った。

「それ、つらつら思惟《おもんみ》るに、月の大きさは見る時によって、また見る所によってもちがう。天の頂きにあるときは小さく、山の辺にかかりたるときは大きく見えて、真実のありようは定めがたきものじゃ。人もこれと同じうして、善きにつけ、悪しきにつけ、相手が身近にあるときは大きうに見え、離れたら小そうになる。じゃによって愛《いとお》しさが高じて執着の増すときや、逆さまに憎しと思う心が強まるときは、その相手を山の辺から天の頂きに押しあげて遠くに望むべし。しからば心の持ちようもまたおのずと和《やわ》らいで……」

尼僧はやや舌足らずの甘い声で、法話というよりごく平凡な処世訓のごときものを単調に語りつづけていた。信者たちは熱心に聴き入る様子だが、瑞江は邪教の匂いを嗅ぎつけて、玉木の一件とも結びつけていただけに、いささか当てはずれの感があった。蒸し暑さと息苦しさと単調な声とでだんだんと気が遠のいてゆき、ふと隣りを見やればやはり恍惚とした表情をしている。

瑞江は居眠りしないよう、なんとか気をまぎらそうと縁側に目をやり、そこに五百崎の姿を認めてびっくりした。気持ちが急にしゃんとして目を凝らすと、胸中をさまざまな思いが駆けめぐる。

五百崎は貞徳院に近いひとだと聞いていた。貞徳院と桂月院は犬猿の仲だったはずで、それなのにここへやって来たのはふしぎとしかいいようがない。敷居をまたいですぐのところで黙って腰をすえ、例によって下唇を突きだした横顔はさほど急な用件があるようにも見えない。尼僧は目もくれずに話を続けていた。

蚊の音が耳につきだして話がようやく終わりを告げるころには、陽がすっかり翳って庭の緑も色つやを消していた。退出の際にはひとりひとり前に進んで、尼僧の前に座って何かしらお言葉を頂戴するのだと知って瑞江は大いにあわてた。が、人はどんどんと出ていくから仕方なく膝を前に進める。尼僧の姿が間近になると、まごうことなき由次郎様の母君と知れた。あごのない丸顔に、斜視《すがめ》ぎみでやや離れてついた大きな両眼がきらきらと光って見える。ぽってりした唇から発せられる声は、五欲を離れた尼僧にふさわしからぬ舌たるい響きがあった。

とうとう自分の番が来て、瑞江は相手に面と向かった。両眼がえらくきらきらして、ともすれば黒い眸に吸い込まれそうな気分になって、ふたたび前に聞いたのと同じ文句を耳にする。

「母を喪うた哀れな孤子、よう参った」

金縛りに遭ったように身動きができず、それは夢見心地に聞く声だった。

「母はそなたの心にある。母はそなたとなり、そなたは母となる」

瑞江は軽いめまいを覚えてふわふわと立ちあがった。気づいたときは縁側に出ていた。目の端に五百崎の姿をとらえ、薄暗くて見えづらい渡り廊下に向かった。屋内への入り際で振り返ると、隠居所の障子は閉じられて中に明かりが灯っていた。が、そこでふたりが何を話しているのかはもう気にならなかった。胸のうちには先ほど聞いた言葉がぐるぐるとまわっていた。

母は自分になり、自分は母となる。なんだかわかったようでわからないところがご託宣なのだろうと思われた。

部屋にもどると、ふたりが先に夕飯を食べはじめていた。ぼんやりしてどうしたのかと訊かれ、からだの不調を訴えて早く床に就いたものの、夜半にわかに激しい雨が降りだして、急いで雨戸を閉めるのに手を貸さなくてはならなかった。雨戸を閉め終わったとたん、三人一斉にキャアッと叫んだほど凄まじい雷鳴が轟いて、長い梅雨がようやく終わりを告げた。

瑞江は寝入りばなに怖い夢を見た。薄暗い廊下を歩いていると幅がだんだんと狭まって、壁と天井がからだに触れるほど窮屈になる。身動きがとれず、いきなり足もとが失われ、底なしの井戸の中にどこまでも落ちてゆく。真っ暗闇の井戸には哀しげな泣き声がわんわんこだましていた。気がつけばあちらにも、こちらにも、胞衣《えな》がついたまま白くふやけた水子が宙に舞いながら激しく泣き叫んでいる。それは見捨てた母を怨んで泣くようでもあり、この世という地獄に産み落とされたことを嘆くようにも聞こえた。

自分もいつの間にか水子に変わっていた。すぐ横で泣いていた水子が急にこちらを振り向くと、そこに白目を剝いた玉木の顔があらわれ、思わずぎゃっと叫んで目を覚ましてしまった。

十六

町廻りの持ち場を離れて両国橋を渡ったのは、お勤めもそろそろ頃合いと見たからだ。きょうもまたうんざりするほど汗をかき、黒い絽羽織の背を塩で白くしていることだろう。

こうして大川端を歩いても、残念ながら夕凪《ゆうなぎ》で、涼しい風はあまり感じなかった。築地の上に伸びた枝葉もじっとして動かず、あたりは生温いよどんだ空気に包まれている。築地の向こうは砥部藩の下屋敷で中はかなり広いらしい、表門から裏門へまわるのにもそれなりの歩数が要った。ここは川端沿いの細道で、眼下は石垣となり、桟橋《さんばし》に舫《もや》った舟も相当数ある。近日には入津《にゅうしん》がなかったのか、荷揚げをする人足《にんそく》の姿はない。

裏門の前をうろうろしていると、辻番の男が不審そうにこちらへ近づいてくる。伊織はいったん足早に離れるふりをして、そっとふたたびもどり、門からおよそ十間ばかり離れた場所でようやく沢之丞が教えた例の潜戸《くぐりど》を見つけた。

戸は内側からしか開かなくなっているが、むろん中に入るつもりは毛頭なかった。そもそもここは入り口ではなく出口なのだ。沢之丞の話だと、女中たちは夜になるとひそかに役者と共にここから抜けだして、別の隠れ家に向かったのである。

「もうかれこれ二十年近く前のことになりましょうか。最初はどこへいくのかまるでわかりませなんだが、二度目には駕籠の向く方角を気にして、川の音に耳を澄まし、抹香の匂いであらかたの見当はつけました」

と、姿かたちに似合わず聡明な男は隠れ家の在処《ありか》を教えた。

そこは新堀川がそばを流れる浅草の寺町と知れたので、伊織はふたたび千切屋惣兵衛を問いつめて答えを引きだした。

ふしだらな密会に使われた隠れ家は、案のじょう千切屋の先代が世話したもので、当代の惣兵衛は深いことまでは知らなかったが、妹はたぶんそれにからんで殺されたものとすぐに察したらしい。だがうっかりしゃべれば自分も始末されると恐れた。それでいて自分のほうから弥陀六の話をしたのは、無念に死んだ妹の魂魄《こんぱく》が草葉の陰からいわせたのかもしれない。

いっぽう沢之丞の話でこちらも気になったことをたずねたところ、どうやら双方ともに驚くような縁に突き当たったのも、きっと死んだ女房の引き合わせなのだろう。が、これよくぞこれまで騙してくれたものだと呆れるしかない。腹立ちも収まらなかった。これだから女は始末に悪い。ひとりでさえ持てあますのに、女同士で手を組んだりされると男はもうお手あげだ。

もっとも縁は異なものというべきか、なんとも摩訶不思議の成りゆきながら、今後はこちらも男同士で手を組もうという話になった。あんな化け物に男同士というのもおかしな話だが、見かけはともかく、魂は存外まっとうな男と見込んだ相手であった。

先ほどから陽はさらに翳って、川端沿いの道から早や回向院《えこういん》裏の路地に出ていた。夕闇が迫り、あたりの風景は飴色《あめいろ》に染まって物憂げに見える。

この界隈に住む多くは小普請方《こぶしんかた》の御家人で、あるじの不遇をかこつかのように、塀はところどころが毀《こぼ》たれていた。町方の同心が武家屋敷を探っていると見とがめられたら厄介なので、伊織はなるべく止まらないようにして足早に過ぎる。回向院裏の一角というだけで、今日中に相手を捜しだすのは困難かもしれない。

これも沢之丞の話だと、小佐川十次郎の始末に手を貸したであろう弥陀六は、男衆になる以前、直参の萩原 某《なにがし》に仕えていたという。そこで同僚の薗部に問い合わせたところ、藩主の生母貞徳院にゆかりのある人物が浮上した。

貞徳院はもともと町家の出だが、先代藩主のお手付きともなれば表向き武家の娘というかたちを取らざるを得ない。そこで養女に入った先の家名がやはり萩原であった。養女といっても名ばかりで、無役《むやく》で貧した旗本や御家人が町人から謝礼を受けて名義貸しをする例はよくあるのだ。

人けのない路地を二度ほど曲がったところで、伊織は急に歩みをゆるめた。このあたりではめずらしいのではないか。鋲打《びょううち》の駕籠《のりもの》が門前に見える。地面に置いた箱提灯をよく見れば、丸に三つ巴、まさしく砥部家の定紋が画《えが》かれている。これぞ天が与えた好機としかいいようがない。

向こうが気づかぬを幸い、素早く向かいに植わった灌木《かんぼく》の茂みに走り込んでいた。周囲とくらべて、この屋敷はたしかに冠木門《かぶきもん》も新しく、屋根瓦もきれいにそろって見映えがいい。

たまたま名義を貸した相手が二十余万石の大名の生母となった気分はどのようなものだろうと思う。出世のしようはいくらもあるはずなのに、無役の小普請で留まっているのは当主が片意地なのか、それとも根っからの怠け者なのだろう。

さらなる好機を念じて身をひそめることしばし、果たして偶然は重なった。中間《ちゅうげん》や陸尺《ろくしゃく》があわただしく動きだして、片外しの髷を結った年増の女と若い男が相次いで出てくる。

男はだらしない着流しで、月額《さかやき》を伸ばして、いかにも無頼を気取った風体《ふうてい》だ。顔は生《なま》っ白《ちろ》くて髭の剃り跡があおあおと見える。

砥部家の使者とおぼしき女は門前で一揖《いちゆう》して男に話しかけたが、何をいうのかまでは聞きとれない。これに対して男は、

「この采女《うねめ》を甘う見てはなるまい」

と、存外に声がはっきりと聞こえた。

小佐川十次郎とおれんの始末に男衆の弥陀六が一枚嚙んでいたのはたしかだろうが、直に手を下したのはだれかと考えたときに、弥陀六の旧主に思い当たった。

今の使者とのやりとりではこの萩原采女という男のほうになんらかの不満があることを窺わせた。それはもしかするとふたりを始末した報酬のことではないか。まったくの当て推量だが、どうしてもそんなふうに思えてくる。

そしてもしこの萩原が下手人だとすれば、裏には貞徳院という藩主の生母の影がちらつく。むろん貞徳院はもっと年輩だろうし、名義を貸した当人はすでに亡くなって代替わりしたということも考えられる。だが萩原采女は名義上、貞徳院の弟になるのではないか。

女中が乗り込んだ駕籠は大川の方角に向かってゆっくりと動きだしたが、男はしばし門前で見送るふうだ。残照を浴びたその顔かたちがくっきりと浮かびあがって見える。鼻すじが通ったわりあい華奢《きゃしゃ》なやさ男だが、唇は酷薄そうにゆがんで、油断のならない目つきをしている。

事が大名の生母にまで関わってくるとなれば、一介の町方同心が何かをつかんだところでどうなるものでもない。だが伊織はもうあとには退けなかった。

何も知らずにあの娘を手放したことが、今となってはひどく後悔された。あとはなんとしてもこの手に取り戻すしかない。娘はいずれなんらかの真相をつかんで、傷つけられる恐れがたぶんにあった。そうなる前に早く助けださなくては、あの娘を慈しんだ亡き妻に顔向けができなかった。

毎度のことながら千秋楽はやけにあわただしい。沢之丞はこれだけ場数を踏んでもまだそんなふうに思える自分がおかしかった。

もっとも皐月狂言の楽日《らくび》ともなれば、だれだってそう思うにきまっている。これから長い夏休みに入るので、手回り道具はすべていったん家に持ち帰ることになる。弟子に荷物をまとめさせ、あらかた荷出しをしてひと息ついたところで、それぞれに祝儀を出さなくてはならない。祝儀を手渡しながら耳もとでささやいて最後まで部屋に残したのは荻野伊之輔だ。

「伊之、お前、例の話は引き受けたのかい」

さりげなく訊いて、

「へえ。なんのこってござんしょう」

「おとぼけでないよ。弥陀六が持ってきた話のこっちゃないか」

「へ、へい。まあ……」

と、相手は顔を伏せてしまった。

「フフ、あたしだって伊達に長くこの渡世で飯を喰ってきたわけじゃなし、大方の察しはついてるよ。別にいいさ、お前は好きにやればいい。役者はごひいきがあってこその稼業だ。ことに女形は女子《おなご》のごひいきが何より大切。お前さん、そう思って引き受けるんだろ」

「へえ……左様で」

伊之輔は今にも泣きだしそうな顔だ。いささか儚《はかな》げに見える美貌を眺めて、ふと哀れを覚えた。こうした気弱な若者とて、数々の修羅場を踏めば、だんだんと自分のように図太くなれるだろう。人の一生はほんの束の間で、それを思えば他人様に迷惑をかけなければ何をやってもいいという気がする。まして舞台の上であらゆる死に方さえする役者稼業は、なんだってやっておくに越したことはない。若いうちはなおさらだと思う。

しかし若気の至りがあとになってどんなかたちで身にふりかかるかは、まただれにもわからない。時としてまさかそんな、と叫びたくなることだってある。近ごろはあまり何事にも動じなくなっていた沢之丞自身、つい先だってびっくりして飛びあがるほどの因縁話を聞かされたのだ。

あんな昔のことはもうすっかり忘れたつもりでいた。相手とはほんのすれちがったていどの縁に過ぎなかった。それこそ今なら道ですれちがっても、お互いまったく気づかぬであろうに……。

「それでねえ、お前さん」

と、気を取り直して伊之輔に向かう。

「あたしからもひとこと口添えをしておきたいから、弥陀六さんをここへよこしておくれでないか」

「それは……」

伊之輔は困ったようにまたうつむいてしまった。

「わかってるさ。ばらすなっていわれてんだろ。何もあたしがそんな野暮ないい方をするもんかね。お前さんの仕事をふいにするような真似はしやしないよ」

沢之丞は弟子のご機嫌を取るように笑いかけた。が、それでもだめとみて、

「いいかい。あたしゃ伊之を悪者にしないために、あの男をここへ呼んでこさせようってんだ。直に呼びつけてもいいが、そうすれば、あいつがお前のことをどう思うかねえ」

ちょっと脅しをかけたら観念したらしい。

「今すぐ、でござんすか」

と、伊之輔は自分からいった。沢之丞は黙って首を縦に振った。

常になくがらんとした部屋に独りで残されるとなんだか妙な心細さに見舞われる。ついさっきまでやかましかった楽屋の廊下も今はひっそりとして、時おり階下《した》からガタンと大きな物音が響いてくる。

日は長いといっても、窓の外を見れば彼方の横雲が夕陽を受けて蘇芳《すおう》と墨色を交えた妖しい斑《まだら》模様に染まっている。部屋は窓のない側から急速に闇が広がりつつあった。

まあ、こいつだけは残しておいてよかったと、隅っこにある燭台を見た。へたばった蠟燭だけど、無いよりはましだろう。

ああ、あれがないとやっぱり淋しいねえ、と、鏡台が丸ごと持っていかれたのが悔やまれる。

鏡は終日見ていても飽きないし、無いと不安で落ち着かない気分になる。鏡に映った女とそれを見ている男が一緒になって、自分というひとりの人間ができあがっていると しか思えない沢之丞だ。それのどこがおかしかろう。鏡を見ないで生きていける人間なんざ、犬畜生と変わりがあるまい。

弥陀六がここにあらわれたら、まずどう話をしようか。自分はどこまで覚悟してこんどのことに首を突っ込むのか、まだ決めてもいなかった。

笹岡という同心は砥部家に奉公させた娘を取り戻したいのだといった。あっさり呼び返せばすむような話ではないことを打ち明けられて、こちらも身を乗りださないわけにはいかなくなったのだった。

何よりもその娘とやらの顔を一度見てみたい気がした。もし父親似だったら可愛らしい娘だろうと思い、沢之丞は少し照れたように微笑《こ》った。

にわかに段梯子がミシミシいって待ち人の来訪を告げた。顔のこわばるのが自分でもわかり、ああ、ここに鏡があれば、と思う。長身の黒い影がぬうっと部屋に入ってくるのを見て、懸命に笑顔を取りつくろう。

「ああ、六さん、お呼び立てしてすまないねえ」

相手は人殺しか、その片棒をかついだ男かもしれないと聞かされたら、恐怖心の出ないほうがおかしい。部屋の片隅にある燭台を真ん中に持って出て、自らの手で火をともし、

「こんなもんでも、ホホホ、無いよりはましかねえ」

と、沢之丞は愛想笑いまでしている。弥陀六は片膝をついた姿勢で例によってぶっきらぼうに応じた。

「御用はなんでござんしょう」

ジリジリいって今にも消えそうな蠟燭が男の顔に微妙な陰翳《かげ》をつけた。あだ名のもとになった額の大きなほくろが浮かんで見える。これで身元が割れたというのだから、人は何が災いするか知れやしない。この自分がもし罪を犯したら、四海の果てまで逃げても御用となるのは請け合《うけあ》いだ。そう思うとおかしくなって少しは気分も落ち着いた。

「お前さん、うちの伊之に仕事を持ってきてくれたんだってねえ。取り敢えず師匠の口からお礼をいわなくちゃいけないと思ってねえ」

「へえ、どうも……」

と相手はあくまで顔色を変えずにいった。

「旅まわりかと思ったら、伊之の話だと、どこかのお屋敷だそうだね」

「へえ、まあ……」

「小佐川十次郎の男衆をしてたお前さんのこったから、おそらく例の心中のお相手がいた砥部様のお屋敷だ。ちがうかい」

弥陀六は文字通りの仏頂面《ぶっちょうづら》で沈黙をたもっていた。沢之丞はついに意を決していう。

「十次郎は大昔から砥部様のごひいきにあずかってた。あたしゃそれを知ってるんだよ。なにせ昔はあたしも一緒にあそこへいってた口だからねえ」

「へえ、左様で」

と、相手はあくまで平板な声で応じた。

「砥部様のお屋敷に召《よ》ばれるということは何も隠すに及ばないよ。向こうのお気に入れば、伊之もいいごひいきがつかめるってもんだ。死んだ十次郎のようにねえ」

沢之丞は皮肉たっぷりにいってみたが、弥陀六は肝が太いのか、それとも心が鈍いのか、さして動じたふうもなかった。

「いっそあたしも召んでほしいくらいだねえ」

と思わずいって、たしかにその手はある気がした。

今や江戸で名うての荻野沢之丞が舞いを披露するといえば、先方も不足はなかろう。いっそ堂々と乗り込んで、向こうの様子を探ってみるというのはどうだろう。そうすればこんどの件であの旦那に何か教えてやれる。わずかでも様子が知れたら、少しは安心するのではないか。

「太夫にその気がおありなら、先様《さきさま》にそう申しておきやしょう」

と、やや横柄にも聞こえる調子でいって、弥陀六は怪しげな目つきでこちらの顔をじいっと見た。

十七

まぶしい光りで目覚め、縁側から望んだ空がすっきり晴れわたるのを見て、瑞江はここでまる三月《みつき》ものあいだ一度も外出をしなかったのがえらく気になってしまった。こうした囚獄《ひとや》暮らしがまだまだ続くのかと思えば、空と逆さまに気分はかえって暗くなった。

ここの大勢の女たちが長年こうした理不尽な暮らしに堪えているのは、ちょっと信じがたい気がする。外出が許されるのはほんのひと握りにすぎない。なにせ奥方様からしてめったなことでは外出をなされぬらしく、たまになさるのは姫君で、それに上輩の女中たちがお供をする。真幸のような表使は役目がら外出が多くてうらやましい目で見られていた。

早く年季が明けて外の空気を胸いっぱい吸いたいという思いが日増しに募るなか、瑞江は近ごろどうもおたけの様子が気がかりだった。お末の御使番を通じて頻繁に実家と手紙のやりとりをしている。実家からの手紙を読んで、涙ぐんでいることがある。家人にだれか不幸でもあったのかと思いきや、

「おめでとう、縁談でしょう」

と、おまつがこの夜みごとにいい当てた。なのに、おたけはちっともうれしそうな顔ではない。

「見ず知らずの相手なのに。勝手に決めて、すぐに戻ってこいだなんて、いくら親でも……」

と、涙ながらに訴える。

御殿女中は一生奉公が建前とはいいながら、町家の娘は嫁入り前の腰掛け勤めがほとんどで、実家から呼びもどされて、お宿下がりを願えば、よほどのことがないかぎり引きとめられはしない。おたけのように急に呼びもどされる例も少なからずあるようで、ここを早く出られるのだから瑞江はちょっぴりうらやましい気がする。

が、おたけの潤んだ眼を見ていたらだんだん可哀想になってきた。いくらここを出られても、他家に嫁げばそこでもまた舅姑に見張られる暮らしが待っているのだ。たとえ

自分の家でも、女は夫に仕え、老いては子に従うのだとすれば、あまりここと代わり映えしない気がする。同じことなら、いっそ馴れ親しんだ奥御殿で大勢の仲間と共に苦労を分かち合ったほうがいいように、おたけには思えるのだろう。

しかし苦労は分かち合っても殿御を分かち合うのは願い下げだから、多くの娘はここを出て他家に嫁ぐのだった。はてさて肝腎の婿殿は……と瑞江はふと身のまわりを想い、以前わが家に穴子の伝蔵が連れてきた若い男の顔が目に浮かんで、あやうくギャッと叫びそうになった。ついで浮かんだのはここに来て初めて御広敷で会った坂田主水という、ぼうっとした感じの若侍で、いかに自分が世間知らずかに思い至った。

果たしてこんなことで嫁いでよいものかという気がするが、世間いずこも似たり寄ったりだろう。思えばここにいても女は殿様から選ばれるのを待つだけなのが哀しい気がする。自分の進む道が自分では選べないなんて、ああ、やっぱりお互い女に生まれてつまらなかったわねえと、沈みがちなおたけの肩を抱いてやりたくもなるのだった。

おたけに縁談の愚痴を聞かされた翌日は先代奥方のご命日で、姫君が菩提寺へご参詣になり、御年寄を筆頭に何人かがお供をした。浦尾は梅雨のあいだも奥方のお使いと称してよく出かけていたが、ほかの女中たちは久々の外出とあって、どこか浮き立つような気分というものが長局中に伝わった。外出に従うのは部屋方の召使いと決まっているので、瑞江は御年寄の付き人でも外へのお供は許されなかった。

夏の外出は未明に出立《しゅったつ》して午刻《ひる》までに終わらせるのがよしとされる。瑞江は二番勤めで正午に御殿を退出して、ちょうど長局にもどろうとしていたときに一行の帰還とぶつかった。

御殿から長局に続く廊下は一ノ側の手前で御広敷に向かう廊下と交差する。瑞江はその曲がり角の壁際にひざまずいて通り過ぎるのを待たなくてはならない。背の高いお末たちが前後三人ずつで長柄《ながえ》の棒を両腕に抱えて駕籠を運んでくる。総蒔絵も美々しい姫君の駕籠がこちらに向かってくるありさまは、まさしく女大名行列とでもいいたいような奇観だ。

姫君の駕籠が御殿に向かったあとにあらわれたのは瀟洒な紅網代の駕籠で、これは一ノ側の廊下の付け際でぴたりと止まる。駕籠脇に付き添っていた召使いのお安が戸を開けると、中から浦尾が悠然と姿をあらわした。流水の羅文《らもん》を織りだした浅葱色《あさぎいろ》の帷子《かたびら》が身によく映え、首《こうべ》をゆっくりとめぐらして降り立つさまは、女ながらも威厳に満ちあふれ、ほんの一瞬だが、瑞江はこのひとを少しばかり誇らしく感じた。

浦尾が部屋に消えるともう一挺の網代駕籠が止まって、こんどは中老の常磐があらわれた。駕籠舁きは背が高くて力のあるお末にしかつとまらないので、人数にかぎりがある。先ほど浦尾の駕籠を担いでいた六人がその駕籠を御錠口までもどしにいったあと、こんどはまた別の青漆《せいしつ》の鋲打駕籠を運んできた。そこから御側のひとりがあらわれて部屋の中に消えた。すぐにあとからまた次の駕籠があらわれるといったあんばいで、悠長な女大名行列はいつ果てるともしれない。

瑞江はいつしか中腰の姿勢を取って、そろそろと後退《あとずさ》りしながら二ノ側に向かっていた。途中でくるりとからだの向きを変え、足早に縁側をたどってわが部屋にあと数歩のところで、キャアッという悲鳴を耳にする。悲鳴は次々とあがって、ただならぬ変事に踵《きびす》を返した。

元の廊下に出れば、大勢の女たちがどっとこちらに押し寄せてくる。悲鳴をあげる者あり、泣きじゃくる者あり、あるいは人手にすがり、あるいは懐剣を握りしめ、いずれも恐怖に顔をひきつらせ身をふるわせて足早に駆けてくる。引きもきらぬこの女の波はちょうど番方の入れ替え時に重なったせいだと思われた。みな気が動転してなりふり構わぬ様子で、宿直《とのい》明けなのか、厚地の裲襠を衣被《きぬかず》きして頭を覆った大仰な姿もある。

まるで火事場だ。そう思ったとたん、血肉の芯から突き動かされるようにして足がおのずと前に進んだ。何が起きたにしろ、女たちは危地に踏みとどまる勇気がないのは致し方ない。瑞江は逆さまに今そこへ向かおうとする自分が、われながらどうかしているとしか思えなかった。

帯に挟んだ懐剣の錦裂《にしきぎれ》が手に触れて少なからずほっとする。退出したばかりでまだ身につけていたのはありがたかった。尺足らずの短刀でも無いよりましで、気休めには十分なる。袋のひもを素早く解いて黒漆《くろぬり》の柄を出しながらひた走ると、急に目の前に背の高いお末のふたり組が両手を広げてたちふさがった。

「この先は通ること叶いませぬ」

「危のうございます。お退《ひ》きなされませ」

と口々に吠えたてる。

「何がありました。廊下をふさぐのはどなたのいいつけじゃ」

娘も負けじと吠えたがふたりは動ぜず、

「お控えなされませ」

「御年寄のお指図にござりまするぞ」

背伸びしてさかんに動きまわるも行く手は見えず、瑞江はいらいらしてつい持ち前の大声を出した。

「邪魔だてすなっ。御年寄の付き人なればまかり通る」

相手がひるんだ隙を見てうまく関所はかいくぐったが、わずか二、三歩のところで足はひとりでに止まった。

交差する廊下の真ん中に立ちはだかって、こちらを見ているのは浦尾であった。髷を崩して片肌を脱ぎ、朱色の蛭巻《ひるまき》を斜《はす》に構えるかっこうで刃渡り三尺近い長刀の穂先をぎらりと光らせる。肩を大きく弾《はず》ませているが、顔はいつもと同じ怖いくらいの無表情だ。

黙ってあごをしゃくられて、瑞江はおそるおそる前に進んだ。長刀の石突がストンと床板に落ちる音を聞いて、足下を見れば、そこにうつぶせで横たわった女がいた。着ている白無垢が朱《あけ》に染まって、そばに血のついた懐剣がころがっている。なおもよく見れば紅い斑点が一ノ側の廊下の先に続いて、向こうにだれやらもうひとり倒れた姿が見える。

一ノ側の部屋はすべて戸を閉じて何事もなかったようにしんとしていた。中庭から注いだ陽射しが磨き立てた床板をまばゆく照らしだして、生血を色鮮やかに浮かびあがらせている。時が流れを止めたような奇妙な静けさに包まれて、瑞江はつかのま凄惨な光景にぼうっと見惚れてしまった。

ハッとわれに返って背すじが凍りつく。膝がガクガクしてその場にぺたんと座り込んでしまう。駕籠を担いでいたお末らが今は三方に立ちふさがって高い壁を築いていた。御殿の方角はことさら厳重にして人数が多い。人垣の内側にいるのは図らずも浦尾と瑞江のふたりっきりだ。

「ご無事で何より。重畳《ちょうじょう》でござりまする」

と、精いっぱい虚勢を張っていったつもりだが、声がふるえたのは自分でもわかった。

「よう駆けつけてきやった。武家奉公はかかる危急の折こそ値打ちのほどが知れようぞ」

浦尾は低いがよく通る声を出す。抑揚に乏しい声で、そこにおよそ情といったものは感じさせない。唇の端をかすかにもちあげて微笑《わら》いそうになるのを我慢しているような表情は、どこかで見た憶えがある。そうだ、前に弟をひっぱたいたときに相手が見せた顔だと想いだして、瑞江は少しだけ気持ちが落ち着いた。

あらためて目の前の横たわった女を見れば、顔はうつぶせだが、白無垢の姿から推して、おゆらの方であろう。すると廊下の先に倒れているもうひとりは、五百崎なのか……。

「もうよい。出て参れ」

浦尾が大きく手を打ち鳴らすと、手前の部屋からすぐに飛びだした召使いのお安がこちらを見て目をむいた。ほかの部屋でも一斉に戸をガタゴトさせはじめたが、姿をあらわしたのは召使いばかりではない。そろそろと顔を覗かせて、キャッと叫んで即座に戸を閉じたのは中老の常磐だが、無理もない、ただでさえ臆病なこのひとの部屋の真ん前に倒れ臥した姿がある。戸をバタバタと閉じる音が相次ぐなかで、奥のほうの部屋から出てきた召使いはびくびくしながらそれに近づき、急にがばと伏して泣き叫んだ。

浦尾はこの間みごとに悠揚迫らぬ態《てい》で、長刀を召使いに渡して片肌を入れ、垂れ下がった髪をまとめ直し、たすき掛けをして素早く着物の裾を帯にはさみ東《あずま》からげのかっこうにした。次いでお安ともうひとりの召使いにいいつけて、白無垢の女のからだをおゆらの方の部屋に運び込ませた。

「来《き》や」

と、こんどはこちらに鋭く命じて血塗られた廊下に向かう。瑞江は自らも急いでたすき掛けして着物の裾を帯にはさみ込んだ。

黒い絽の帷子を着て仰向けに倒れているのは案のじょう五百崎で、白髪頭が中庭寄りに見える。右腕を肩の上に伸ばし、反り返った手首と開いた指が断末魔の苦痛を物語っていた。

瑞江は恐ろしくて到底その顔がまともには見られない。が、浦尾はつかつかとそばに歩み寄って腰を下ろし、躊躇《ちゅうちょ》するこちらに、

「そなたも武家の娘であろう。これしきのことに怖《お》じてどうするっ」

と、きつく叱咤《しった》した。

八丁堀の同心ならともかく、まさか自分がこんな目に遭うとは夢にも思わなかった瑞江だが、ともかくそろそろと腰を下ろすと、悶死した蒼白の顔面がいきなり目に飛び込んで、声が出そうになるのを懸命に堪《こら》えた。

浦尾はやおら絽の襟に手をかけて死骸の胸元を大きくくつろげた。中の白襦袢は鮮血で真っ赤である。その襦袢も手で広げて肌をあらわにし、なおも噴きだす血汐をかきわけてじっと見つめる。

「乳の下の急所をひと突き、いやふた突きしておる。ひとつは相当に深い傷じゃ。刃をわざとひねって肉をえぐったと見ゆる」

変に落ち着き払った声に、瑞江はあらためて浦尾の怖さを知った。血だらけの手をこちらに差しだされ、ふるえながら懐紙を取りだし、掌《てのひら》を拭く。紙はたちまち真っ赤に染まった。一枚では足りず、二枚、三枚と重ねて指先まで拭いてやりながら、このひとの心はどこかおかしいのではないかと感じるほどだ。

死者の目をふさいだあと、浦尾は自らも目を閉じていた。死者の冥福を祈るというより、これからどうするかを沈思黙考する面もちだ。瑞江は死骸を見ていたくないので顔をそらし、ハッと目にとまったのは廊下の先に落ちた錦裂の袋である。すぐさま立ちあがって拾いあげれば、これにも忌《い》まわしい鮮血がべったりとついていた。

浦尾もいつしか腰をあげ、「参れ」と言葉少なに命じて廊下を引き返し、おゆらの部屋の戸を少し開けて「気がついたか」といえば、中からすぐに「はあ、まだおとなしうお休みで」との返事があった。

このやりとりで、浦尾はおゆらを傷つけずに当て身か何かで気を喪わせたのだろうと推察された。殺されなかったのがわかって瑞江は正直ほっとした。わが子を亡くした哀しみで心まで喪ったひとが、自分が何をしたかも知らずに命を絶たれたのでは酷すぎる。それにもまして、浦尾には人の命を奪うような真似だけはしてほしくなかった。

急にバタバタとあわただしい足音が聞こえて瑞江はさらにほっとしていた。早くこの場にあらわれてほしかった真幸がようやく駆けつけて荒い息づかいを聞かせた。

「遅なわりまして平《ひら》にご免くださりませ。出先からすぐ詰所にまわりましたもので……」

膝を突いて見あげた顔はうっすらと汗ばんで、いつにましての神妙な表情が美貌に凄みすら感じさせる。浦尾はじろりと見下ろして、

「ちょうどよいところに参った。あとは頼みましたぞ」

と、何事もなかったかのようなすました調子で凄惨な死骸のあと始末を命じ、自らはこちらをお供にして御錠口に向かう。

すでにだれかが報せたのだろう、例の客間には御広敷の役人が待ち受けていた。詫間権太夫と坂田主水《みつき》。ふたりの顔を久々に見て、瑞江はここに来た当初のことを想い起こし、たった三月のあいだで自分の心の持ちようが驚くほど変わったのを感じた。

最初にこのふたりによって御錠口に押し込まれたときは得体の知れぬ不安や恐怖で怯えたものだ。今は実に理由の明白な不安と恐怖にかられていても、このふたりにそれを訴えてみたところで埒があくのかどうか。女ばかりで暮らしていると、男を頼りにしたくはなるが、あてにできるかどうかはわからなかった。

「此度《こたび》はわらわの落度《おちど》なれば、何とぞお役御免を願わしう存じまする」

浦尾が開口一番そういうと、ふたりはうろたえた様子で互いの顔を見やった。

「乱心者のしわざとあれば、致し方ございますまい。のう、そなたはどう思う」

と詫間老人は気弱な調子で坂田主水に相づちを求めた。

「はあ、左様で。まずは仔細をお聞かせ願えませぬか」

浦尾は事の経緯を淡々と物語った。悲鳴を聞いて外に飛びだしたときはすでに五百崎の死骸が廊下にころがって、おゆらの方は血のついた懐剣を振りまわしていた。昂奮して手がつけられず、そばにも寄れない様子なので、やむなく長刀を持ちだす騒ぎになったという。

「その懐剣は、どこから出たもので？」

と主水がさらにたずねて、浦尾は速やかに応じた。

「されば、五百崎が所持なせし懐剣かと存じまする」

五百崎は一行の最後尾に従って、駕籠から降りたのも一番あとだった。いつもと同様に召使いは同行しておらず、お末に草履をそろえさせて独りで一ノ側の廊下を奥に向かった。お末らは五百崎を降ろすとすぐ駕籠を御錠口のほうに運んだので、その場には居合わせなかった。たぶん廊下の途中でおゆらとばったり鉢合わせして、恐怖のあまり懐剣を抜き、奪われて逆さまに刺されるはめになったのだろうという。

その話を聞いていて、瑞江はどこかおかしい気がした。先ほど廊下で拾った錦裂の袋は五百崎の懐剣を包んでいたものにまちがいない。浦尾に渡しそびれて、まだ手にしている。どうしても我慢できずに、部屋の隅からおそるおそる口を開いた。

「あの……恐れながら」

詫間老人と坂田主水があっけにとられた表情でこちらを見た。浦尾はじろっときつい目でにらんだが、こうなればもう破れかぶれで、

「これをご覧くださりませ」

と、血痕のついた錦裂の袋を皆の前に置いた。叱られるのは覚悟の上だが、

「懐剣の袋と見たが、これが如何いたした？」

若い主水が意外にやさしくいってくれたので、瑞江はしゃべる自信がついた。

袋は鞘《さや》と別に捨てられていた。五百崎が懐剣を取りだす際に袋が邪魔で捨てたのだとしたら、そこに血がべったりついているのはおかしいのではないか。死骸から少し離れた場所で見つかったその袋に、なぜ血がついてしまったのかが、どうにも気になって仕方がないと話したところ、

「なるほど、道理じゃ」

と主水は即座に膝を打ち、素直に感じ入ったという目でこちらを見た。するとふしぎなもので瑞江も相手を見る目が多少変わった。若いうちからこんな御広敷勤めの閑職にまわされているようでは、きっと一生うだつのあがらない侍だろうと見ていたのに、今

や案外と話せて頼りになる男かもしれないという気持ちになった。ぼうっとした風貌までもが急にりりしく見えだすと、相手もそれを察してか照れくさそうに目をそらす。

若いふたりを尻目に浦尾と詫間老人は硬い表情で黙り込んでいたが、

「此度の不始末はおゆらの見張りを怠った私の咎《とが》にほかならず、されば何とぞお役御免を」

浦尾が厳しい口調で詰め寄って、

「おゆらの仕置きと、お役御免の儀は、殿のご出府《しゅつぷ》を待つことと致しましょう。殿の思《おぼ》し召し次第では、万《ばん》やむを得ませぬが……」

と老人が重苦しい声を聞かせたことで、瑞江は遅まきながらハッと悟るところがあった。

浦尾が辞職を願い出たのはまんざら口先だけのことでなく、殿様の大切な乳母を殺させたという自責の念があるにちがいなかった。そればかりか近ごろは傍《はた》で見ていても何かと事が多くて大変そうだから、いっそこの機に投げだしたい気持ちになったのかもしれない。しかし大勢が乗り込む船を、嵐のさなかにまさか見捨てる船頭もあるまい、とは思う。

「とりあえず急ぎ使者を立てて下屋敷にも報さねばなりますまい」

老人がさらに苦々しい調子でいうと、

「おお、貞徳院様もさぞやお嘆きのことであろう」

浦尾もすぐに沈鬱な声で相づちを打った。

詫間老人と坂田主水が部屋を立ち去ったあと、

「出過ぎた真似を致しました」

と詫び言を口にしながら瑞江は錦裂の袋をそっと前に差しだした。が、浦尾は叱る気にもなれないといった様子で顔を背けてその袋を素早く袂にしまい込み、閉じたまぶたを指で押さえながら深いため息をついて立ちあがった。錦裂の袋についた血汐の疑問は、二度と口にすることができそうになかった。

この夜の長局は文字通り蜂の巣をつついた騒ぎである。どの部屋も夜更《よふ》けまで話し声が静まらず、瑞江の部屋では近ごろ元気のなかったおたけでさえ妙に活き活きとして死者の話に夢中だ。若い娘たちは死というものをまだあまり身近に感じないせいで、余計に人の死について語ってみたくなるのかもしれなかった。

母を看取った瑞江は死を身近に感じたせいか、玉木の自害も妙に気になってしまったのだが、こんどはそれどころの騒ぎではない。血まみれの死骸をそばで見てしまったのだから、ふたりにやいのやいのいわれてその場の様子を語りながらも、ちょっと油断すれば涙ぐみそうになる。

ふたりが寝静まったあとも気が立ってなかなか眠れなかった。大口をあけたおまつのいびきや、おたけの歯ぎしりが耳につきだすと、いっそ朝まで寝ない覚悟をしなくては腹が立ってくる。勢いここで見たり聞いたりした出来事が次々と想いだされて、取りとめない思案といたずらな妄想の温床となりつつあった。

以前、呉服之間で大奥の怪談を聞かされたとき、もしここで人殺しが起きても妖怪変《へん》化《げ》のしわざにされてしまう恐れを感じたものだ。そして今、ここではそれが乱心者の所《しょ》行《ぎょう》として片づけられようとしている。だが瑞江にはとてもそうとは思えなかった。

懐剣を入れた錦裂の袋は、五百崎の血が流されてから手に取られたことはまちがいない。五百崎は懐剣の袋を手にする前に別の刃物で血を流していた。その別の刃物の持ち主が、五百崎の懐剣を罪もないおゆらの方の手に握らせたのではないか。かならずやおゆらの方とはちがった真の下手人がいる。娘の勘がそう告げていた。

瑞江は前から悪い予感がしていた。ここでもしだれかが殺されるとしたら、それはまちがいなく五百崎だった。

お滝から聞いた話だと、五百崎には大昔に鶴丸君を死に追いやったという疑いがあって、おゆらの方と乳母藤枝の激しい怨みを買っていた。そればかりではない。おりうの方を今の殿様のおそばから遠ざけたのも五百崎だといわれている。なにせ殿様の威を借る狐でほかにもずいぶん憎まれていたらしく、死んで哀しむのはクロぐらいだとまでいわれていた。そういえばあの大きな黒猫は出てこなかったが、縁の下かどこかで可愛がってくれたひとの死を悼んでいたりするのだろうか……。五百崎の死は黒猫以外のみんなが歓迎したかもしれない。けれどだからといって本当に殺せるひとがそんなにいるとは思えない。ただここにひとつ、瑞江は気がかりでたまらないことがあったのだ。

玉木のときとまったく同じだと思う。ふたりとも桂月院の隠居所に出向いた直後に死んでいる。あの大きな眼をした舌たるい声で話す母子のことがどうしても気になってしまう。

玉木は本当に自害だったのだろうか。

何年か前、町方で辻斬りが相次いで、父からその話を聞かされた憶えがある。旗本の名家に生まれた若様で、無辜《むこ》の町人を殺してもなんとも思わない男がいたらしく、若い男には時に血が滾《たぎ》って物狂おしく人を傷つける手合いがいるから用心しろと父はいったものだ。由次郎様がその手合いでないとはいいきれなかった。

あの晩、五百崎は由次郎様の何かをつかんで、桂月院をいわば強請《ゆす》りにいったのではなかろうか。玉木があそこにいったのはどういうつもりだったのだろう……。

どちらもただの偶然といえばいえるし、こんどの場合、同じ殺すにしてもおゆらの方に罪をなすりつけるという手の込んだやり方は由次郎様らしくないような気もした。

すべてはこちらの悪い妄想だと片づけたいのだけれど、五百崎が殺されたというのはまぎれもない事実だし、本当に手を下したのはおゆらの方ではないことくらい、少なくとも浦尾はとっくに気づいているはずだ。玉木の変死も自らの目でしっかり見届けて、何かを隠しているに相違ない。玉木と五百崎が殺される直前に桂月院の隠居所にいったことも、たまたま自分が見たくらいだから、ほかにも見ていたひとはいるだろう。御広敷の役人だって、あのときはこちらの話を真剣に聞いてくれようとしたのに、浦尾に遠慮したのだろう、存外あっさりと引き揚げてしまった。ああ、考えれば考えるほど怖くなる。ここではだれを信じて、何をどう訴えたらよいのだろうか。

まずもって浦尾は今ここで何を考え、何をしようとしているのかがさっぱりわからなかった。浦尾自身が果たして本当に信頼に足るひとなのかどうか。瑞江がここで感じる疑心暗鬼の根っこには、浦尾そのひとに向けられた不信が大きく横たわっている。が、相手に向かってそれを口にする気にはなれなかった。

いつしか眠りに落ちて瑞江は悪い夢を見た。目覚めと同時に消え失せてしまったが、何やらまた恐ろしい夢にうなされたのはたしかである。

十八

女たちの声が闇に広がる。彼処《かしこ》でぺちゃくちゃ、此方《こなた》でひそひそ。甲高く叫ぶ声、つぶやく低い声、うれしそうな声、哀しい声、年寄りの愚痴、若い娘の泣き笑い、秘密のささやき、淋しい独り言。さまざまな声は聞こゆれども姿は見えない。この薄暗い小部屋では、

「泣くのはもうそのくらいでよかろう」

落ち着いた女の声に、

「でも、あたくしは……どうすればよろしいのでしょう」

若い娘の涙声がかぶさった。

「まあ、ここへ来《き》や」

くぐもった低声《こごえ》と同時に括《くく》り枕を軽く打つ音。衣擦《きぬず》れの音を響かせて娘はそばへにじり寄る。すぐに手首を取られてアッとかすかな悲鳴をあげた。

笄《こうがい》が抜き取られて豊かな髪が黒い滝つ瀬となって枕に流れ落ちる。髪の油と焚きしめた香の匂いがぱあっとあたりに漂う。扱帯《しごき》に手をかけられて娘は寝床《しとね》におとなしく身を横たえる。観念したようにまぶたを閉じた。

ふいに女は立ちあがり、

「今宵はいやに蒸すのう」

素気《すげ》なくいって雨戸をかすかに開けた。

「こうすれば大きな声は立てられまい」

と、こんどは娘をからかうようにいってくすりと笑う。細目に開けた窓から吹き込む微風を肌に感じて、娘は今宵の地獄を覚悟しなくてはならない。

汗で湿った生絹《すずし》の衣《きぬ》を剝《は》いでひんやりとした肌と肌とが触れ合う。ついで熱い息吹が娘の耳たぶを襲った。うなじから胸のふくらみにかけてねっとりした唇が這いまわる。娘は恍惚《ぼうっ》として吐息がきれぎれとなった。胸の果肉が柔らかな掌に摘み取られ、芯まで蕩《とろ》けるように揉みしだかれる。

「まだ十分に熟《う》れてはおらぬが、これならばもう嫁いでも、だいじなかろうて」

と、熱く身を火照らせた娘に冷ややかな声が浴びせられた。

「聞けばそなたは先ごろ兄を亡くして、跡継ぎを産まねばならぬ大切《だいじ》のからだ。女子《おなご》がこの世で果たす何よりも大切なおつとめは子を産むことじゃ。親御のいいつけ通り、わが家に戻って早くその婿殿をお迎えするがよい。さもなくば家が断絶しましょうぞ」

「わが家なぞもうどうなろうと構いませぬ。さほどの家柄でもなき町家にて、わたくしの知らぬ間に親たちが勝手に決めた縁談にござりまする。今あなた様とお別れするくらいなら、いっそ死んだほうがまし……」

娘はまたさめざめと泣きだしてしまった。

「聞き分けのない娘《こ》じゃのう。若い娘がみな左様なわがままをいいだせば、家が絶えるばかりかこの世の人種《ひとだね》が絶えてしまう」

女は微苦笑を隠しながら娘の頬に唇を寄せて、そっと涙を含みとる。

「殿御もいちがいに捨てたものではない……」

乳房にあてがわれた両手はやおら下腹に滑り落ちた。幾度となく煽《あお》り立てられ、いなされて、娘はだんだんと気を昂《たかぶ》らせていった。いつしか抗うこともできずに、股を大きく割り裂いて両膝を折り曲げた、あられもない姿にされている。

「殿御の掌はしかし、このように柔らこうはない。肉も皮も硬《かと》うにできて、何事も忙《せわ》しのうて、荒けなきものじゃ。こうゆるゆるとやさしうは参らぬぞ」

藪《やぶ》を吹き渡る風のように掌が素早く動いて、娘の腰がびくっと浮いた。細い指先が太腿の内側に触れて、そのつど甘い呻《うめ》きが洩れる。指先は内股のすみずみをじっくりとくすぐってゆく。菊の座の切れ目にそってゆっくりと這いまわりながら、露をふくんだ花弁にはまだ触れようともしない。娘は切なげに首を振ってもどかしさを訴えるが、舌足らずの声はうまく言葉になってくれない。

「かわいそうに、疼いてたまるまいが、フフフ、もそっと辛抱させてやりましょう」

女は意地悪な忍び笑いを聞かせた。

「殿御しか知らぬ女子《おなご》は愚かなり。逆もまた哀れなり。ふた色の道を歩まば、それ、極楽浄土へお導きじゃ」

濡れそぼった花弁の芯を刺し貫かれ、悲鳴を洩らした口はもう片方の掌でふさがれる。

「ふた色の道を究めて快楽《けらく》の理《ことわり》を知らば、男女《なんによ》の情けとても畢竟《ひっきょう》は心の迷いかと悟られて、すべからく女人は妬《ねた》み、嫉《そね》み、瞋恚《しんに》、愚痴、ありとあらゆる煩悩から解き放たれようぞ」

女の言葉はもはや遠くに聞こえる読経《どきょう》の響きであった。娘はつぎつぎと淫らな責めに苛《さいな》まれて、声を立てることも許されずに切なく喘《あえ》ぐしかない。

気がおかしくなるほどの長い時が流れて、娘はふいに魔の手から放りだされた。

「そなたの実家《さと》はたしか薬種屋であったのう」

女は何事もなかったようなすました調子で訊く。娘はわけもわからずただこっくりとうなずいた。

「されば、明日にでもわが家へもどるがよい」

身も心もすっかり掻きまわされて、娘は分別をなくした幼子のようにただ黙っていやいやをする。と、ふたたび情け容赦のない魔の手が激しく動きだす。芙蓉《ふよう》の花弁と菊の座をかわるがわるに責められて、床はすでにぐっしょりと濡れている。

「わらわの申すことを聞くがよい。わが家にもどって、身が手助けを願いたい。たっての望みじゃ、承知してたも」

娘はもう何も見えず何も聞こえなかった。執拗に繰り返される甘美な責めに魂まで痺れきって、哀れな木偶《でく》と化した首がとうとう縦に振らされる。

「おお、よしよし。聞き分けのよい子にはご褒美をやりましょう」

残忍な口吻がいきなり花弁の芯を襲った。粘っこく蜜を啜《すす》られて、娘は瘧病《おこり》のように身をふるわせて泣き叫んだ。

「助けて、母《かか》さま……」

女はその言葉にハッとして唇を離した。自らも共に放心したように深いため息をついた。

十九

「助けてっ、母さま」

という自分の声にびっくりして飛び起きた瑞江である。寝汗で蒲団はぐっしょりと濡れ、おたけが心配そうな目でこちらを覗き込んでいた。恐ろしい夢を見ていたのはたしかだが、何も想いだせなかった。夢というのはたいがいそうしたもので、またしても悪夢にうなされたのは、きのうの騒ぎで血みどろの死骸を見たせいにちがいなかった。

御殿でも、浦尾が奥方に朝のご挨拶を済ませたあと詰所に引きこもってしまった。きのう長刀まで持ちだした疲れがどっと出たのだろうが、今後おゆらの方の扱いをどうするかとか、ほかにもいろいろと降りかかる難題がありそうで、周囲に気を取られず一度じっくり考えを煮詰めてみたいのかもしれない。

自分のような小娘は所詮、猫の手ほどの助けにもなるまいと瑞江はよく思う。御年寄の手伝いはやはり真幸くらい聡明な女丈夫《じょじょうぶ》にしかつとまらないはずで、ふたりはいつも詰所で何かと相談をしているが、きょうばかりはその真幸でさえも襖のうちには入れないようにいわれていた。

瑞江が代わって真幸から受け取った口上は、下屋敷の貞徳院がこんどの満月に夜宴を催して浦尾を招きたいという、こんな時期にまたえらく悠長な話であった。それは恐らく口実で、本当は五百崎が殺された件で召ばれたのだろう。お滝の話によれば、五百崎はなにせ貞徳院の腹心ともいうべき人物だから、浦尾が責められるのは必至であった。

御殿を退出して長局にもどってくると、大廊下に例の隠居所に向かう長い行列ができていて、しかもきょうはお末の姿がいつもに増して多い。不審に思って見ていたところ、こちらの袖をぎゅっと引いたのはお滝である。

「今こそ不浄金剛様のご利益《りやく》を願わなくちゃならないってんで、この騒ぎだよ」

と、ため息をつくような調子でいう。

桂月院が祀る烏枢沙摩明王《うすさまみょうおう》は別名不浄金剛ともいってもともとは穢《けが》れを祓う仏神様で、大掃除で鼠の死骸を始末したときにはお札をもらうという話を前に聞いた憶えがあった。きのうは真幸があのあと指揮を執って五百崎の死骸を片づけさせ、血塗れの廊下をきれいにさせたはずで、それに当たったお末も気の毒ながら、瑞江は自身もいっそ行列に並ぼうかという気持ちだった。

「あたしゃ見張り役でついてったんだが、すんでのことに腰を抜かしちまうところさ。長いあいだここにいても、人殺しのあと始末なんて初めてだし、いや、もう、二度とご免だね」

肝っ玉の太い古狸がめずらしく弱音を吐いたところで、瑞江はふたたびあの場の様子が気になってきた。自分も立ち会ったのだといえば、お滝は気の毒がって二度と想いだしたくないだろうというが、逆にどうしても一緒に想いだしてほしかった。自分はさすがにそこまでの余裕はなかったが、父がもしあの場にいたら、けっして見落とさなかったであろういくつかの点があった。

お滝が若いお末を十人ばかり引き連れて一ノ側の廊下にたどり着いたときは、すでに五百崎の死骸は先にいたお末らがお定まりの戸板に乗せて御広敷に運んだあとだったという。が、流血の惨状は目の当たりにした。

「気の弱い娘《こ》は泣きだす始末だったが、あたしゃ容赦しなかった。どろどろになった大きな血だまりがあったから、束子《たわし》でもってしっかりこするようにいってやったよ」

「そこはきっと常磐様のお部屋の前でしょう」

「ほう。お前さん、よくそこまでちゃんと見てたもんだ。泣いてたうちの若い娘とそんなに年齢《とし》はちがやしないのに、やっぱりたいした度胸だよ。で、あたしに何をおたずねになるおつもりでござんすね、八丁堀のお嬢さん」

と、お滝はようやくいつもの調子を出しはじめた。

「血が飛び散っていたはず。床だけでなく、壁や柱にも」

「そう、そこなんだよ。少しくらいの血の痕は放っておきゃ黒いしみになって気にならないんだが、人殺しとなりゃ話は別で、あそこにお住まいになってる方々も気味が悪いだろうからねえ。なんで、あたしゃ廊下を虱潰《しらみつぶ》しに見てまわったよ」

「で、欄干《らんかん》に血の痕が見えませなんだか？」

「欄干に……」

お滝はきょとんとした顔をしている。なんだってことさらそんなところを訊くのだろうという面もちだ。

廊下は中庭に面した側に高さ二尺余の欄干を備えていた。おゆらの方以外の真の下手人がもしいるとすれば、中庭から出入りしたのではないかと思われた。前栽の陰に身をひそめれば気づかれずにすむ。ただ二尺余の欄干を越えるには手をつくだろうから、どこかに血痕が付着したかもしれない。それこそが真の下手人がいるという証拠のひとつになるはずだ。

「たしかに欄干も見てまわった。というより、この際だからってんで、あたしらはあそこを隅から隅まで拭き掃除したもんだ。で、あたしゃ楽がしたいんで、欄干を受け持ったから、この目で端から端まで見てるけど、血は飛んでなかったよ」

「そう……」

と、瑞江の声はおのずと落胆の響きをもった。

「最初見たときはびっくりしたが、なにせ婆さんだから、あれでも血は少なかったほうなんだろうよ。死骸があったあとの大きな血だまりのほかは、たぶん刃からしたたり落ちた血が廊下の付け際に向かってぽつぽつあったくらいで……ああ、そういやァ、亡くなった玉木様の部屋の戸口がいくらか濡れてたんで、若い娘が気味悪がってねえ。もしかすると婆さんが殺されたのも玉木様の祟りじゃないか、なんてことをいってたっけ」

「玉木様の部屋……あそこは今どうなっております？」

「どうなってるって……あれからだれも使っちゃいないよ。なにせ自害のあった部屋だから、次に入る方はどうせ畳から襖からいっさいがっさい取っ替えられるはずだってんで、掃除もせずに放ってあるよ。お前さんに訊かれるまであたしもすっかり忘れてたくらいだ。まあ、いうなれば、開かずの間ってところだねえ」

瑞江は胸がどきんと波打った。これはもう根本から見方を変えたほうがよさそうである。

「開かずの間ということは、今はだれも中に入れぬようにしてあるか。おゆら様の部屋のように釘を打ち付けたり、錠をかけたりして？」

「土蔵じゃあるまいし、ふつうの部屋に錠前なんざ付けるわけないじゃないか。中にひとが居ればつっかい棒やなんかで開けなくできるけど、今は居ないんだからだれだって入れるよ。開けようと思えば戸はいくらでも開けられるけど、怖くてだれも開けられないから、開かずの間っていうんじゃないか。近ごろの若い娘はそんなことも知らないのかい」

と、お滝はあきれたように笑いだして、こちらがなぜそんなことを訊くのかは幸い気にならなかったようだ。しかしながら瑞江のほうはそこからこんどの件をもう一度最初から順序立てて考えてみる気になった。

まず長局全体の位置と間取りをしっかりとまぶたに浮かべた。

長局は御広敷の北に位置していて、御広敷に向かう二本の通路がある。一方は大廊下の東端から通じて、もう一方は縁沿いに西側から通じている。乗物部屋は大廊下の東端の通路を御広敷と逆方向に進んだ位置にあるが、上輩の女中たちが外出をする際は、陸尺の男どもが駕籠を外にぐるりとまわして御広敷に運び込み、御錠口でお末が交替して縁沿いの廊下にまで運んでくるのだった。

縁沿いの廊下は二ノ側では土蔵に面し、一ノ側では中庭に面して共に二十間、つまりは畳を縦に二十枚分連ねた長さで、これは中央の大廊下もほぼ同じであった。ただし幅は半間とかなり狭いので、駕籠は廊下の付け際に止められた。

五百崎は付け際で駕籠を降り、かなり東寄りにある自分の部屋にもどろうとしていた。一行の面々はすべて部屋の中に入ったあとで、五百崎の駕籠を担いできたお末らもすぐそれを御広敷に返しにいったので、その場はだれも見ていなかった。

一ノ側は西から順に御年寄浦尾の部屋、次がおゆらの方、三番目が常磐の部屋、そして四番目が死んだ玉木の部屋となる。

部屋の間口は御年寄がやはり広くて二間もあり、中老は各一間半だから、常磐部屋の前にあった死骸は廊下の付け際から五間近くも離れていた勘定で、玉木部屋の戸口はそれよりもさらに一間半も東寄りになる。そこになぜ血がついたのか。

五百崎は刺されたあとぐるぐる逃げまわったと考えられなくもないけれど、断末魔の悲鳴をあげながらだと途中でだれかが気づきそうなものだ。いや、気づいても怖がってだれも出ようとしなかったということがまんざらあり得なくはないと、自らの体験に照らして思う瑞江だが、五百崎の場合はたぶんそうではなかったであろう。浦尾が検《あらた》めた傷口から推して、おそらく即死に近かったのではないか。

そこでひとつこういうことが考えられた。

下手人は空き部屋に身をひそめて五百崎が前を通りかかるのを待っていた。素早く引きずり込んでぐさりと体当たりでひと突きし、刃を抜かずひねってとどめを刺しながらそのままからだを常磐部屋の前まで運んだ。次に相手の懐剣を血だらけの手でつかんで袋から取りだし、それでもうひと突きして血をつけた。袋は取り出す際に気が焦って投げ捨てたのだ。

おゆらの方の部屋は中庭側の廊下からだと掛金をはずすだけで簡単に開く。分別のないひとを中から連れ出して、血塗られた懐剣を握らせるにはそう暇取らず、騒ぎだす寸前に姿を消した。

こんどは一体どこに消えたのか。中庭でないとすれば、ふたたび空き部屋に隠れたのだろうか。だがもしそうしていたら、騒ぎになってすぐには抜けだせなかったはずだ。アッと今にして思い当たるのは、あのとき廊下ですれちがった衣被《きぬかず》きの女である。厚地の裲襠で頭からすっぽりと覆っていたのは、顔をわからなくするためだったのかもしれない。

この夜、瑞江は心に深く期するところがあった。お滝に話せば、馬鹿な真似はおよしよといわれるに決まっている。あの真幸ならどうだろう。頼りになりそうだけど、相手は生真面目なひとだから、やはり叱られるのがおちかもしれない。ましておまつとおたけは由次郎様の一件で懲りているから、誘う気にもなれなかった。

女たちはみな臆病だ。臆病だからかえって何事にも疑いを抱かないようにして生きているのではないか。だからおかしな信心や占いに凝ったり、妖怪変化のしわざにしてしまえるのだろう。女たちは所詮だれも頼りにならない。ここで頼れそうな相手はいそうもないと考えながら、ふと、きのう久々に客間で会った坂田主水のぼうっとした顔が目に浮かんで、瑞江は気恥ずかしくて駆けだしたくなった。

おまつとおたけは明日が早番だから、すでに寝息を聞かせていた。「火の用心さっしゃりましょう！」の間遠《まどお》な声と拍子木が響き合って、廊下のあちこちで戸がガラガラと音を立てている。夏は御火之番の巡回まで戸を開けっ放しにしておく部屋が多いが、これを境にほぼすべての部屋が寝静まる。ゆっくり遠ざかる拍子木の音を、瑞江は出立の合図とした。

まずは戸口に置いた有明行灯《ありあけあんどん》の火を手燭に移して外に出た。二十間の大廊下を照らす網行灯は数が少なくて、手燭の灯が思ってもみないほどの明るさに感じられる。壁にくっきりと自身の影が浮かびあがり、それを唯一の道連れとして静かに足を運んだ。

廊下を進むにつれて、だんだんと自分はなんだってこんな馬鹿な真似をするのだろうと思われてくる。だれかが出てきたら引っ返してすぐに寝てしまおう。あとはもうここで何があっても知らぬふりをして過ごします。だからどうぞ、だれでもいいから廊下に出てきてくださいと叫びだしたくなるいっぽうで、いや、自分はほかの娘たちとはちがう、断じて臆病ではない、と瑞江は自分に強くいい聞かせた。死骸の傷口を素手で探った怖いおば様に負けてなるものかという気持ちがどこかにあった。

ようやく開かずの間にたどり着くと、左右を見まわして息を深く吸い、また大きく吐いた。戸は滑りが悪くなっていると思いきや、案外と静かに開いた。一寸ばかり開いたところで玉木の面影がまぶたにちらついた。

幽霊というものは本当に出るのかどうか、見たわけではないからわからないが、瑞江としては別にわからなくても結構なので、なるべくなら見ないですむようにしたい。もし見てしまったらどうするかなんて考えてみたこともなかったけれど、今はそうもいえなくなった。

あの玉木が首を吊ったときのように鼻水をずるずる垂らした顔であらわれたら、おかしいからかえって余計に怖い気がする。もし幽霊が出てきたら、どうぞ私に祟らないでくださいと訴えよう。自分がこんな無茶な真似をするようになったのも、もとはといえば生前あなたにあまりやさしくできなかったといううしろめたさがどこかにあって、これは罪滅ぼしでもあるのだといいたい。

思いきって開けた目の前に真の闇が広がると、かえって少し気分が落ち着いた。長いあいだ密閉されて澱んだ空気が肌に重たくのしかかり、海の底を泳ぐような感じで前に進んだ。

長局の部屋はどこも決まりきった縦長の間取りだから迷いはしないはずだ。手燭の灯は最初に竈《かまど》を浮かびあがらせて、かすかな味噌の残り香が鼻をついた。二階へ昇る段梯子をまわり込んだところで、流しの簀《す》の子《こ》にけつまずいてひやっとさせられる。

手燭の灯が照らす範囲はかぎられていて、そんなにさっさと進めはしないが、なんとか早く向こう側の戸口にたどり着きたい。そこにちょっとでも血痕が見つかれば、推量が当たったことになるとはいうものの、まずほとんど無駄骨に終わりそうだから、瑞江は今さらながら自分の無鉄砲にあきれてしまう。

台所を無事に通過して畳の間にあがると、立ち去る前にここを片づけた召使いを恨みたくなった。なんだってご丁寧に襖を閉めていったのだろう。おかげでこっちは開けるたびにどきどきする。二度目に襖を開けたときに天井がミシッとかすかな音をたて、背すじが棒になる。耳を澄ますがもう何も聞こえない。たぶんよくある家鳴《やな》りで、これぞ薄《すすき》の穂にも怖じるといったところだ。

化けて出るならさっさと出てらっしゃい、と、瑞江は胸のうちで叫んだ。玉木の幽霊なんかに負けてたまるかという気になる。死んでしまったひとなんてちっとも怖くはない。本当に恐ろしいのは、他人を殺したあとも何喰わぬ顔で生きているひとではないか。玉木が最期を迎えた寝所に入り、手燭の炎が千鳥の欄間をゆらゆら照らしだすと、瑞江はさすがに胸苦しくて涙が出そうになる。玉木を悼む気持ちよりも恐怖心のほうが勝っているのは認めるしかない。足がすくんで手がふるえ、まっすぐに立っていられない気がするほどだが、この難所はどうしても越えなくてはならなかった。

ようやく戸口が見えると気持ちがまたいくらか落ち着いて、隅から隅まで手燭で念入りに照らして見る余裕も出てきた。一瞬きらっと何かが光ったがよくわからない。腰を屈めてふたたびゆっくりと周囲に灯をまわし、それを見つけて腕を伸ばした。手に取りあげたのは平打《ひらうち》の銀釵《ぎんさ》で長さは四寸ばかり、髪にこれを挿していない御殿女中はいないくらいの、ごくありふれたかんざしだ。円形にふくらんだ部分にたいがい定紋などが透かし彫りにしてあって、模様はそれぞれにちがうが、この細桔梗《ほそぎきょう》の紋様はどこかで見たような気がする。玉木の定紋だったか、いや、どうもそうではなかったような……。

天井がまたしてもミシッといって、銀釵を持つ手がふるえた。もはや薄の穂が幽霊に見えるといった段ではない。二階にだれかいるのだ。

こんどはまた戸口の外にも何やら物音が聞こえて、瑞江のからだはその場に凍りついてしまった。が、戸口がカタッというと同時にあわてて手燭の火を吹き消す。真の闇を手探りで敷居をまたぎ、襖の陰に身を寄せる。戸が静かに開いて、

「誰《たれ》じゃ。そこに誰かおるであろう」

その耳慣れた低い声を聞いて瑞江は心底ふるえあがった。

二十

〽ひとつの利剣を抜き持って、かの海底に飛び入れば、空はひとつに雲の波、煙の波を凌ぎつつ、海漫々と分け入りて、直下と見れども底もなく……。

唄の一節を口ずさみながら沢之丞は汗だくで舞っていた。短剣に見立てた扇を片手にパッと飛びあがって身を屈める。次は扇を開いて左右をかき分けるフリになる。閉めきった稽古場でただ独り、この箇所《くだり》をさらうのは何度目だろう。さほど手の込んだフリではないが、気組みが自分ではまだ納得がいかない。ただ夏らしい演目《だしもの》としてこの「珠取り《たまとり》」という舞いを披露するつもりになって、当初は妙案に思えたが、今となってはそう安易に選んではならない大曲だったと後悔される。稽古着の浴衣《ゆかた》がそれこそ海に潜ったようにぐっしょりしていた。

ただやはりあそこでお能の「海士《あま》」に拠《よ》ったこの舞いを披露するのは、実にふさわしいような気がする。いっぽうで皮肉なあてつけでもあった。

主役《シテ》は文字通り讃州志度浦《さんしゅうしどのうら》に住む海女《あま》で、海底の竜宮に奪われた宝玉を取り返してくれるよう時の大臣藤原淡海《たんかい》公に頼まれる。海女は淡海公と契ってもうけた男子を跡継ぎにすると約束させて海に飛び込み、宝玉は取り返したものの悪竜悪魚に帰途をふさがれたため、自らの肉を切り裂いて宝玉を埋め込んで海上に浮かぶ。かくして海女は命を落とし、後に淡海公の跡継ぎとしてめでたく大臣となったその子が亡き母の話を知ってねんごろに菩提を弔うという、哀しくもうるわしい母子の物語であった。

〝ひとつの利剣を抜き持って……の箇所《くだり》で海女はわが子の出世を願って死を覚悟する。沢之丞はここを舞いながら、世の中にわが子のためなら死んでもいいと本当に思える親が果たしてどれほどいるのだろうかと、つい考えてしまう。

子を棄つる藪はあれど、身を棄つる藪はなしというではないか。昔も今もわが子のために命を捨てる親がいるいっぽうで、逆さまにいざとなったら子どもを殺してしまう親もいるのだろう。いまだに子どもが持てない沢之丞は、自分がどちらの道を選ぶか迷わずにすむだけでもありがたかった。

母親ならだれしも、高貴な身分の男と契った女であればなおさらのこと、わが子の出世を望むのは当然なのだろう。砥部《あそこ》家では命も捨てずに宿望を達して、自らが産んだ子を大臣ならぬ大名にした女がわが世の春を謳歌していた。

沢之丞が砥部和泉守の生母を初めて見たのは、かれこれ二十年近く前になるかもしれない。当時は自分も若かったものだと思う。まだそう舞台を踏んではいない修業の身で、大勢の御殿女中が一堂に会したところを見るのも初めてだった。

今は尼僧となって貞徳院と称するらしいあの女は、きらびやかに装った連中のなかでもひときわ目立っていた。象牙や鼈甲《べっこう》や金釵銀釵で飾り立てた髪《あたま》は後光の射す如意輪観音菩薩《にょいりんかんのんぼさつ》を想わせ、極彩色の刺繡《ぬい》で埋め尽くされた裲襠は吉祥天《きっしょうてん》の霓裳羽衣《げいしょうい》と見まごうばかり。往古《いにしえ》の妲己《だっき》や玉藻前《たまものまえ》のごとく、君主を血迷わせて莫大な富を費《つい》えさせる傾国の美女がこの世に実在するのを初めて思い知らされたものだ。

先代の殿様は貞徳院のためにあの立派な屋敷を建てたのだという。そこに役者を召んで芸を披露させるのも、貞徳院を喜ばせるためだと聞かされていた。貞徳院はもともと町家の出だから芝居好きなのだとも聞いたが、名もない町家にあんな女を誕生させる天意というものは測りがたい。が、自らも一代で人気役者にのしあがった沢之丞は、わが身の隆運をあの女に重ねて想うようなところもあった。

ふくよかなからだつきで肌がまばゆいばかりに白く、眼と唇の大きい派手な顔立ちで、いかにも男好きのしそうな女であった。ただそれだけの女ならほかにいくらもいる。あの女はたぶんほかにはない魔力のようなものを備えていたのだろう。赤ら顔の殿様とふたり並んだところはまるでお伽話《とぎばなし》の絵草紙を見るようだったが、貞徳院がその力を及ぼしていたのは殿様ばかりではなかった。一座した女中たちもみな嫉視するというよりむしろ憧憬の眼差しを送っていたのが想いだされる。

身のまわりには花魁《おいらん》にかしずく新造《しんぞ》のような若い娘たちが何人かいた。貞徳院は実に親密に振る舞って、絶えず手を触れ合い、髪をそっと撫で、時に頬ずりまでしてやると、娘たちは飼い猫がのどを鳴らすような表情を浮かべる。傍で見ていてそれはちょっとおかしな気がするほどだった。

力ある男の前ではおのずと尻尾を垂れるように、娘たちはみな貞徳院の前にひれ伏した。あの女が麝香骨《じやこうぼね》の扇を振るえばぱっと沈香が匂い立ち、魔界の風に吹かれてだれもが恍惚《うつとり》とした。

かつてあの女と閨《ねや》を共にした十次郎は、いつも精根を絞り尽くされて泥のようになると洩らしたものだ。あの女は自らの飽くなき五欲で人の五感五情を狂わせて、共に奈落へ引きずり込むのだった。

さらには冥《くら》い欲心も極まればおのずと美しく輝きだすことを、周囲はあの女に教わった。それゆえあの五欲の化け物と心を共にして、栄華のおすそ分けにあずかれるのを歓びとしていたのだろう。あの女に逆らえる者などひとりもいなかったといいたいところだが、たったひとり、ほかの女中たちとは多少様子を異にする女がいた。

片や吉祥天とすれば、こちらは黒闇女《こくあんによ》とでもいうべきか。容貌《きりよう》はあきらかに見劣りがして、化粧も薄く、終始そっけない振る舞いで独り一座から浮いていた。それでいて皆はこの女を疎んじるどころか妙に気づかって、貞徳院ですらいささかもてあましているふしが見受けられた。一座の狂態を常に冷ややかな目で見ている女を、周囲は隙あらばなんとか取り込もうとやっきだった。

そしてあの月のない夜が来た。一度きりのはずが二度三度まで重なるとは、あのときこちらは思いもしなかった。向こうもきっとそうだったはずだ……。

弥陀六を通じて、こんどの満月の夜、久方ぶりにあの屋敷に召ばれることになったことは、意外といえば意外である。話をちょっと振っただけで、まさかこんなに早く召ばれるとは思ってもみず、どうにも薄気味悪くて仕方がないが、なにせこちらから望んだことだから、辞退するというわけにはいかなかった。

先方は例の下屋敷の舞台で舞いを披露するようにとのご注文で、ただし今はなにせ殿様がご不在で女中ばかりの宴となるため、事はそうおおっぴらにもできず、隠密裡《おんみつり》に足を運ぶようにとの仰せである。殿様のご生母ともなれば表立って咎める者はなく、これまでも平気でこんどのような御法度破りの夜会を重ねていたのであろう。そうして小佐川十次郎との腐れ縁はあれからもずっと続いていたのだろうと思うしかない。

が、今になって弊履《へいり》のごとくに棄てるどころか、殺してしまうには及ばないという気もするが、何か相応の理由はあったにちがいない。あるいは賤しい役者ごときを始末するのに、さしたる理由は要らないのかもしれない。あんなことがあったすぐあとにまた役者を召ぼうとするのは、考えれば考えるほど不気味に思えてくる。

雑念を払って扇を持ち直したところでするりと襖が開いた。

「おや、まあ、汗だくじゃないか。こりゃいけない。早く着替えをもってこなくちゃ」

と、声をかけてすぐに消えたのは女房のお鶴である。

色白でおっとりとした顔立ちだが、芝居茶屋に仲居で長年勤めた女はものいいが至ってしゃきしゃきしている。年上だから遠慮もない。さっそく水の入った盥《たらい》を抱えてきて縁側の障子を開け放ち、こちらの上半身を裸にして、おしぼりで黙々と背中を拭いている。亭主の世話を焼くというより什器《じゅうき》の手入れをしているといった感じで、こちらはなされるがままに肌のほとぼりを冷まされてゆく。縁側の向こうはもうだいぶ薄暗くなって庭木の緑がくすんで見えた。

「いま時分、だれだい？」

お鶴は問いにも応えず、肩胛骨《かいがらぼね》のまわりを掌でぴしゃっとぶった。

「相変わらずきれいな肌だねえ。男のくせに、憎いじゃないか」

またも用事を告げずに立ち去って、こんどは仕立て下ろしの帷子《かたびら》を手にしてあらわれた。肩に着せかけながら、

「さっき使いが来て、八丁堀の旦那が番屋でお待ちだとさ」

そういって、にわかに心配そうな表情に変わった。

「こんなに何度も召びだしを喰うってのは、尋常じゃない。お前さんにかぎってまさかとは思うけど……何かうしろ暗いところでもあるってんじゃなかろうねえ」

沢之丞は手早く帯を締めて上からポンポンと軽く叩いた。

「すぐに帰るから、きなきな思わずに待っておいでな」

と穏やかに告げて軽く笑って見せるつもりが、如何せん、こわばってぎこちない笑みになるのはどうしようもなかった。

「風が吹けばさざ波が立つ。近ごろは徒士《かち》や門番といった端々の連中も何かちょっと浮き足だっている様子だ。時たま参って、早打ちを二度も目にしたのもひっかかる。だがそれがわれらにとって、なんだというのだ」

と同僚の薗部は例によって怪訝そうな目で見たが、伊織はたずねた甲斐があると感じたものだ。

砥部家の上屋敷にしばしば出入りする同心の目に、そこが今どう映っているか、半月前の答えがこれだった。

藩主の出府が迫ったこの時期に早打ちの使者が頻繁にあるのは危急の報せであろう。病気か何かで出府の延引を報せるのか、はたまたもっと悪い報せということもあり得なくはない。

「ひょっとすると、代替わりということもあるかもしれん」

と薗部は腕組みしてつぶやいたものだ。

大名の身にもしものことがあった場合、世嗣《よつぎ》がなければ家は断絶となる。それゆえ大名は自らが家督を継いだときに次期藩主となるべき世嗣も定めておき、日ごろから懇意にしている出入りの旗本を通じて幕府に届け出るきまりだ。

「和泉守はまだお若いからまさかとは思うが、もしいま御身に万が一のことでもあれば、へたをするとお家騒動にもなりかねんぞ」

砥部家に誕生した若君はまだひとりしかなくて、しかもまだわずか二歳になったばかりだ。幼子はちょっとした病いでも命を落とすから、世嗣の届け出はせずにおいて、親族のうちから余人を仮の世嗣に仕立てる場合が多い。和泉守には異母弟がいて、家督を相続した際はそちらが世嗣として届けられたはずだから、もし万が一のことが起きた場合、跡継ぎの座をめぐってお家騒動になる恐れもあるという、思いがけない話が薗部の口からぽろっとこぼれた。

いずこの家でも世嗣と定めた身内は途中で何度か交替することがあり得るから、大名が帰国をする際は、いわば遺言状のようなかたちで、かならず出入りの旗本に世嗣の名を記した書付を渡しておくものだという。

出入りの旗本は先手組弓頭の朽木内膳正《くちきないぜんのしょう》だと知って、伊織は念のために伝蔵の手下を使って湯島にある朽木邸をしばらく見張らせていた。果たして門前で丸に三つ巴の紋提灯が何度か目撃され、ここでも代替わりの気配が強く匂った。

が、そんな取り越し苦労は所詮するだけ無駄だった。貞徳院と称する藩主の生母はなんと近ぢか下屋敷で夜宴を催す呑気さで、例の一件に懲りもせず、またしても余興に役者を召しだすという話を知らされて驚いたものだ。

手紙で知らせてくれた相手が今ちょうど番屋の戸をガラリと開けて、白の着流しに紺地の絽羽織をはおった涼しげな姿をあらわしている。芝居が休みのせいか、今宵は女形のいでたちでなく華奢な二枚目風だが、それでいてまた妙な色気を感じさせるのだから、まったくふしぎな男であった。

「旦那、お待たせを」

と軽い会釈で畳にあがり、まっすぐこちらに向けた顔も今宵は化粧をしていなかった。素肌はさらに滑らかで、きれいな二重まぶたの目もとに漂う色香といい、唇にふくんだ艶といい、鼻孔までもが整ったかたちに見える作り物めいた美貌を目の前にすると、何か恐ろしさのようなものすら感じてしまう。

「どうだ、気分は」

と、煙草盆を前に置けば、

「はい。あと十日もすれば満月で」

相手は薄く笑ってこちらの目を見つめながら、華奢な銀煙管を取りだした。

「そのほうが、向こうに乗り込んでくれるとはのう。が、まさか弥陀六を脅すかなんぞして、むりやり危ない橋を架けたというのではあるまいな」

「へへ、お察しの通りちょいと脅しをかけてみまして……」

と、一服吸って煙を吐きだし、

「なんてェのは、からっきしの嘘でござんす。砥部家の下屋敷には昔に伺ったこともあるから、またいつか召んでもらいたいようなことをいいましただけで。するとさっそくお召びがかかって、こっちもびっくりしたようなあんばいで」

「弥陀六はどんな顔でその話を持ってきた？」

沢之丞は二服目を強く吸い込んで、少しむせたようにして眉をひそめた。

「いやはやもう、あの男ときたら、気性が図太いと申そうか、心が鈍いといったらいいのか、何をいったところで露ほども顔色を変えませぬ。こっちもさすがに根負けで。もうあいつのことはこんりんざい考えないことに致しております」

と、ふくれっつらをすれば、また妙に女らしいのがおかしい。

「弥陀六にはやはり用心をしろ。直に手を下したのではないにしても、殺されたふたりの仲立ちをしていたのはたしかだ。こんどもどういう魂胆があるかわからんぞ」

「は、はい。たしかになんだか薄気味悪くて……」

と、相手は急に気弱にいってすがるような目でこちらを見た。

小佐川十次郎とれんのふたりを始末したのは貞徳院の周辺にある人物にまちがいない。直に手を下したのはおそらくあの萩原采女ではないかと思われる。ただ始末された理由は今もって不明だから、へたをすればこの類い稀な美貌と芸の持ち主に虎の尾を踏ませることにもなりかねない。

かりに理由が知れたところで、大名のご生母と崇められる人物を、しがない町方の同心が裁きの庭に引きずりだせるわけもなく、こっちとしては当面この男の無事を祈るばかりだ。ただ娘のために、この男がひと肌脱ぐ気になってくれたのはうれしく思われた。

「事は思ったより厄介かもしれぬ。けっして危ない真似はするなよ」

と釘をさせば、

「あたくしもこんどのことでは何やら悪い胸騒ぎがしてなりませぬ」

相手も実に慎重な口ぶりだ。

「さして助けにはなるまいが、その夜はこちらも屋敷の近くを見まわるとしよう」

と、気休め半分にいったところ、

「されば、いかがでござりましょう」

相手は急に戯《たわむ》れるような目つきでこちらを見た。

二十一

とんでもないことをしてしまったと後悔しても、あとの祭りということはよくある。が、瑞江はこんどほど強くそう思ったことはない。

昨夜あそこに三人いたのはたしかだ。ひとりは自分で、ひとりは声の主。そしてもうひとりは声を聞いてあわただしく二階から降りると、素早く勝手口から消えた。

声の主はあれっきりで中までは入ってこなかった。おそらく戸口に残しておいた銀釵を手に入れて立ち去ったものと思われる。

瑞江はふるえが止まらず文字通りほうほうの態《てい》で勝手口から出て、大廊下を半ば手探りのようなかっこうで部屋に逃げ帰ったが、まさにあれは前門の虎、後門《こうもん》の狼というかっこうだった。何よりも勝手口の戸を開けるときはいやが上にも慎重にならざるを得なかった。

だれだかわからないあの二階の人物は、台所にいるときにこちらの物音を聞きつけて階上《うえ》に身をひそめたのだろう。声の主も二階の人物も、昨夜なんのためにあそこに来たのかといえば、落ちていた銀釵と大いに関わりがありそうだ。瑞江はあれを落としたのは一体だれだろうかと考えて、玉木部屋のちょうど真向かいが御次の茜の部屋に当たるということに気づいたのである。

茜は背が高くてすらっとしていた。あの騒動のときにすれちがった衣被きの女とも背《せ》恰好《かっこう》が似ている。

五百崎は由次郎様と茜の不義を知って、桂月院に告げ口しようとしたのか、あるいは別のもっと大変なこと、やはりあの玉木の死がからんでいるのか。もしかすると五百崎はそれを知っていて桂月院を脅したので、由次郎様がふたたび茜の部屋を通って玉木部屋に侵入し、またしても相手の命を奪ったのかもしれない。そのときに残したなんらかの証拠を消すために、こんどは茜が侵入して、逆に自分の証拠を残すことになったのではないか。

瑞江は部屋に戻ってもすぐには眠れず、行灯の灰かな明かりを頼りに筆を取った。

これまでは心配させるといけないのでずっと我慢してきたが、とうとう家に手紙を出す気になった。玉木のときはただの妄想でも片づけられたが、こんどばかりは本物の人殺しが起きたのである。証拠らしきものまで見つけた。ここの様子まではあまり詳しく書けないにせよ、町奉行所に勤めるひとの意見を求めたかった。

けさ早く御使番のお末に小遣いを渡して、中間に手紙を届けさせるよう頼んでおいた。八丁堀の家までは一刻とかからないはずで、文通をしようと思えば一日で何度かできる。が、今後こうした嫌な話をそうたびたび報せたくはなかった。

手紙の出し方は、おたけが実家とよくやりとりするので知ったのだが、そのおたけには以前、

「おうめどのは女子《おなご》のくせに、おめかしをしたいという気持ちが露ほどもなさそうじゃのう」

と、嫌み半分あきれたようにいわれたものだ。

ここに来た当初、鏡を見るのをなるべく避けようとしていた。あることがきっかけで、鏡に映る自分の顔がとても嫌になったのだ。年ごろの娘ならだれだってそんな気持ちに

なるときがあるのではないか。

ただ裲襠の柄や髪飾りの意匠や何かで他人がしゃべっているのを聞いても、あまり話に乗れないのはたしかだった。瑞江はここに来た当初から気になることがありすぎるほどにあって、ほかの娘たちがそんな些細なことで夢中になれるのがふしぎでならない。けれども服装や持ち物は案外そのひとらしさを映しだす鏡といえるのかもしれず、自分がこれまでいかにその手のことに無頓着だったかが思い知らされた。

あそこに落ちていた銀釵には細桔梗の定紋が彫られていた。たしか同じ定紋をどこかでちらっと見た気はするのだが、茜の髷に見たという確信はなくて、けさからずっと他人の頭ばかり気にしている。

若い娘たちは小さな鎖がぴらぴら付いた銀釵を髪には挿さず、胸元に覗かせていたりする。いっぽう中老格ともなれば、うしろ髷に挿した銀釵がまったく目立たなくなるほどほかの髪飾りが立派で、おみちの方の頭では手の込んだ牡丹の彫刻《ほりもの》をほどこした鼈甲《べっこう》の花笄《はなこうがい》がいかにもこのひとらしく思われた。

ここでは殿様の御子、それも若君を産んだひとが貴いとされ、おみちの方は見かけも内実も大輪の牡丹を咲かせるひとで、いずれはご生母として奉られるにしても、今の待遇はほかの中老と変わらなかった。幼いころは雛人形のように可愛らしい子どもだったというひとが、血のつながったわが子と引き離されて、自らの手で抱いてやることさえままならぬ身の上をどのように感じられるのだろう。憂いに沈んだ美貌を見るたびに瑞江はそれを思ってしまう。美人に生まれついたひとの不幸が偲ばれるのだ。

ここでは子どもが母のものにはならないが、かといって殿様だけの御子でもなかった。子どもはすべからくお家を存続させて、当家に仕える大勢の人びとを路頭に迷わせることのないように生まれてこなくてはならない。そうして生まれてきた子は産んだ母よりもっと大きな不幸を背負っているようにすら思われた。

いっぽう子宝に恵まれなかったおりうの方、いまだ恵まれないおなぎの方、共にやはりここ連日浮かない顔なのは、玉木、五百崎と立てつづけに亡くなったせいだろう。常磐に至っては死骸をまともに見てしまい、翌日から二日続けて病いのために出仕していない。出てきてからもまるで自身が死んだように血の気が失せた顔をしている。したがって瑞江がここに来た当初から一貫して変わらないのはおみちの方の憂い顔ともいえて、そのことは渦巻きの中心には流れがないというような話を思わせたりもした。

今の季節は風通しがいいように御殿はどこも襖を大きく開けているから、中老の詰所ばかりでなく、ついいろんな部屋をちらちら覗いては他人の頭に目がいく。呉服之間では頭《かしら》の福島を筆頭にだれもほとんど髪飾りをしていない。きっと常に鋏や針や細々とした道具を手にするから邪魔なものはいっさい身につけたくないのだろう。

呉服之間を通り過ぎたところで御年寄の詰所から出てきた真幸とばったり鉢合わせし

て、ついまたしてもうしろ髷を覗き込んでしまいそうになるが、

「おお、ちょうどよかった。御年寄がお召びじゃ」

涼やかな声にハッと黙礼して過ぎる。

人間は年を取ると暑さをあまり感じなくなるのだろうかと思うほど、浦尾の詰所は襖の閉じられていることが多い。きょうは午前中はずっと奥方様のお相手をしていたようだが、詰所に戻ってからは閉じこもったきりだ。また難題を抱えて心を悩ませ、真幸を召んで何か用事をいいつけたのだろう。浦尾は真幸をここで最も信頼し、真幸も浦尾を敬愛して、常に一心同体で事に取り組んでいるかと見え、瑞江に任されるのはいつもふたりが密室で話し合ったあとに襖を開け放つくらいのことでしかない。

「お召しでござりまするか」

敷居の前で両手をついて、いわれぬ先に襖を大きく開けようとしたところ、

「早う中に入ってそこを閉めよ」

という鋭い口調で、きょうはずいぶん勝手がちがう。

閉じられた部屋はかえって広く感じられた。瑞江たちがふだん十人ばかりで詰めている三之間よりも広いのはたしかだ。が、ふだんは襖を開け放しておくから大きな調度品は置いていない。奥の壁を背にして閑かに座った女の姿を欄間から射し込むわずかの光りが照らしている。ふたりのあいだには仄暗い密室の重たい空気が見えざる壁となって

いた。瑞江はここに来てからずっとこの見えざる壁を破ろうとはしなかった。してはならぬと思い、したいという気持ちにもならなかった。

「近《ちこ》う寄りゃ」と呼ばれて前へにじり寄ったものの、相手の顔をまともに見てはいない。ほどよい目線の先にあるのは、相手が膝の前に置いた四角い煙草盆だ。豪勢な誂《あつら》えの品で、正面には小鳥を狙って羽ばたく大鷹の勇壮な絵柄がきめ細かに彫られ、螺鈿《らでん》を使った鷹の眼がきらりと光って見える。

「面《おもて》をあげよ」

との声で少し頭をあげた。

薄暗いせいもあるのだろうが、浦尾の顔はいつにまして疲れきって見える。ただ眸《め》にはふしぎな輝きがあった。唇が開きかけて何か声が出そうになるが、ぐっとそれを呑み込んでしまった。こちらも同様にいいたいことはいくつもあるが、何から話せばよいのかわからなかった。

昨夜の闇を裂いた鋭い声の主がこのひとであるのはまちがいないが、相手がこちらに気づいたのかどうかは定かでない。またこのひとがなぜあそこにあらわれたのか、二階の足音とどう関わりがあるのか判断のつきかねるところで、瑞江はそれを相手にたずねるのが怖かった。

とにかくここで立て続けに起きた変死について、浦尾はかなり多くのことを知っていて、胸に納めているのはたしかだった。ここでのことばかりでなくもっと大切な秘密も知っているはずなのに、それをいまだに打ち明けないくらいだから、こちらが何を訊いても答えてくれるわけはなさそうだ。

「そなた、いくつになる」

逆さまに唐突な質問で虚をつかれて素直に答えてしまう。

「は、はい……当年で十七歳に相成ります」

「十七にもなるか。こちらが年を取るはずじゃ」

相手は深いため息をついて、ふっと笑いを洩らした。親密な忍び笑いが奇妙に感じられた。今になってどういうつもりなのだろう。昨夜の一件があるのでかえって不審に思わざるを得ない。

「ここに来てからどれほどになる？」

「丸三月《みつき》を過ぎました」

と瑞江はそっけなく応じた。

「丸三月もおれば、少しは馴れたであろう」

「はい。ここのことがいろいろと知れて、おもしろう存じまする」

と、こんどは皮肉な調子で聞かせた。

浦尾は少し顔を伏せがちにして、くぐもった声を聞かせた。

「こんなはずではなかった。許したがよい……」

わが耳を疑うようなせりふがますます不審を募らせた。こんなはずではなかったというのなら、一体どんなつもりだったのか。許せとは何を許せというのか。相手の表情も心の中もまるで読めなかった。

「人の上に立つ身は如何《いかん》ともしがたきことがある……」

独り言をつぶやくようにいったあと、

「ここを出たいか」

と、またしても唐突な問いかけに、

「そりゃもう……こんなところは一刻も早うお暇《いとま》を願いとう存じまする」

瑞江は開き直ったように応じた。きょうの相手はいつになく弱気で形勢はこちらに分《ぶ》があるようだ。

「ここを出てなんとする」

「はい。私はきっとどこかに嫁いで、子をなしましょう。その子はわが手で立派に育てとう存じまする」

ここに来ていわずにはいられない精いっぱいの当てつけを思いきって口にしたら、からだ中がくわっと熱くなった。

「左様か……そのほうがよいかもしれぬ。きっとそれがよかろう……」

と、相手は力のない声でいった。顔は相変わらず無表情だ。

瑞江はここに来て自分がまだ相手のことをほとんど何も知らないのがもどかしかった。大勢の女中たちの上に立つこのひとに真幸は本気で敬服している様子だし、口の悪いお滝もそれほど悪くはいわない。伯母と姪に見られているせいもあるのだろうが、これまで悪い噂は耳に入ってこなかった。が、相手が本当はどういう女なのか、瑞江は知っているようでいてまだ知らないことのほうがはるかに多いのである。

浦尾がもしふたりの変死になんらかのかたちで関わっているのだとしたら、瑞江はどうしてもその真相を知らなくてはならなかった。一連の件について浦尾が何を知り、何を隠そうとしているのか、その心の裡《うち》を覗いてみることはとても恐ろしい気がするけれど、相手を許せるかどうかの分かれ目になるかもしれない。それはある意味で已れ自身を知ることでもあった。知らずにいたら、大げさにいうと、自分がこの世に生まれた人としての一番大切な何かを喪ってしまいそうな気がした。

「下屋敷に参ることは存じておろう。此度《こなび》はそなたも供をしや」

と、相手はいつもの高飛車な口調にもどってこれまた意外なことをいい、

「畏れながら、われらが外にお供することはかないませぬが……」

瑞江は怪訝そうに首を傾《かし》げる。

「頭の小萩にはあとで申し聞かせるほどに……供をしてたもらぬか」

浦尾にしてはめずらしく差し迫った調子で、そこには懇願するような響きすら感じとれる。じいっとこちらを見つめる顔はこのひととは思えぬほどにためらいがちな表情で、

「いや、よい。いま言うたのは身が誤り。どうぞ忘れてたも」

気弱に断念するように首を振った。

上屋敷の御年寄が下屋敷を訪ねるのは異例なのか、当たり前のことなのかも新参の身ではよくわからなかった。ただ時期が時期だけに、こんどの訪問は五百崎の変死と何か関わりがあるのだろう。そして昨夜のこともあって、浦尾は何かよほどせっぱ詰まっている様子だ。

「承知いたしました。当日は心してお供つかまつりまする」

瑞江がきっぱりといえば、浦尾はやや気圧されたような表情で、

「そうか。ならば頼みましたぞ」

と、いつになくかぼそい声音を聞かせた。

「すまぬがここに来て、ちょっと肩を揉んでたも」

瑞江は黙って立ちあがり、相手の背後にまわった。今までこんなにそばまで近づいた憶えはなく、妙にあらたまった気持ちでその背中を眺めた。女にしては肩幅が広くて肉づきの豊かな背中だ。襟元に覗かせた肌はしっとりと汗ばんで、首すじに幾すじもの後《おく》

れ毛《げ》が貼りついている。

年齢にしては髪がまだ豊かにあって、分厚い鼈甲の櫛と飾りのないさっぱりとした太めの笄を挿し、後ろ髷には意外と細身の銀釵が見えた。銀釵の意匠は砥部家の定紋丸に三つ巴で御年寄にふさわしく拝領の品とおぼしい。これと別に自らの定紋を入れた銀釵もあるはずだった。

焚きしめた薫香と髪油の混じった甘酸っぱい匂いが鼻について、亡き母なるひとの面影がまぶたに浮かんだ。よくこうして肩を揉んだが、亡きひとは華奢な撫で肩で、晩年はあまり力を入れすぎると、こわれてしまいそうなくらいふわふわとして頼りなげだったのを想いだす。片やこちらはちょっとやそっとでは指が通らぬこわばりようで、長きにわたって身内に凝った心労と秘められた数々の隠し事が察せられた。同じ女でありながらこうもちがうのがふしぎでならなかった。

おお、よい心持ちじゃ、と気味が悪いほどやさしい声音を聞かせて、浦尾はふたりだけの時を惜しむかのようだった。が、瑞江はまだ相手に信が置ける気はせず、まだどうしてもこの女《ひと》が好きになれずにいる自分を切なく感じていた。

細桔梗の定紋を刻んだ銀釵の持ち主は、昨夜あそこにあらわれた浦尾自身という見方も成り立たないわけではない。瑞江は二階にひそんでいた人物のほうが怪しいとにらんだが、それも浦尾はすでにだれだか知っていて、隠しているように思われた。直に訊いてみる勇気はなくて、瑞江はとりあえず独りで自らの推量に基づいて心当たりの人物を長局の大廊下で捜した。

桂月院の隠居所に向かう女たちは日々はっきりした心配事や悩み事を抱えているというわけではなくて、ここにいることが淋しいのであそこに集まりたがるのではないかと思われた。ここの女たちは皆どこか淋しいから人気役者が死んだといっては大騒ぎをし、他人の陰口や意地悪に走り、おかしな信心や占いに凝ったりするのではないか。瑞江自身もまた桂月院から「母はそなたとなり、そなたは母となる」というふしぎなお告げを聞かされて以来、ずっと心のどこかにひっかかっているが、それはあの母に死なれた上に、父とも別れてここに来た淋しさのせいかもしれなかった。

ただ桂月院のもとに群がる女たちは心なしか日ましに人数を増やしている。相次ぐ不祥事がもたらす不穏な空気が不安を煽って、やみくもな信心に向かわせるのかもしれない。しかし一概にそうはいえず、心細げで何かに取り憑かれた顔つきのひとばかりがそこに向かうのではない。すれちがいざまに横目で窺った茜の表情はむしろ活き活きとして、こちらが想ったような後ろめたさや悔恨の情を見いだすのは困難だった。

勝手な当て推量だが、恋をすれば女は何だってやってのけるのかもしれない、と、まだそれを知らない娘には思える。もしそうだとしたら恐ろしい。けれど一生のうちで一度くらいはそれくらい本気でひとを好きになってみたい。玉の輿に乗りたいという気持ちだけではとてもひとまでは殺せない。茜はきっと本気で由次郎様に惚れているのだ。相手がめちゃくちゃな男だからかえって惹かれたのかもしれない。割に合わず、道にはずれた恋なればこそ、そこに命を燃やす女の横顔がまぶしくも見える。

つややかな黒髪を飾る銀釵が目に飛び込んで、そこに細桔梗ではなく橘の定紋がたしかめられたあと、瑞江は前にも同じ紋様をこのひとに見たのが想いだされた。定紋だけ見てだれのものか判断するのは難しいが、身につけている姿はふしぎと鮮明に憶えているものだ。あそこに銀釵を落としたのが茜でないことはたしかだった。

「よう、八丁堀の」

と、例によって声をかけてきたお滝はこちらに近づくなり、

「お前さん、なんだかえらくがっかりしたような顔つきだねえ」

ずばりと突かれたが、瑞江としては銀釵の件をうっかり話すわけにもいかず、相手の矛先をかわそうとして逆に自分のほうからたずねる手に出た。

「お滝どのは、下屋敷にお住まいになる貞徳院様のお顔をご存知か」

「なんだい、やぶからぼうに」

お滝は大げさに目をむいた。

「たしか貞徳院様は、先の殿様がお隠れあそばしてから向こうにお移りになられたと伺

いました。されば四年前までは上屋敷《こちら》においでのはずゆえ、お滝どのはよく存知ておいでかと思うたのじゃ」

「ああ、たしかに。ただ、まあ、あたしらは廊下をお渡りのときにちらっと拝めるくらいのもんでねえ。もう相当なお年だが、とてもそうは見えなくて、相変わらずお美しいお方だよ。ところで一体なんだって急にそんなことを訊くんだい」

と、相手は当然の疑問を口にする。

瑞江が浦尾から下屋敷にお供するよう命じられた話をさらっとしたところ、

「へえー、そりゃァまた……」

お滝はえらくびっくりした顔つきで、こんどの件がよほどに異例であるのを示し、瑞江はこれもうっかり話してはまずかったのを知ってあわてた。そこでまた次々と矢を放つはめになる。

「当時はどこにお住まいで？」

「そりゃここで一番大きなお部屋さ。今はお前さんのおば様が入っておいでだよ」

「あの部屋で、おみちの方とご一緒にお住まいだったので？」

「アハハ、そりゃ大昔の話だ。貞徳院様はおみち様のあとも何人か若い娘《こ》を部屋子になさってた。ご自分が町家の出で何かと肩身の狭い思いをなすったせいだろうが、とにかくここでは町家の娘がごひいきでよく面倒をみておいでだったよ。ほら、前に小佐川十次郎と心中した娘がいただろ。あの娘は別に部屋子ってわけじゃなかったが、踊りが巧いので可愛がられてたもんさ」

そういえばあの心中の一件はどうなったのだろう、と、あらためて思われた。大事には至らずにすんだ様子だが、あの件もふくめると、ここわずか三月ほどのあいだに砥部家の御殿女中は三人も変死を遂げたことになる……。

「下屋敷の様子はご存知で？」

と、あいまいな訊き方をしたところ、

「あたしが知るわきゃないじゃないか。ただ話に聞くところによると数寄屋普請の立派なお屋敷で、みごとなお庭があって、お舞台までこしらえてあるそうだよ。大川に近いから、今はここより涼しくていいだろうねえ」

と、お滝はちょっぴりうらやましそうな顔をした。

下屋敷はもとは蔵屋敷だが、先代の殿様が空いている土地に別荘をお建てになった。桂月院がわが子、あの由次郎様を自らの手で育てていることに貞徳院がえらく腹を立てたので、ご機嫌を取るために建てておやりになったというような話を前に聞かされた憶えがある。

「こういっちゃなんだが、先の奥方がお亡くなりになってからは、ご両人共にやりたい放題さ。貞徳院様は先のお殿様がご存命の時分から、しょっちゅう向こうにいっておいでだ。ふつうならとても許されないところだろうけど、殿様が国元においでのときも、ご自分だけでお仲間を引き連れて遊びにいかれたもんだよ。だから今でも向こうでよく宴を催して、こっちからもお招《よ》びになるのさ」

「おみちの方もよく向こうにおいであそばすのか」

と訊いたのは、かつての部屋子だったなら呼び寄せるのが当然と思われたからだが、そういえばたしか心中の一件で詫びに訪れた向こうの御年寄に、浦尾がおみちの方について何かいっていたのも想いだす。

「おみち様はなんでも貞徳院様の遠縁にあたられる方で、六つかそこいらで部屋子になられたそうだから、いわば実のお袋様も同然なんだろうねえ。昔からなんでもご一緒されて、近ごろでもよくご機嫌伺いにおいでになってたよ。そういやァ例の心中があって以来、しばらくご遠慮されて、きっとお互いお淋しい思いをなすってたはずさ。こんどはめずらしく御年寄までおいでになるってんだから、もちろんご同道の上で久々のご対面ってわけだろうがね」

瑞江はおみちの方の憂いに沈んだ顔が想いだされた。主人と部屋子は深い絆で結ばれているのを知ると、やはり産みの親より育ての親という文句が身にしみじみと感じられる。それとは別にして、浦尾が貞徳院のもとに伺候《しこう》するのはめずらしいというのがやはり少々気になる。

「浦尾様はめったにあちらへは参られぬのか」

「さあ、御年寄になられてからは初めてじゃないかね。表使をなさってた昔はお供なすってただろうがねえ」

「あちらへは、おみちの方のほかにはどのような方がよく参られるのじゃ」

瑞江はただ何げなく訊いたのだが、お滝は指を折りながらつぶやいて、ああ、と急に大きなため息をついた。

「そういえば五百崎の婆さんは死んじまったし、おまけにあの玉木様も……」

えっ、と、こんどは瑞江のほうが大きな声で叫んでしまう。

五百崎はわかるが、もうひとりの人物の名が飛びだすとは意外だった。

「あの玉木様が……」

「ああ。あのお方は貞徳院様とお親しいわけでもなかったと思うけど、下屋敷にお父上がおいでだからね。それでかならずくっついて参られたんじゃないかねえ」

瑞江は胸がどきどきしてきた。何かすべての謎が大きくふくらむと同時に少しずつ解けてゆくような気がする。これで五百崎が殺されたことと、玉木の変死がふたつの点で結びつくのだ。ふたりは共に下屋敷の貞徳院のもとによく伺候していた。いっぽうで共に死の直前に桂月院の隠居所を訪れている。そこに死に結びつく理由があったと思うのは穿ちすぎだろうか。ふたりは下屋敷の何かを知って桂月院に告げ口したか、あるいはしようとして殺されたのではないか。

五百崎はともかく、玉木は他人に馬鹿にされたとしてもけっして憎まれるようなひとではなかっただけに、今まではこちらの思い過ごしだとひたすら自分にいい聞かせてきた。しかしあのひとは物事に疎いようでいながら、以前こちらの素性をいち早く耳に入れて、まわりを驚かせている。他人はおっとりした外見にだまされてつい甘く考えてしまうが、当人は意外に好奇心が強いたちだったにちがいない。何かの秘密を握って、たいしたこととも思わずに、それを得意げに話していたとしてもおかしくはない。

貞徳院と桂月院。両者の諍《いさか》いは先代の殿様のご他界をもってとっくに終わりを告げたはずだが、そこには今なおくすぶり続けている何かがあるのではなかろうか。もしかするとこんどの浦尾の訪問はそれに決着をつけるためのものであるのかもしれない。

瑞江は今やもうただならぬ胸騒ぎがして、これらのことをまたしてもすぐさま父なるひとに報せたくなる。

二十二

「助けて、母さま」という叫び声にうなされて、伊織はけさも飛び起きてしまった。寝汗で蒲団がぐっしょりしている。こんなにたびたび悪夢を見るようでは、虫の知らせということもあり、もう放ってはおけない気がした。ただ目覚めたとたんきれいさっぱり忘れてしまう夢とはいえ、娘がこの父ではなく母に助けを求めたことが心のどこかで妙にひっかかってしまう。

あそこにやったのはまちがいだったと、今さらのように悔やまれてならない。女ばかりの暮らしがろくなことにならないのは沢之丞の話でも明らかで、

「あそこは化け物の栖《すみか》でござんした」

と、自身化け物じみた男がいうのだから恐ろしい。

瑞江からの手紙《ふみ》が舞い込んだのはその沢之丞と会った翌日だ。

父上様には御機嫌よくあそばされ候《そうろう》と存じ奉《たてまつ》り候。私方も恙《つつが》なく暮らしおり候と申したきことなれども……と、文面は速やかに上屋敷の異変を告げていた。

それにしても門前の小僧とはよくいったものではないか。瑞江が藩主の乳母の死に不審を抱いて空き部屋に侵入し、そこで真の下手人の持ち物とおぼしき銀釵《ぎんさ》を見つけたという話には驚かされた。度胸がいいのは血すじのせいかもしれないが、家で何やかやと話して聞かせていたことが耳に残っていて役に立ったのだろう。人は詰まるところ、氏より育ちが大切なのだと今は思いたい。

ただこれ以上深入りさせて危ない目に遭わせるわけにはいかないので、今後は折に触れて些細な動きでも報せるよう、すぐに返書をしたためておいた。

こちらもできるかぎり砥部家の様子をつかんだ上で何かと判断したいから、今宵はついに薗部理右衛門をわが家に招《よ》んだ。聞かれるとまずい話は自宅でするにかぎるが、朋輩を家に誘ったのは妻が亡くなって以来のことだ。

妻が病いに臥せってから今日に至るまで、何かと家《うち》の面倒をみてくれているのは穴子の伝蔵の女房で、ひと通りの酒と肴を運んだあとは気をきかせてすぐに引っ込んだ。倅の平左衛門にもここへは来ないよう命じてある。がらんとした六畳間に男ふたりで冷や酒を酌み交わす無粋な酒盛りだが、一藩の内情を語り合おうというのだから、外に洩れる気づかいがあってはならない。

薗部もむろんそれを重々承知している。仏頂面でしばし黙って茶碗酒をちびりちびりとやっていたが、最後の一滴まで呑み干して、頬が薄赤く染まったところでようやく舌が動きだした。

「砥部家《あそこ》とは父の代からの付き合いだから、俺もこれまでに何かと聞いてはいるが、まさかおぬしに話すことになるとは思わなんだぞ」

と、まずはふうっと酒臭いため息をつく。

「しかし、俺の目から見ても、このところどうもおかしい。お家騒動の気配がぷんぷんと臭う」

薗部はこの間もこちらの気持ちを汲んで、砥部家の家中に何かと訊いていた様子だが、そうした親切心は微塵も窺わせなかった。

要らぬお節介はしない。けっして恩に着せようともしない。薗部理右衛門はまさしく男である。

「昔からお家騒動の火種はたいがいお世継ぎに関わるものだ。あそこもご多分に洩れずといったところだろう。なにせ今の殿様に誕生した若君は、まだやっと二歳になられたばかりだと聞く」

舌の動きをさらに円滑にしようとでもするつもりか、薗部は呑み干した茶碗に自分で酒を注いでいる。

大名家にかぎらず何処《いずこ》でも跡継ぎとなるべき男子の誕生を渇望《かつぼう》する。跡継ぎがあってこそ家国《かこく》は存続するのであって、いかなる名家も存続しなければ家ではない。跡継ぎがなければ断絶を余儀なくされて、家にあらずだ。

「おかしな話だとは思わぬか」

薗部はだしぬけにそういうと、なみなみと注いだ茶碗を目の高さに持ちあげてその縁をじいっと眺めている。

「何がおかしいのだ……」

伊織は不審に思って相手の表情を窺った。蠟燭が照らす薗部の顔は一段と赤く見える。揺れる炎が微妙な翳りをつけて瞬刻にさまを変えた。

「大名のお世継ぎは、男子でありさえすれば、多少のぼんくらでも、呆気《うつけ》でも構わんのだろう。われら町方の同心はその身一代限りのお抱えだ。ぼんくらではとても勤まらんぞ」

伊織はあっけに取られて相手の赤い顔を見守った。薗部が酔うとこんなふうになるとは意外だった。日ごろ無口で与力や上輩の前では実におとなしい男が、根に反骨を隠し持ち、時にこんな暴言を吐くのだから人というのはわからないものだ。

薗部のほうもさすがにいいすぎだと思ったのか、

「もっとも、あそこの殿様はぼんくらではない。家中のあいだの評判はむしろ明君《めいくん》というに近いぞ」

と、あわてて付け足した。

「このご時世に明君と呼べるほどのお方とは、めずらしいのう」

「いや、それもこれも、先君が何かとあったお方だから、かえって今の殿様に衆望が集まるのだろう。親父に聞いたところでは、先君も本来は至って英邁《えいまい》なお方だったが、人はだれしも年を取れば多少変わるものだ。先君は老いてますますご壮《さか》んというわけでのう」

「なるほど。色好みであられたということか……」

薗部は謹厳そうな顔でにやっと笑って首肯した。

「しかし色好みというほどに大勢の女を侍《はべ》らせておられたわけではない。ご寵愛は、もっぱらおふたりにかぎられていたようだ。ひとりは当代のご生母になられた貞徳院。もうひとりがご舎弟の母君であられる桂月院」

かつての貞徳院の放埓《ほうらつ》ぶりは沢之丞からも聞いている。人目を欺く心中仕立ての一件にも大いにからんだふしが見受けられる人物だ。桂月院とは年齢が離れていて、本来なら張り合うこともなかったはずだが、先君の重興公が甘やかしたせいで、双方互いに競うようにして贅沢三昧に耽《ふけ》ったという。

「砥部《あそこ》家は表高《おもてだか》で二十三万七千石の雄藩だ。新田の開発も大いにやって、年貢の収入《みいり》はおよそ二千貫だから、まずまず裕福なほうだろう。それで当時は江戸表の入費《いりめ》だけで千五百貫近くもかかったというのだ」

「ほう、それはそれは……」

と相づちを打ちはすれど、あまりに途方もない額なので、一介の町廻り同心には見当もつかない。ただ常時いる家臣は江戸藩邸より国元のほうが断然多いはずで、いかに江戸は諸色高《しょしきだか》とはいえ、年貢の半分をうわまわる額が費やされたのではたまったものではない、と想像はつく。

江戸表の入費は藩の財政をしだいに逼迫《ひっぱく》させた。大坂《おおざか》の蔵元に借財がかさみ、国元では年貢の取り立てが苛斂誅求《かれんちゅうきゅう》に向かって、あわや一揆《いっき》にでもなろうかというありさまに、当然ながら家臣のあいだでも非難の声があがった。

ふつうならそこで重臣か一門の長老が出てきて諫《いさ》めるところだが、先君の在位は長きにわたったので抑えのきく人物がいなかったという不幸がある。また当代の藩主となった子息は江戸に常駐の身で、国元で父に意見することがかなわなかった。そうしたなかで独り決死の覚悟で立ちあがった国元の家臣がいた。

「郡奉行《こおりぶぎょう》の職にあった新荘某《しんじょうなにがし》という侍が、御側衆を通さず直諫《ちょっかん》に及んだ。が、案のじょう逆鱗《げきりん》に触れて、その身は切腹、家も一時断絶したという話だ。まあいずこにも骨のある男のひとりやふたりはいるもんだが、とかくその手は馬鹿をみる」

薗部は苦々しい表情で茶碗酒をごくりとやった。

死を賭した新荘某はしかしまんざら徒死《むだじに》とはならなかったようで、四年前に当代が藩主の座に就いたとたん、忠臣の鑑《かがみ》と見直されて家の再興が許された。逆さまに筆頭家老の窪川《くぼかわ》刑部《ぎょうぶ》をはじめとする何人かの家臣が、先君に追従して諫言《かんげん》を怠ったかどで謹慎や逼塞《ひっそく》の処分を受けた。

分別盛りで藩主の座に就いた当代は年寄りを遠ざけて、興津《おきつ》主計《かずえ》という若き有能な家臣を国家老に抜擢し、清新な治世を開始した。そこが明君たる所以《ゆえん》ではあるが、旧来の重臣からはかなりの反発も買い、近ごろは徐々に用いて不満をなだめるよう努めていたらしい。

「今の殿様にはたったひとつ玉に瑕《きず》というやつがある。これが実は大きな瑕だ」

当代は四年前に藩主の座に就いたが、そのときにはまだ男子の誕生をみていなかったという。藩主と世嗣は同時に定めなくてはならず、ひとまず舎弟の由次郎君を世嗣に立てた。ところがこの由次郎君には近年とかく悪い評判が立ち、当代になんとか早く男子が授かるよう家中一同が祈るような思いでいたらしい。そして昨年の五月、待望の男子が誕生して、事はめでたく運ばれるかにみえた。

「好事魔多しとはよくいったものだ。前にも話したが、近習《きんじゅ》はもとより徒士《かち》若党《わかとう》の端々《ふれい》に至るまであそこの連中が浮き足立っているのは、どうやら国元の殿様が急なご病気で、ご出府なされぬという噂が飛び交っているせいだろう」

「で、ご容態《ようだい》はかんばしくないのか」

「あまりよくないのはたしかだ。本当のところを知らされているのは、江戸家老以下ひとにぎりの家来にかぎられるだろう」

今もし藩主の身に万が一のことが起きた場合、明けて二歳になったばかりの幼君では家督をそうすんなりと相続できないことはだれにでもわかる。

「もしものときには、ご舎弟が家督をお継ぎになるというところに落ち着くのか」

「さあ、それがわからん。明君と持ちあげられた兄上と比べるせいもあるのだろうが、ご舎弟はあまりにも評判がよろしくない」

「なら、どうなる？」

「取りあえず幼君を世嗣に立てて、どなたかにご後見を願うという手だてもなくはあるまい。たしか奥方が早くにご息女をもうけられて、すでに松平備中守様のご分家に嫁がれている。ご分家なれば、その婿どのがいっそ砥部家のご養子になられるという手もある」

「なるほど。で、藩内はそれで治まるのか」

「そんなことまではわからん。ただ国元には御前を遠ざけられて久しい元の家老、窪川刑部がいまだに達者でいるらしい。先代の意向におもねるかっこうで、一時は当代を廃《はい》嫡《ちゃく》に追い込んで、ご舎弟に家督が譲られるよう画策したとまで噂されている人物だから、ここぞとばかりに巻き返しを狙って、ご舎弟を担ぎだそうとするだろう。そうなればこんどは当代に取り立てられた国家老、興津主計を筆頭とする家臣の若い連中が、何がなんでも幼君を守《も》り立てようとするはずだ。これはもう、お家騒動になるのが目に見えているぞ」

薗部は熱っぽい口調でいっきにまくしたて、意外な饒《じょう》舌《ぜつ》がこちらをさまざまな意味で驚かせた。

藩主の病状を知らされているのはひとにぎりの家臣ばかりではなく、奥方やご生母も当然ふくまれているにちがいない。にもかかわらず沢之丞からは、こんどの満月に貞徳院が下屋敷で役者を召んで夜宴を催すという呑気な話が入ってきた。いっぽう瑞江の手紙には、上屋敷で藩主の乳母が殺されて、それ以前にも変死があったように書いてあった。

今や砥部家はお世継ぎをめぐるお家騒動の暗雲が垂れ込めた様子だが、時期が時期だけに沢之丞と瑞江の伝える話は共にそれと結びつきそうだ。貞徳院がからんでいるとおぼしき心中の一件も、なんらかのかたちでつながるのかもしれない。そしてこれらがすべてお家騒動の萌芽だとすれば、国元と関わりがないとはいえない。窪川刑部派、興津主計派共に江戸藩邸に手を伸ばす動きはたぶんにあると思われた。

「で、国元は国元として、江戸表の動きはどうなのだ」

と、伊織は肝腎のことをたずねなくてはならない。

「江戸の連中はきっとさまざまに揺れているだろう。家中の評判を聞くに、江戸家老の矢田部監物はいまひとつ頼りにならんらしい。波が高くなれば船を出さずに日和見《ひよりみ》でやり過ごすといった手合いは、いざというときに皆をまとめきれん。下屋敷にいる肱川兵庫という留守居役には一、二度お目にかかったが、見るからにお人好しのおとなしい人物だ。留守居役というにしてはめずらしく世馴れぬふぜいで、これもいざというときの頼りにはなるまい。江戸表では、フフフ、男より女のほうがはるかに手ごわいという話だぞ」

薗部は他人事として笑っていられるが、そうした手ごわい女たちのもとに娘を送り込んだ身としては、もはやじっとしていられない気分だ。新参の若い女中がお家騒動に巻き込まれる懸念はまずない。だが瑞江の背後にはあの女がいる。あの女が騒動にからんだあげく、娘の身を危うくする恐れがないとはいえなかった。

ともかくも上屋敷でふたりの女中が死んだことがお家騒動につながるのなら、薗部から聞いた話で瑞江に知らせて何か役に立つことはきっとあるだろう。手紙に詳しい話は書けないまでも、かならずや国元もからんでいるから用心しろ、というくらいのことは書いてやってもよいかもしれない。しかしここまで来ると書状のやりとりだけで手をこまねいているのはもどかしい。今にして、先日あの沢之丞がいった突拍子もない申し出を受けるべきかどうか、大いに迷うところだった。

急に襖がさっと開いて、敷居の向こうに倅平左衛門の姿があった。あごの長い間延びした顔で、両腕を後ろにまわして、何もいわずにぼうっと突っ立っている。

「なんだ。ここへは顔を出すなと申しつけたはずだぞ」

朋輩の手前もあって父はがぜん厳しい口調だ。

「は、はい。今さっき姉上から」

平左衛門は突っ立ったままで、後ろ手に持っていた文箱《ふばこ》をおずおずと前に差しだした。

「きのうに続いて、急な知らせなので、早くお見せしなければならぬかと存じまして……」

瑞江が急ぎの使いで手紙を二度もよこすのはよくせきのことであろう。それを読んでどうするか、伊織はまだ決めかねている。

二十三

「お前さんたら、聞いてんのかい」

急に大きな声が耳に飛び込んで、刀を持つ手がびくっとした。もう片方の手で畳の上をさぐる。

「なんだい、そんな物騒なもんを持ちだして。ここであたしと心中でもしようってのかい。ああ、いやなこった。もう、さっさとそれをしまっておくれな」

沢之丞は苦笑しながら黒漆《くろぬり》の小鞘を取った。ギラリと光る本身《ほんみ》の刃をゆっくりと納める。

「お鶴、これもついでにあの葛籠《つづら》に入れといてくんな」

鞘尻をつかんで差しだすと、女房はその場にぺたりと座り込んで怪訝《けげん》そうな顔を見せる。

「あの葛籠って……あした向こうに持ってゆく衣裳箱のことかい。あれにこんなもんを詰め込んで何に使うんだい」

「ほら、『珠取り』の海女が持つ刀だよ」

「舞いの小道具になにも本身を使うこたァないじゃないか。それにあれは扇一本で舞って見せるもんだとばかり……そのほうがすっきりしてて、品がいいように思うがねえ」

沢之丞はまたも苦笑するしかない。お鶴はこっちと一緒になる前は長らく芝居茶屋に勤めていた。芸を見る目は玄人だけに、こういうときは厄介だ。

「まあ、入れておいてくれ」

と、うるさそうにいえば、相手もそれ以上は逆らわない。近ごろは夫が芸のことであれこれ口を出されるのが嫌なのも知っている。所帯をもって十年にもなれば、いわず語らずに通じるところがあった。しかしまだ不審さめやらぬ表情は、女の勘というやつが働くのだろう。

護身用だと打ち明けたら、要らぬ心配をかけることになる。思えば向こうは大勢の侍がいる屋敷だから、いざとなれば九寸五分の鈍刀《なまくら》でどうなるものでもなく、気休めにすぎないのだ。なぜそれほど不安にかられるのか自分でもよくわからなかったし、まして や女房には説明のしようがない。

向こうにはあの貞徳院と称する怖い女が待っているのはたしかだ。かつてよりさらに揺るぎのない立場を築きあげ、一介の役者なぞこの世から消そうと思えばいくらでも消せる力があるのだった。

十次郎が今になって消された理由がまったくわからないだけに恐ろしい気がする。昔たしか美しい姫君が御殿に次々と男を誘っては殺してしまうという芝居があったけれど、芝居ならともかく、そんな無茶な筋立てが現実《うつしよ》にまかり通るはずはないと思いたい。

明晩は今や江戸で名うての荻野沢之丞が屋敷の舞台で得意の芸を披露すること、向こうが望んでいるのはそれだけだと信じたかった。

「ねえ、お前さん、明日が済めば当分のあいだ江戸に用事はないんだろ。なら、秩父の常泉寺《じょうせんじ》へ一緒に詣《まい》ってもらえないかねえ」

妻はよく唐突な話の切りだし方をして夫をとまどわせる。

「なんだって今さら俺とお前が秩父の札所《ふだしょ》なんぞに……」

「いえね。ご近所のおひとから、常泉寺に詣れば子宝が授かるって話を伺ったもんでね」

「ああ、またその話か」

「またって、お前さん……」

色白の女房はまぶたのあたりを紅くしている。それを見て夫は大いにあわてた。

「すまねえ。そんないい方はなかったなあ」

三年たって子どもができなければ離縁になっても文句がいえないといわれて、子どもを産まない女に世間の風は冷たい。お鶴はこちらが思う以上にそのことで悩んでいるようだ。

「子どもが授かるかどうかは、女房ばかりが責められるこっちゃないよ。気長に待って、できなければそれでよしとするさ」

「そういっておくれなのは嬉しいけど、あたしゃもう結構な年だし、お前さんが女好きで、ほかにいろいろと手を出してるって噂も聞こえてこないし……お前さんほど芸に長《た》けたひとの血を一代で絶やすようなことがあっちゃ、世間様に顔向けができないよ」

お鶴は血のつながりにこだわっているが、芸の善し悪しはそれだけで決まるものではないという思いが沢之丞にはあった。そもそもこの自分からして実の親は顔さえ覚えがない、いずこの馬の骨だか知れぬ身の上ではないか。

かりに子どもができたとすれば、俺とお鶴の子ならさぞかし芸達者だろうと噂されて、その子は生まれ落ちたときから重い荷物を背負わされる。なまじ同じ道に進めば、どこまでいっても親父が歩いた道程《みちのり》と比べられ、そこを越えないと自身も周囲も先に進んだと認めない。思えばそれも可哀想な話であった。

所詮、芸は一代、人も一代。代を重ねて家となる。裏を返せば、いかなる名家も、祖先は皆どこの馬の骨だか知れない身の上であろう。どこの馬の骨だか知れない男が己れの力で昇りつめれば、男頼みの女がそこに群がって子をなすだけの話だ。

お鶴はしかし浮ついた男頼みの女ではなかった。長年の茶屋勤めでたくさんのごひいきを知って、夫が世に出られるよう、陰になり日向になり助けてくれたまさしく糟糠《そうこう》の妻である。子どもができないくらいで離縁なんぞしたら、それこそ罰が当たろうというものだ。

ただ一代の役者では、代々続く大名家を向こうにまわしての勝ち目はない。いくら無い知恵を振りしぼったところで、何ほどの助けにもならないのはわかっているが、ここはわが娘《こ》を思う親父の真心に殉じるばかりだ。

「おや、肝腎の用事を忘れちゃいけないねえ」

と、お鶴はあっさり表情を変えている。

「杵屋《きねや》のお師匠《しょ》さんがおいでになって、稽古場でお待ちでござんす」

「ああ、軽く合わせるよう頼んでおいた。すぐ参りますといっといてくんな」

「これもお使いになりますか」

と女房は本身の短刀をかざしたが、夫はもはや何もいわず頭《かぶり》を振って退《さが》らせた。

自宅にささやかな稽古場をこしらえたのは去年の秋で、沢之丞改名の話が本決まりになってからのことだった。見栄を張って極上の檜《ひのき》張りにした床は今でもかすかに芳しい匂いを放っている。

「いやはや豪勢な造作《ぞうさく》でござりますなあ」

と、期待通りのお世辞を聞かせたのは三味線弾きの杵屋喜三郎で、沢之丞は居所に落ち着いて扇を前に置き、まずは軽く頭を下げる。

「お師匠さん、どうぞよろしうに」

声を合図に三弦が鳴りだして、唄声が響きわたるが、今宵は三味線、唄、囃子方いずれも一人のしめやかな演奏だ。

〽ひとつの利剣を抜き持って……と謡《うたい》がかりの調子になれば、沢之丞はいつもの癖で自らも口ずさんでしまう。先ほど親父の心を汲んだ身が、今はもう母の気持ちを想おうとする。

子どもを世に出すために、母は危地に飛び込んで最期を遂げた。女は子どもを産むときに一度は死を覚悟するというから、いざとなれば男より強くなれるのだろう。明晩の屋敷では、父母の思いが真っ向からぶつかって、どちらに軍配があがるのかを見届けなくてはならないのかもしれない……。

遠い過去の忘れ物が、時の流れに乗って、思いも寄らず眼前に届けられようとしている。一心不乱に舞おうとしても心はさまざまに揺れて、沢之丞はいま運命の不思議さに強く打ちのめされていた。

三弦がシャランと終曲を告げ、扇を置いてお辞儀をすれば、

「太夫、こんなもんでよろしうござんすか」

と、喜三郎がさっそく注文を訊いてきた。

「結構でござんす。ありがたいことに、お師匠さんとはいつも一度でぴたりと息が合いますねえ」

「そりゃ太夫、お前様がどんな曲も正しく肚《はら》に入れておいでだからだ。こういってはなんだが、ちゃんと音がわかる役者はそうあるもんじゃない。お前様はどんなときでも、けっしてまちがえずに正しいことをなされる方だと、こちらも信じておりますよ」

まんざらお世辞とばかりは聞こえぬ喜三郎のいい方に、沢之丞は面映さにまして後ろめたい気分に襲われつつ、いっぽうで相手の言葉が何とぞ明晩の辻占ともなってくれるよう念じた。

「で、お囃子のほうはどうなります?」

「鳴物《なりもの》はこの鼓のほかに大鼓《おおかわ》が一挺《いっちょう》と、あとは太鼓で波の音をあしらってはいかがなものかと」

「なるほど。まあ、それだと並のいき方だろうねえ」

わざと皮肉な声を聞かせれば、とたんに相手が目をむいた。

「と、おっしゃいますのは?」

「なあに、大名のお屋敷で演《や》るんだから、せっかくならもっと派手にやっちゃどうかと思いましてね」

「もっと派手に、でござんすか……」

「銅鑼《どら》や銅拍子《どびょうし》を入れちゃどうかねえ」

喜三郎は眉をひそめて黙り込んでいる。沢之丞はそれを横目にいけしゃあしゃあとした顔つきで畳み込んだ。

「たとえば『かくて竜宮に到りて』のあたりで、ジャン、ジャンを入れてみるとか」

「冗談いっちゃいけねえ」

と、ついに喜三郎は血相を変えた。

「あそこでジャン、ジャンを鳴らしたら、まるで馬鹿囃子でござんすよ。こっちはお屋敷だからこそ派手に走らず、ぐっと締めるのが上分別《じょうふんべつ》と心得やす。太夫、お前さんらしくもねえ。見損なったよ。さっきわっちがいったこたァ取り消しやすぜ」

職人気質の男はえらい剣幕で息巻いた。先ほどの女房と同じで、案のじょう玄人がいいそうなことだと思い、沢之丞は胸中で苦笑しながらあくまでもすました顔で淡々と告げる。

「なら、いい。お師匠さんには頼まないよ。銅鑼か銅拍子を打ってくれる者はほかで捜しますよ」

「太夫、お前さん、よくもぬけぬけといえたもんだ。この世界でそんな道にはずれた真似をして、長く続いた役者の例《ためし》はねえと思いなせえよ」

さすがにいい方がまずかったのか、喜三郎は怒り心頭に発した様子で、これ以上こじらせたら今後の舞台にもさしつかえる恐れが出てきた。

沢之丞はむろん明晩の屋敷で何があろうと生きて帰ってくるつもりだ。それに考えてみれば相手に前もって何も知らせておかないわけにはいかない。

「お師匠さん、すまない。あたしゃ実はお前さんに折り入ってお頼みしたいことがありましてねえ」

と、声がおのずと女形の媚びた調子に変わっている。満面に美しい微笑を湛えて、沢之丞は肚をくって真実を打ち明けようとしていた。

二十四

父から来た書状に目を通して、瑞江が真っ先に想いだしたのは呉服之間で聞かされた大奥の怪談だ。宇治の間の怪という話のなかで、五代将軍のお世継ぎをめぐる騒動を知ったとき、ここでも同じような騒動が起きたらどうなるだろうと不安になったものだ。怪談で生じた取り越し苦労が、少しずつかたちを変えて次々と現実のものとなるのだから恐ろしい。

一連の変死が今なおくすぶる貞徳院と桂月院の諍《いさか》いに根ざすというのは、瑞江にもあらかた見当がついていた。とはいえそれがどうやらお世継ぎをめぐる深刻な争いで、国元も関わっているふしがあると知らされては、あまりの事の大きさに呆然としてしまう。もはや自分はおろか父にも手に負える代物《しろもの》ではなさそうで、かといって今はへたにここから逃げだすわけにもいかなかった。

この間ご家老とたびたび面談を重ね、奥方の使いでよく他家に出向いていた浦尾はきっとお世継ぎの件にからんでいるにちがいない。そして明晩の下屋敷訪問もそれと関わるものではないかという気がする。

皆はどこまでのことを知っているのか不明だけれど、桂月院の隠居所に向かう人びとが増えているのを見れば、何かしらおかしな気配は感じているのかもしれなかった。

先ほど廊下ですれちがったお滝はこうぶつくさぼやいたものだ。

「あとひと月半もすりゃお殿様の顔が拝めるってんで、いつもならここもそろそろ浮き立ってくるはずなんだが、今年は嫌なことが続いたせいか、どうもぱっとしないよ。中間《ちゅうげん》の男衆もなんだか元気がなくってねえ」

嵐が来ると肌で感じても、何らなす術《すべ》を持たない者はかえってぼんやりしてしまうのだろう。瑞江もまた少しぼうっとして廊下を歩いていると、

「うめどのっ」

と急に背後から呼ばれ、振り向けばそこに小萩の姿がある。素早く左右に目を配って

「早うこちらへ」と、ささやくようにいうのがいかにもわけありだった。

小萩の部屋に入るとき、小柄な相手の髷が間近になって、ついまた銀釵の定紋を見てしまい、ああ、このひとのはずはないと思うと急におかしさがこみあげてくる。

「何を笑《わろ》うておられる」

と、まじめに詰問されて、瑞江は神妙に腰を下ろして首《こうべ》を垂れた。

「ご用の趣きはなんでございましょう」

「どうもこうもありませぬ。御年寄からお聞き及びのはずじゃ」

小萩は甲高い声を浴びせて、じだんだを踏むように腰を揺らした。

「よいか、うめどの。三之間勤めが外出にお供をするというのは前代未聞じゃ。これまで左様な話は聞いたこともございませぬぞ」

と相手がえらく大げさな調子でいうので、瑞江はふきだしそうになるのをぐっと我慢した。廊下で呼び止められたときはまた何事か起きたのかと案じただけに、今はもうすっかり拍子抜けして何もかも急にばかばかしくなってしまった。

ここではれっきとした人殺しがあって、真の下手人は今も何喰わぬ顔でここにいるのだ。そしてそれはたぶん大きな騒動にもつながっていて……ああ、それなのに、小萩がいま真剣に思いつめているのはまったく別のことなのだった。

「承るところによると下屋敷は大川の畔《あちら》にあって、ここよりだいぶ涼しいのだとか。御年寄も久々に羽を伸ばしにいきたいと仰せじゃった。それにしても御年寄は今さらうめどのを依怙《えこ》ひいきして格別の扱いをなさるくらいなら、初手から部屋子になさっておけばよかったのじゃ。この話が皆に知れたら、また騒ぎになって、わしがやり玉にあがるではないか……」

お滝が前にもいっていたように、小萩は見かけ通り肝っ玉が小さいのでうんざりさせられる。けれどこういう女《ひと》はかえって幸せなのだろうと思う。嵐の船上でも、飯のしたくや掃除に夢中でいたら、沈没する心配はしなくて済むのではないか。船が沈むときはどうしたって沈むのだから、船頭でもない女が要らぬ心配をしてもはじまらない。

瑞江は自分がここで本当に知りたいと思っていたのはまったく別のことだったのに、はからずも砥部家の一大事を知るかっこうになってひどく困惑していた。人が何かを知るということは、それを知るに足るだけの器というものが求められるのではないか。いっそ何もかも忘れられたらどれだけ気持ちが楽になるだろうと、今は思う。

神妙にうなずく振りをしながらそろそろと後退りして小萩の部屋はうまく抜けだせたものの、明晩を控えてなおも知らなくてはならないことがいくつか残っていた。

真幸の部屋はすでに戸が閉まっているが、ここは敢えて叩いて声をかけてみる。

「もうお寝《やす》みでございましょうか」

「誰《たれ》じゃ」

と、澄んだ声がはね返って戸口が開いた。

「ちと、おたずねしたきことがございまして」

小声でささやけば、相手はすぐ中に入れてくれた。

前もそうだったが、ふいに他人が訪れてもなんら困りはしない、実にさっぱりと片づいた部屋だった。所帯じみた匂いはまったくしない。畳には塵ひとつ落ちてなさそうだし、壁際に並んだ車簞笥や長持も埃をかぶった様子はなくて黒漆がぴかぴか光って見える。文机には相変わらず書状が何通か載っていた。

この女《ひと》は独り暮らしでも常にきちんとしているのだった。でもこうして何もかも完璧に磨きたてると、かえって哀しいくらいに淋しそうに見える、と、瑞江はこの部屋を初めて訪れたときと同じようなことを思ってしまう。私はとてもこんなふうには暮らせない。独りになれば思いっきり手を抜いて、だらしなく過ごしてしまうだろう。淋しくなると、だれかを引き入れてしまうかもしれない。独りでいるときまでこんなに張りつめていたら、身も心も疲れ果てて、とても保《も》たないような気がする。

「何が訊きたいのじゃ」

ぴんと張りつめた声に合わせて、

「明晩のことを承りとう存じまする」

と、瑞江も切り口上に応じた。

「お下屋敷には真幸様もご同道なされまするか」

「表使なれば御年寄に従うが、そなたはなぜ左様なことを訊く……」

行灯の薄明かりに照らされた真幸の顔は、青い眉根をひそめて思案のほかといった表情で、浦尾からはこちらのことを聞かされていない様子だ。瑞江が話を切りだすと、お滝と同様やや驚いて「それはそれは……」といったきり次の言葉が出てこない。

「おかしな話だとお思いになりませぬか」

と、瑞江は自分から詰め寄った。

「はて、御年寄には何かお考えがあってのことであろう。きっとそなたの身を思うてのことじゃ」

真幸はお茶を濁すいい方でこちらから目を背けて行灯に手を伸ばし、中の油皿を見ている。灯芯の揺れが鬢のほつれ毛を照らし、美貌に浮かんだ不審の表情を炙《あぶ》りだす。

「されば、向こうに参る前にあらかじめお伺いしておきたいことがございます」

「何じゃ。申してみや」

と、相手はいつものすました表情でこちらを見た。

「下屋敷《あちら》の様子が私にはとんとわかりませぬ。どこにいて、どんなふうにしておればよいものか、見当もつきませぬ。浦尾様は何も教えてはくださらず、私は粗相ばかりして、またきつう叱られることになりましょう。されば、何とぞお助けを願いとう存じまする」

瑞江が子供っぽく泣きつくと、真幸は袂で口を覆ってくすっと笑った。このひとが時として見せる、無邪気な美しい笑顔だった。

「笑い事ではござりませぬ」

わざとすねたようにいった。

「たしかに部屋方の召使いは玄関で別れて離れに控えるが、そなたはわれらと同じように母屋で貞徳院様にお目もじ致さねばなるまい。明晩はたしかご一緒にお舞台を拝見するように伺っておるが……」

「私はどこでどうしておればよろしいのでございましょう」

と瑞江はすっかり甘えるようないい方で、相手の完璧なまでに整った美貌から恥ずかしそうに目をそらし、壁際に置かれた長持の蓋《ふた》を見ている。

「さほど案ずるには及ぶまい。あちらに参れば、たいがいの世話は向こうの女中がしてくれる。心細ければ、そなたはわらわのそばにおればよかろう」

「ありがとう存じまする。これで少しは気持ちが落ち着きました」

と、瑞江は正直にいった。

「私は浦尾様のお気持ちがさっぱりとわかりませぬ。それゆえ明晩のことが何やら空恐ろしうてなりませぬ」

これまた実に正直な本音である。

「何を申される。浦尾様はそなたの実の伯母上ではないか。そなたの身を悪いようになさるはずがあるまい」

「なれど私は……」

これ以上この相手に本当のことを話すわけにはいかなかった。

銀釵の紋様がそれぞれちがっているように、女にはさまざまな生き方があるのだと、今ではよくわかってもいる。けれど自分はあのひとのことをどうしても最後のところで信じられなくなる。それはもう大げさにいうと、自分というものがこの世に生まれたときからはじまっていた不信のようにすら思われるのだった。

真幸にもうひとつ訊いておいたのは外出の仕方だ。瑞江は自分も駕籠で出かけるのだと知って多少驚いたが、御殿女中の外出は駕籠に乗るものと決まっていて、徒歩《かち》で従うのは部屋方の召使いだけなのだという。ただし二ノ側の住人である真幸や瑞江は、一ノ側に住む浦尾たちのように自分の駕籠を長局の廊下までお末に運ばせるというような僭《せん》越《えっ》な真似はできないので、御広敷の玄関まで歩いていくことになる。

当日の昼下がり、瑞江はこれを機に、今まで話ばかりで目にしていない乗物部屋を、一度わが目で見ておくことにした。そこは大廊下の端から左手に曲がり五十歩もいかない場所にあって、思ったよりも楽にたどり着けた。

駕籠はふつう乗物部屋から外に出されて御広敷にまわるが、以前、玉木の遺骸を運んだ駕籠は乗物部屋と大廊下を往来しているので、外ばかりでなく内にもちゃんと扉はあるはずだった。案のじょう、今はその扉が閉じてあったが、見たところ中に閂《かんぬき》がしてあるだけのようで、扉の向こうからだと簡単に開けられそうだ。そのことがたしかめられて、瑞江は大いにわが意を得たりという気がしたものだ。

御広敷の玄関ではまず先行の駕籠を見送らなくてはならなかった。先頭に立つ駕籠には表使の真幸が乗っており、次は浦尾、その次がおみちの方、御側の鳴瀬、右筆頭の関屋と続いた。

鳴瀬は瑞江がここへ来たとき最初に浦尾の部屋で会った、面長で上品な顔をした、ひょろっと背が高い中年の女で、片や関屋は恋歌の講義で人気がある例の太ったお稲荷様だが、おそらく両人共に下屋敷へよく伺候する顔ぶれなのだろう。以前はこれに死んだ玉木と五百崎が加わっていて、ふたりが死んだ理由は残りの顔ぶれのだれかが、いやもしかすると全員が知っているのかもしれない。

町の四手駕籠《よつでかご》さえ乗ったことがなかったくせに、瑞江は今それよりはるかに立派で堅牢な鋲打《びょううち》の駕籠《のりもの》に揺られているのがわれながらふしぎだった。穏やかな水面を滑る小舟に乗ったようにふわふわとして、文字通り地に足が着かない感じだ。和泉橋を渡ったあとは、柳原の土手に沿ってまっすぐ進むのだろう。引戸《ひきど》の隙間から覗く景色は先ほどからほとんど変わらない。

駕籠脇には部屋方の召使いのほかに警固の若い侍がふたり付き添っているが、顔見知りの坂田主水がここにいないのは残念だった。

古狸のお滝がついて来てくれたらよかったのにと思う。大口を叩くわりにはあてにならないおまつでもいい。絵にかいたような臆病者のおたけでも構わない。自分の知っているほかのだれかがそばにいてほしかった。不安はさほどに大きくて、嫌な胸騒ぎがする。今宵はきっとあちらで事の始まりが知れるだろう。それはひょっとすると何かの終わりになるのかもしれない……。

ゆうべは真幸の部屋からもどったあとも今宵のことが気がかりでなかなか寝つけなかった。今朝は早くから御殿の掃除をしなくてはならなかった。人前で気が張っているときはいいが、こうして独り薄暗い箱の中で揺られていると猛烈な睡魔が襲ってくる。瑞江はいつしか浅い眠りに落ちた。ほんの束の間の眠りでも人は何かしら夢は見るのだった。

女は現心《うつつごころ》なき微睡《まどろみ》にあった。痺れきった五感のうちで魂が過去と未来、この世とあの世の境でふわふわと宙に舞う。

女の声を聞いた。息をひそめてささやきかける若い女の声だ。

「お産みあそばしませ」

細面で淡泊に整った顔が無明《むみよう》の闇にぼうっと浮かびあがる。

「喜世《きよ》どのか」

と、女は相手の名を呼んだ。

ふと気づくと右手に剃刀《かみそり》を握っている。その手首が相手に握られていた。

ここはどこだろう。そうだ、久しぶりに訪れた喜世の家ではないか。身の恥を打ち明けながら、ついかっと気がのぼせて、迷惑も顧みず刃物を手にしてしまったのだ。遠い過去の忘れたいと思った記憶が今また鮮明に蘇っていた。

「情けは無用じゃ。どうにも生きてはおられぬ。恥しらずの身をわが手で成敗いたす。邪魔だてしやんな」

「愚かなことを仰《おお》せじゃ。あなたらしくもない。目をお覚ましあそばせっ」

と激しい平手打ちを見舞われ、一瞬のうちに剃刀が奪われて、女はわっと伏して号泣した。

だれを恨むすじでもない。すべては自らの不覚としかいいようがなかった。

まさかと思い、よもやと考え、何かのまちがいだと自らをごまかして、とうとう取り返しがつかないところまで来てしまった。かつて石女《うまずめ》と呼ばれて婚家を離縁された身が、わずか一度や二度の過ちで男の種を宿すとは思いも寄らなかった。幸か不幸か腹のふくらみが目立たぬたちで、まだ隠し通せてはいるものの、やや様《さま》堕ろしの薬や術はもはや効かぬといわれ、せっぱ詰まってここに来た。話すうちに面目なさが身に迫って、いっそ死んだほうが気が楽になるように思われたのだ。

「いざとなったら作病《さくびょう》を構えてお宿下がりを願われませ。諸事万端の手はずは整えますによって、心安らかにお産みあそばしませ」

自分よりも年の若い女が、おとなしやかな声ながらに、きっぱりといった。相手がこれほどの強さを見せるとは、驚きのほかなかった。

「喜世どの」

と、ふたたび相手の名を呼んだ。

「血縁でもなければ、まして主従の間柄というわけでもないのに、そなたはどうしてそこまでわらわのことを思うてくださるのじゃ」

喜世はこちらの手を取って両掌で包むようにしてじっと力を込めた。その掌には思わぬ熱《ほとぼり》が感じられた。こちらを見る眼は潤んでいた。声音は静かだが、裏に激しい息づかいがひそんでいた。

「御殿勤めの折には、あなた様にずいぶんと可愛がっていただきました。実の姉様ともお慕い申したお方を、今ここで見殺しになぞできましょうか」

喜世と知り合ったのは以前の勤め先で、新参の女中として苦労していたのを哀れに思い、何かと世話をした覚えはあった。喜世はそこで二年ほど辛抱した後、めでたく縁付いて辞めた。こちらもそのあとすぐに勤め先が替わった。近しい身よりはことごとく喪って、親類縁者はみな顔も見たくない連中だったので、勤め先が替わった折に喜世を妹と偽ってお宿下がりの先としたのである。

「ほんにそなたとは奇《く》しき縁《えにし》と申そうか……」

思わず嘆声がこぼれた。

「皮肉なものじゃ。石女といわれた身が、今さらこうして望んでもない子をもうけることになろうとはのう」

と、こんどは少しふてくされた声になった。

「左様なことを仰せられるものではござりませぬ」

若い女は即座にぴしゃりといい返した。

「お腹《なか》の子が聞けば、気を悪ういたします。きっと哀しう思うて、母様《かか》のことを恨みましょうぞ」

「恨めばよい。こちらとて望まぬ子じゃ。どこの馬の骨とも知れぬ男の種を宿して子を産むくらいなら、いっそ死んだほうがましじゃ」

女がなおも駄々っ子のようにむずかると、とたんに相手はこれまで見せたこともないきつい表情になった。

「ご自分の血をひくお子でもありましょうに。立派な子が生まれてくるはずじゃと、なぜ信じておやりになれませぬ」

と、目からぽろぽろ涙をこぼしている。

「私は先ごろ初めて妊《みごも》りましたれど、果報拙《つたな》くして死産でござりました」

アッと息を呑んで、女は相手を慰めようもなく、ただ自らの愚痴を恥じ入るばかりだった。

相手がこの喜世という女でなければ、自らの恥を打ち明けはしなかったであろう。見かけはおとなしい。心根もやさしい。けれど芯が強い。喜世はまさしく母となるよう生まれついた女であるのに、神仏は無情にも、その望みを叶えてやろうとはしなかったのだ。

「わらわもそなたのように生まれついておればのう……」

と、女はいささかうらやむような調子も交えてしみじみと述懐した。

離縁されたのは子どもができないという理由ばかりではないのは知っていた。口うるさい姑との諍いは絶えることがなかった。二百石取りの番方勤めだった夫は小心で、常に保身をはかる器量の狭い男として妻の目に映じた。夫はその妻の高慢で冷酷な眼差しを激しく憎んだ。時に手荒な折檻《せっかん》で報いた。

上背のある者が、まともに立てば頭が天井につかえそうな家でずっと中腰になって過ごす苦痛。女にとって嫁ぎ先での辛抱はそれに似ていた。緩慢に心身がぼろぼろにされてゆく地獄の日々。それがあるとき急に終わりを告げた。子どもができないことを姑や小姑にねちねちとなじられて、何もかも嫌になってしまった。世間にざらにある嫁の辛抱が自分にはどうにも我慢できなかった。業《ごう》が強い女だと罵られ、わがまま者だと謗《そし》られながら、ささやかな家を飛びだして、世間からつまはじきにされた。いや、本当は自分のほうから世間の枠の外にはみだしたのだと思われた。

夫に仕え、子に傅《かしず》くことで一生を終わるという世間並みの道が鎖《とざ》されたとき、女はそれをあながち不幸と思えなかった。正直にいえば、あの夫の子どもが欲しいと望んだことは、一度としてなかったのだ。

この世には妻となり、母となるにふさわしい女もいれば、そうでない女もいるのではないか……。

自らはもともと肉縁が薄い宿命《ほし》の下に生まれつき、ただひとたびの今生《こんじよう》を自らの一身で使い果たす好運が得られたと考えればよい。ならば己《おの》が小さな翼でも懸命に羽ばたいて、存分に天の高みへと翔《か》けのぼるのだ。そう思った矢先の不始末だった。

胎内《はら》に息づき蠢《うごめ》くわが子に女は怯えた。それは知らぬ間に自らに闖入《ちんにゆう》して、謀反《むほん》を起こそうとしている魔物であった。そんなものに魂が乗っ取られ、自らの今生を奪いとられてなるものかと思われた。

「お産みあそばしませ」

と若い女は執拗に繰り返した。それは岩窟《いわや》の膚を潤す清水のごとく、仄暗い心奥から滲みだした声のように聞こえた。

「石女といわれたあなた様の胎《はら》に宿った子は、死産したわが子に代えて、天が私に授け給《たも》うたものと思し召《おぼ》せ」

二十五

ふいに強い風が駕籠の中に吹き込んで瑞江はハッと目覚めた。隙間に目を凝らすと橋の欄干がちらついて、夕陽に薄く染まった水面《みなも》が見える。駕籠は急に曲がって舫《もや》った舟の舳先《へさき》が目に入り、進み具合が鈍くなって、いよいよ到着を思わせた。

引戸が開くと、自らの手で草履を下におろしながら、素早く藤色の着物姿を捜した。先頭の駕籠で到着した真幸は早くも玄関に立って挨拶をしている。瑞江も今宵は真幸から貸してもらった、同じ絽の地に透かし模様の入った青い衣裳を着ていた。

ほかの女中たちもそれぞれ駕籠からゆっくりと姿をあらわしている。御年寄を筆頭に上輩の面々はいずれも風雅な茶屋染めの衣裳を身につけて、金糸銀糸入りの豪奢な付帯《つけおび》を締めた真夏の礼装だ。

茶屋染めは奈良晒《ならざらし》麻を藍で染め抜いた見るからに涼しげな衣裳で、肩口から裾まで全身にわたって風雅な景色が画かれている。浦尾は懸崖《けんがい》に落ちる滝を軸にした夏山の景。おみちの方は三社の浜に穏やかな波が打ち寄せる住吉の浦。共に丹念な筆遣いで画いた凝った絵柄だ。挿し櫛《さしぐし》や笄《こうがい》もふだんより立派で、みな何とはなしに妍《けん》を競う気配が漂う。

背が低くて小太りの関屋と並ぶと鳴瀬はやけにひょろっと背が高く見える。例の騒ぎの際に衣被《きぬかず》きの姿で逃げた女は、背恰好からして関屋でないのは明らかだった。

瑞江の駕籠は玄関から一番遠いところに止まったから砂利道に足を急がせ、ちょうど挨拶を終えた真幸のそばに張りついて、浦尾から順に式台に上がるのを待った。例の目のぎょろっとした召使いのお安がここで別れ、駕籠脇の若侍と共に別棟へ去るのを見送って、心細さはさらに募った。

一行はひとまず玄関の間に腰を落ち着けて、留守居役の肱川兵庫と御年寄の平岡から挨拶を受けた。

瑞江は隅に控えて首《こうべ》を垂れながら、上目遣いで肱川の顔をじっと窺っていた。額が出て目鼻が小さい下ぶくれの顔は、見れば見るほど死んだ玉木とよく似ている。娘の死がどれほどこたえているのかもちょっとわからないくらい、おっとりとした人相だ。

通り一遍でしかない浦尾の挨拶は声高でぴんぴんと響くのに、肝腎の肱川と老女の声は相変わらずあまりはっきりとしない。ただ「お舞台のご趣向」という言葉が洩れ聞こえて、やはり真幸が昨夕《ゆうべ》いった通り、本当に舞台を拝見する夜宴のようだ。父の手紙に書いてあったこととはまるで嘘のような呑気な話で、かえってなんだか不気味に思われる。

肱川と老女が去ると入れ替わりに案内役の若い女中たちがあらわれて、一行はすぐにみこしをあげた。浦尾が立ちあがると、そばにいた女中がすぐさま衣裳の裾を直したので、これも真幸がいった通りだと思い、瑞江は差し出るのを控えた。

一行は案内されるままに足を運んで縁側に出ていた。庭はかなりの広さがあって廊下を曲がるつど趣きを変えてゆく。大きな石灯籠《いしどうろう》の影が長く伸びて、残照を浴びた松の葉の緑はまだ色鮮やかに見えた。小高い築山《つきやま》の上には茅葺《かやぶ》きの阿舎《あずまや》があって、麓には泉水が広がっている。横長の泉水の向こうに切妻《きりづま》の屋根を擁した立派な舞台があった。

初めて上屋敷に足を踏み入れたときのように屋敷全体の造りをなんとか把《つか》もうとするが、入り組んだ数寄屋普請はいくら縁側に沿って歩いても間取りや部屋の数は見当がつかない。ただ途中で、ここにはあの厳重な御錠口《おじょうぐち》がないのに気づき、人の出入りはわりあい容易《たやす》かろうと思われた。

縁側に並んだ白い障子の向こうに人影がちらつくたびに、瑞江は貞徳院の姿を感じてぴんと気が張りつめる。これまでに聞いた話で、さまざまな女人像がまぶたをにぎわし、おのずと足の運びに勢《はず》みがついた。

「面《おもて》をあげい」という若い女の声で沢之丞は「はっ」と答えてわずかに顔をあげる。目はまだ伏せたままだ。

「もそっと近《ちこ》う寄って、その美しい顔をわらわに見せてたも」

少しかすれた甘い声が耳をかすめて、「ははあ」と思わず大きく返事をした。膝頭がおのずと前に進んだ。

女の声は昔と変わらなかった。蜘蛛の糸のようにかぼそくて粘っこい声は常に目の前の獲物をからめ捕ろうとする。生きながら餌食となった者がどれほどいることかと思う。若い女小姓をそばに置いて、紫衣の尼僧は一段高い御座にゆったりと座っていた。面と向き合うかたちにはなれないが、上目遣いで窺って、ほうっとため息が洩れそうになった。

沢之丞はここに来るまで何度となく相手の顔をまぶたに画いたものだ。かれこれ二十年近くも前に見た面影に皺を足して、分厚い白粉で塗り固めた化け物を想像していた。が、それは悪く見積もり過ぎたようだ。相手は意外にも素肌かそれに近い薄化粧で、隣りに座った若い娘からまるで生き血を吸ったように肌がつやつやしている。白い頭巾で覆った髪はいまだに烏の濡れ羽色であるのかもしれないと想わせた。

高頬が豊かで、眼は驚くほど強い張りがある。鼻の肉は薄くて唇は艶めかしくぽってりとしている。華奢なあごの先にひとつのほくろが目につく。やや品には欠けるが男好きのする人相は変わらなかった。ただよく見れば肉が少し弛《ゆる》んで、いずれも微妙に輪郭をくるわせていた。

名筆は一点一画もゆるがせにできないように、女はもはや手放しで美しいと褒めるわけにはいかない。むしろ醜いほうに近づきつつあるのだろう。けれど人の目を魅きつけるふしぎな輝きは以前より増したような気がする。今まさに落ちかからんとする厚ぼったい花弁に黒い蟻を這わせて、頽《くず》れた花蕊《かずい》から濃厚な匂いを振りまく深紅の牡丹を想いながら、後に稀代の名優として讃えられる男はそこに何やら女形の極意をつかんだ心地がしたのであった。

「今ちまたで評判の荻野沢之丞とやら、今宵は足を運ばせて、大儀じゃのう」

ふたたび蠱惑《こわく》の声がして、こちらは尋常に受け答えをする。

「此度《こたび》のお召し、まことにもって忝《かたじけ》なく恐悦至極に存じ奉りまする」

「舞台のほうはもう見て参ったか」

やさしい声につられて、

「はい。立派なお舞台にござりまする。至らぬ芸ながら、あのお舞台を汚すことのなきよう、心してつとめる所存にござりまする。お庭もまたみごとで……」

と、いいかけたところで、相手はくすくすと笑いだした。

「まるでこの屋敷に参るのが初めてのようないいようじゃのう。わらわはそなたのことをよう憶えておる」

沢之丞は顔がかあっと熱くほてりだして、逆さまに背すじが寒くなった。ここに来たのは二十年近くも前の話で、それもほんの数回にすぎない。当時こちらはまったく無名の、役者ともいえない修業中の身だった。それを憶えていたとは驚きのほかの何ものでもない。

「そちの話はよく聞かされた。当時ここに参っていた者のうちでは、自分とそなたのふたりが出世頭じゃとゆうてのう」

だれに聞いたのかは問うまでもなかった。

「小佐川十次郎……あれは不憫《ふびん》なことであったのう」

貞徳院は目を細めて懐かしむようにその名を口にした。次いで唇に薄い笑みを浮かべて、妖しげな眼でじいっとこちらを見る。沢之丞は頬がひきつって即座に面を伏せた。かすかに身がふるえだし、わきの下にねっとりとした嫌な汗が流れた。


瑞江は先ほどの対面で貞徳院を拝せなかったのが心残りだが、まだまだ機会はあるだろう。なにせ浦尾を筆頭に上輩の面々が挨拶をしているあいだ、真幸と共に別間に控えていたのでその声さえもうまく聞き取れなかった。挨拶自体も手短にすんで、一行はすぐにこの広い座敷に案内されたのだった。

横に細長い広間で前面の障子は取り払われて御簾《みす》が半分下がり、うしろはすべて金襖である。すでに日はとっぷり暮れたが、数えるのも嫌になるくらいの夥《おびただ》しい燭台によって座敷の中は煌々《こうこう》としている。これだけを見ても、まあ、なんという贅沢さだろうと驚いてしまう。

屋外もまたあちこちに焚かれた篝火《かがりび》で明るく賑わって、夏虫の群舞する様子が窺えた。

座敷では蚊遣《かや》りがさかんに焚かれて外からの風が適度に煙を散らした。日中はからっとした陽気で今も風は涼しいが、蠟燭の火を吹き消すほどの強い風ではなく、宴を催すには実にうってつけの夜だといえた。

縁先には泉水が広がって、その向こうに切妻屋根の舞台がある。貞徳院の御座とおぼしき縁先に近い正面席はまだあいていた。浦尾は同じ列《なら》びで少し左に寄った席に腰をすえ、上屋敷の一行はそのうしろに控えるかっこうだが、おみちの方は貞徳院と共に正面席に座るつもりか、まだここには姿をあらわしていない。座敷の右手には老女の平岡を筆頭に下屋敷《ここ》の女中がかなりの人数で姿を見せ、うしろの金襖のすぐ手前までひしめいている。

それにしても上屋敷からここに来て何よりも驚かされたのは、男女が席を共にするということだろう。右手の隅には例の肱川兵庫ともうひとりの若い侍が裃姿で控えており、ふたりはおそらくお目付役と見られるが、ほかにも振袖を着て袴をはいた前髪の若衆が何人かいる。最初はお小姓かと思ったが、殿様はご不在だし、よく見ればいずれも武家の若衆とはとても思えぬ卑屈な物腰で、女たちにやたら愛想を振りまきながら酌をしてまわっているではないか。

上品にとりすました御側の鳴瀬や、日ごろもっともらしい顔つきで歌の講義をしていた右筆頭の関屋が共にだらしない表情で、酌に来たひとりの若衆をつかまえてべたべたとじゃれ合う様子に瑞江はすっかりあきれていた。

同時にこういうことだったのかと今にして合点がゆく。下屋敷《ここ》では以前からしばしばこうした猥《みだ》りがわしい宴が催されていたのだろう。今は亡き五百崎と玉木も加わっていたはずで、桂月院に告げ口されては困るのもたしかだ。とはいえここに加わっている人数はあまりに多すぎて、ふたりを殺してまでも隠し通さなくてはならないほどの重大な秘密とは思えなかった。

隣りに座った真幸の横顔をちらっと窺うが、ふだん至ってまじめで潔癖そうなこのひとでさえさほど気にする様子は見られず、いつものすました表情で杯を傾けている。御年寄になってからここに顔を出すのは初めてと聞く浦尾も、先ほどからずっとそばに若衆を侍らせて平然と酌をさせている姿を見れば、上屋敷からここに来た女たちはみな大人だからこうしたことには馴れているのだと思うしかない。

縁先の向こうに見える舞台は三間四方とおぼしく、左手には橋掛りがあった。舞台の手前に二籠、橋掛りの手前に二籠ずつ篝火が焚かれ、舞台の上には四隅に燭台が置かれていた。ひとの姿はまだなくて、空舞台の羽目板が炎に照らされてつやつやと揺らめいている。今宵はあの舞台で荻野沢之丞という役者が舞いを披露するらしいと、瑞江はついさっき耳にしたばかりだ。

二丁町の芝居小屋には何度か足を運びながら、さほど役者に心ひかれた覚えのない娘でも、荻野沢之丞の芸名くらいは知っている。若い女中たちはみな江戸でだれ知らぬ者なき人気役者の登場を今か今かと心待ちにしてがやがやするが、瑞江はとてもそれどころではなかった。砥部家も本当《ここ》はそれどころではないはずだが、周囲の様子を見ていると、もしかして自分は根も葉もない妄想で勝手に気負っているだけなのかもしれないとさえ思われてくる。

前に座った御側の鳴瀬は上品な顔をほんのりと赤らめて、隣りの関屋に話しかけていた。

「今宵の演目《だしもの》はたしか『珠取り』と承りましたが、如何ような舞いかご存知か」

太りぎみのお稲荷様も少し赤く染まった顔ながら、声はしっかりとしたもので、

「お能の『海士《あま》』とさほどちがいはございますまい。さればその昔……」

と、例によっての博識を得々と披露しはじめたので、瑞江もつい耳を傾けてしまった。

貴人と契って子どもをもうけた海女が、その子の出世とひきかえに自らの命を絶つという大まかなすじだてを聞きながら、最初は素直に泣ける美しい話だと感じた。しかしそこには芝居の嘘が強く匂った。海女は子どもの出世のために命を捨てたが、果たして子どものほうは母に死に別れても出世をしたいと願ったわけではなかろう。すべては大人の勝手な思い入れにすぎないという気がした。

この世にわが子の幸せを願わない母親はいないという。けれど親が子どもの出世を願

うのは、本当はその子を産んだ自らに満足するためではなかろうか。子どもを産んでいない瑞江はもとより母の心をわかりようもなかったけれど、いっぽうでひとは子どもができたとたんに自らの子ども心をきれいさっぱりと喪って、子どもが親の思い入れをどれほど疎ましく感じるのかわからなくなるのではないか。

母は命がけでわが子を産むのだとお滝は説いた。だから命がけでお前さんをこの世に出してくれたお袋様のことをありがたく思わないと罰が当たるよ、ともいわれた。けれどその母なるひとが命を捨てても構わないと覚悟して自分を産んだかどうかはわからなかった。瑞江は母の心をそれほど素直に信じる気持ちにはけっしてなれない。それは自身が母を喪って久しいからなのだった。

瑞江は自身がいずれ嫁いで、心から子どもが欲しいと願って、命がけで産む気になるのかどうかもわからなかった。自分が母になる日が来たら、親子の絆とは何かがもう少しはわかるようになるのだろうか。今はまだ何もわからないという気がした。

親子は似ているというけれど、わが家の弟はあごの長い変な顔をして、父にも母にも似ていなかった。あるとき笑いながら弟にそのことをいってやると、姉上だってちっとも似てないやい、と向こうも笑いながらいい返したのだった。互いに似ていない姉と弟がよく喧嘩をして、仲の良い父と母がやさしく見守ってくれていたあの家はなんだったのか、今やそれさえも瑞江はわからなくなっていた。

突如バサバサと蝙蝠《こうもり》か何かの飛びまわる気配がした。舞台のそばに焚かれる篝火は羽目板を明るく照らしつけながら、まわりの草木や岩場や池をよりいっそう深い闇に落とし込んでいた。時たま風でなびく炎が水面をてらてらと映しだす。娘はそこに母が沈んだ冥《くら》い海を見ようとする。

鏡を見てアッと思い、舌打ちをした。手にした細筆をへし折りたい気分の沢之丞だ。化粧は眉《まみえ》の描き方ひとつできまる。これだとあまり気に入らないが、さりとてすぐそこに出番が迫って、今さら描き直すわけにはいかない。舞台の前に気がのぼせて手元が狂うなんざ、年季が入った役者とも思えない。まったく洒落にもならねえや、と自らに悪態をつく。

髪《あたま》にかけた羽二重《はぶたえ》を締め直してふたたび鏡を覗き込んだ。自分の顔に見入るとふしぎに気分が落ち着いてくる。うぬぼれは役者の業《ごう》だ。容貌《かおかたち》ではこれから舞台を見る女たちに引けを取らない自信がある。ただ所詮こちらは作り物で、生身の女にはどうしても勝てない。子が産めるという一点において、女は男を敵としなかった。

思えば貞徳院と称する女があれほどに輝いて見えたのは、大名の子を持つという自信がなせるわざだったのだろう。かつては寵遇に、今は孝養に安んじて、いささかも揺らぐことのない自信。情欲と財欲の輝きに包まれた女はおぞましいほどに傲慢で、欲垢煩《よくあかぼん》悩《のう》にまみれた反吐《へど》が出そうなほどに醜悪な化け物ではないか。

「そなたには格別の褒美《ほうび》を取らしょうほどに、舞台をつとめたあとでまた顔を見せてたも」

と化け物は最後に甘い声を聞かせた。

沢之丞はそれなりの覚悟で乗り込んだつもりだが、会った早々いきなり相手に一本取られた動揺は甚《はなは》だしくて、今さらながらに己れの無謀さが悔やまれた。

あの女は死んだ十次郎から何かと聞かされていたという。それで同じ穴の狢《むじな》よろしく、こっちまで始末されたのではたまったものではない。格別の褒美とはいったい何かと考えるのも恐ろしい気がした。

「太夫《たゆう》、もうお支度《したく》はようござんすか」

と床山《とこやま》に声をかけられて、その手から急いで喝食《かっしき》の鬘《かつら》を受け取る。すでに袖を通している新調の衣裳には、荒磯波《ありそなみ》の模様が大まかにあしらってあった。

振り向けばそこに裃を着けた杵屋喜三郎がいた。しゃんと腰を伸ばした姿勢でこちらを見ており、そのうしろには同じ色の裃をうまく着こなした背の高い男が突っ立っている。

「お師匠《しょ》さん、何かとご雑作《ぞうさ》をおかけ申しますが、どうぞよろしうに」

沢之丞が深く腰を屈めると、喜三郎も同様のしぐさで応じた。

「ここじゃ陰で囃《はや》すというわけにゃ参りやせんで、お先に舞台に出ておりますよ」

「こっちは音を聞いて出ますから、遠慮《めえ》のう、そちらのきっかけでおはじめくださいまし。で、引っ込んだあとのことでござんすが……」

と、沢之丞はここでうしろの男に目くばせをした。

「離れでちょっとした振舞い酒にあずかるように伺っております。もしかするとあたしは途中《ちゅう》で抜けるかもしれませんが、お師匠さん方はどうぞよろしい加減でお引き取りくださいましな」

「はい、はい。ではそういうことに」

と喜三郎はさりげなくかわしたが、うしろの背が高い男は黙って心配そうな表情を浮かべる。心配なのはむしろこっちのほうだと思いながら、沢之丞はわざと横柄にいった。

「ちょいとお前さん、わかってるかい。舞台でトチっちゃ困るんだからね。なるたけお師匠さんの邪魔にならないようにしておくれよ」

男はかすかに頭を下げ、無言のうちに篤《あつ》い信頼のこもった眼差しをくれた。次いでまぶしそうに目を細めて微笑った。まるで今宵のお前は一段と美しいといわんばかりに。

沢之丞が照れたように顔を背けると、

「いざ、そろりそろりと参ろうか」

喜三郎がおどけたようにいって、背の高い男をあごで促しながら舞台に向かった。

急に金襖が開くと夥しい燭台の灯がゆらめいて、広間が一段と明るさを増した。おみちの方に手を引かれて登場したのは貞徳院であろう。瑞江が座っている場所からは紫衣の端だけが窺えた。やはり桂月院と同様、尼僧の姿であるのはまちがいない。かつて寵を競ったふたりの女人は俗世を離れてなお諍いが止められないのだとしたら恐ろしいことだ。

それは男のような力ずくの争いでないだけに余計たちが悪いのかもしれない。最初はだれが殿方に選ばれるかの争い。次がどちらがより寵愛を得るかの争い。そしてさらにはわが子が、わが孫が世継ぎに選ばれるかどうかの争い。女同士はどこまでいってもひたすら選ばれることを期する争いであるらしい。同じ女の身として瑞江はそのことがなんとも情けなく思われた。女の手では男児を立派に育てられないといわれる理由が少しわかるような気もするほどだ。

貞徳院とおみちの方が正面席に着くと、ほどなくして裃を着けた男たちがぞろぞろと舞台にあらわれていた。弾けるように鼓《つづみ》が鳴り、三弦があたりを揺らして朗々たる唄声が流れだすと、見所《けんじょ》の女たちはぴたりと静まった。が、瑞江の胸のうちは逆に騒ぎだす。舞台の端に並んだ裃姿の男に目を凝らそうとしたとたんに、周囲がまたも少しざわっとした。すでに橋掛りの幕が揚がって、そこに登場した役者に向けて歓声に代わるため息が広がっている。瑞江もここはひとまず気になることを置いて、役者に目を移さないわけにはいかない。

橋掛りにあらわれた役者は長髪の鬘をつけ、青い波模様を描いた衣裳に身を包んでしずしずと足を運んでいる。顔はまだよく見えないが、ぴんと気合いの入った佇《たたず》まいに目が釘付けとなる。

役者が本舞台に出て正先《しょうさき》で舞いはじめると、正面席に近いほうの女たちが口々に嘆声を洩らしてざわめいている。左寄りに座った瑞江には目付柱《めつけばしら》が邪魔になって見えにくいので、つい首を伸ばしてしまう。やがて役者の位置が替わって顔がはっきり見えると、自分の口からも深いため息が洩れた。

役者だから男のはずだが、信じられないくらいに美しい。そればかりでなく、初めて見る役者とはとても思えない懐かしい感じがした。いつかどこかの劇場《こや》で見たという記憶があるわけでもないのに、妙に親しみが湧くのはなぜだろう。もしかすると人気役者というのは、こうしたふしぎな感じをだれにでも持たせるからこそ人気が出るのかもしれなかった。

〽ひとつの利剣を抜き持って……という唄の文句が耳をかすめたのは、役者が剣に見立てた扇を前にかざしたときだ。それから広げた扇を使って水中で泳ぎまわる振りを見せた。唄の文句と振りが結びつくと舞いはがぜんおもしろくなる。

瑞江はこれまで芝居小屋で何度か舞台を見てもさっぱり心に響かなかったのに、今宵は舞いの素晴らしさがじわじわと胸に沁み透ってくる。長らく奥御殿の中に閉じこめられて心が渇いていたせいもあるのだろうが、これがやはり芸の力というものなのだろう。

美しい女の顔でありながら、よく見ればけっして女ではない。男が化粧した作り物の女だとはっきりわかる。しかし瑞江はそこにまぎれもなく母の姿を見た。この母親ならば、わが子のために命を投げだすだろうと信じられた。生身の女の汚らわしい臭いがしないからこそ、信じられる気がした。自分はしらずしらず生身の女を嫌っていたのがよくわかる。それはきっと自分がこの世に女として生まれ落ちたこと、そして産んだ女がいるということをどうしても受け入れられないせいなのだと思う。

ほかの女たちは何を思うのか、だれしもが熱心に舞台を見守る様子で、隣りの真幸も今はまっすぐ舞台に目を向けている。役者の姿がふたたび柱の陰に隠れると、そぞろさっきのことが気になってくる。

舞台の右脇にこちらを向いて座っている裃姿の男たちは離れているわりに意外と顔がよく見える。三味線弾きと唄方が共にふたり、鼓と太鼓がひとりずつ、もうひとりは横笛を手にしている。笛はまだ鳴る様子がない。さっきは炎のゆらめきで一瞬明るく照らしだされて、まさかと思うような顔が浮かびあがった。瑞江は今一度たしかめたくてそこにじいっと目を凝らした。

二十六

「へぇえ。太夫でも、あがる、なんてェことがござんすか」

杵屋喜三郎は大げさに驚いたいい方で杯をぐいとあおった。

「なにせこうした舞台を踏むのは初めてだからねえ。師匠にまでご心配をおかけして、あたしゃ穴があったら入りたいよ」

沢之丞は笑ってかわしたが、内心の動揺はまだ続いている。先ほど自分が橋掛りから本舞台の正先に出てすぐに腰がちょっとぐらついたのを、喜三郎は見逃さなかった。ただ理由まではわかるはずもない。

「いえね、ちっとばかし案じたのは、ほんの一瞬《いっとき》でござんした。あとは横から拝見していても、さすがに太夫の腕はたいしたもんだと感じ入るばかりで」

それはまんざらお世辞だけでもなかろうと思う。心が乱れたのはほんの束の間で、あとは何もかも忘れて舞いに打ち込んだ。ことに〽ひとつの利剣を抜き持って……の箇所《くだり》からは、子どものために身を捨てる母の気持ちになりきって演じられた。

が、舞台を降りるとさまざまな心配が胸に押し寄せて、こうして皆と共に振舞い酒にあずかっていても心ここにあらず、話はうわの空だ。いっそ喜三郎らが早く引き揚げてくれればいいのにと思ったりもするが、相手が気を悪くしそうで口にはできない。

それにしても見所にあれだけ大勢の女たちが並んだのは壮観で、金襖を背にして舞台に負けない明るさだから、案外こちらからもよく見えるのだった。正面席に座っていたのはいわずと知れた貞徳院で、すぐそばに若い美しい女が寄り添って仲の良い母子のように見えたが、あれはきっと今の殿様のご愛妾であろう。

金襖の照り返しが強い正面席が光り輝いて見えた分、少しあいだを置いて座った女は逆にそこだけ暗闇に包まれたように沈んで見えた。吉祥天《きっしょうてん》と黒闇女《こくあんにょ》。かつてこれとよく似た光景を見た覚えがある、と思ったとたんに厭《いと》わしい想い出が蘇って、腰がぐらついたのだった。

相手の顔まではよく見えなかった。向こうもたぶん舞台の化粧をしたこちらを見て、昔の顔までは想いださなかったであろう。しかし貞徳院は何もかも承知の上で、今宵ふたりをここに呼び寄せたのではないか。

そうだ、格別の褒美とはきっとふたりを引き合わせることなのだ。今さらなんのためにという気もするが、互いに過去の恥を想いださせる魂胆《こんたん》にちがいない。身を売る若衆だった過去を持ちだされるこちらの恥辱もさることながら、ゆきずりの男に身をまかせた女が、年を経てふたたび相手に会うのも気の毒だった。

貞徳院はふたりにそうした酷いことを平気で強いて、ただ座興の種にするつもりなのか。それともまた別の思惑でもあるのか。まさか十次郎のように、心中者に仕立てられて始末されるわけではあるまいが……。

沢之丞は落ち着かずに手酌で杯を重ねてしまい、喜三郎が唖然とした目で見るのに気づいた。

ふとまわりを見渡すと弥陀六の姿が消えている。この屋敷に来てからの段取りはほとんど弥陀六まかせで、舞台を終えたあとは楽屋からまっすぐここに案内された。すでに杯盤が用意されて、最初は皆に酒を注いでまわっていたが、あれからもう小半刻はたつかもしれない。こっちはだんだんお暇《いとま》をしたくなってきた。

せっかく乗り込んで手ぶらで帰るのは忍びないけれど、あの貞徳院を向こうにまわして一件の真相を少しでも聞きだすというのは、とても大それた目論見《もくろみ》だったのが今にしてわかる。格別の褒美とやらを取らされる前に、一刻も早くここから抜けだしたいのが本音だ。

障子を開け放してあるのに、ここにはあれだけ大勢いた女たちの声が少しも聞こえてこない。屋敷は前に来て想っていた以上に広そうだ。おまけに入り組んだ造りの数寄屋普請だから、楽屋からここに来るのもどこをどう歩いているのかわからなかった。

「旦那、ちょいと」

と背中に声をかけられてびっくりしながら振り向くと、縁側に弥陀六が姿を見せているが、これもどこに消えてまたあらわれたのかはまったく謎だ。

沢之丞は仕方なく立ちあがった。家から持ってきた九寸五分の短刀は舞台の小道具には使えなかったが、今はふところに忍ばせてある。いざというときはこれを抜いて立ち回りをするしかない。いくら多勢に無勢でも、女ばかりが相手ならなんとかなる気がする。

喜三郎らに軽く頭を下げて別れを告げながら、沢之丞はひとりの男にしっかり目配せするのを忘れなかった。

縁側から渡り廊下に出ると真っ暗で、弥陀六の持つ手燭だけが頼りとなる。そろそろと足を進めながら、

「ねえ、六さん、ここのお屋敷はずいぶんと広いんだねえ。さっきの舞台がどこにあるのかもわからないよ」

と話しかけてみるが、相手は「へえ、左様で」という例によっての無愛想な返事だ。

闇に延々と続く渡り廊下が地獄の舞台に誘《いざな》う橋掛りのように見える。

ひとつ曲がって別棟の縁側が近づいてきたとき、ふいに目の前に黒い影法師があらわれて身がすくんだ。地獄の羅刹《らせつ》もかくやとおぼしき速さで影法師はするするとこちらに近づいてくる。月額《さかやき》の髪を伸ばした着流しの男が見え、瞬時に鋭い当て身を喰らって息が止まった。

舞台を見ていた広間からここに移ってもう半刻はたつ気がするが、近くにある燭台を見ても蠟の減り方が目立つほどではなかった。奥は六畳の間で床柱を背に貞徳院がゆったりと座り、そばにおみちの方が寄り添うかたちだ。浦尾は貞徳院に面と向き合い、鳴瀬と関屋は浦尾を中にはさむようにして差し向かいで座っている。瑞江は真幸と共に敷居の外の小部屋に控えていた。

「今宵は真幸様とご一緒できて本当によろしうございました」

と、この屋敷に来てから何度か口にしたせりふも嘘ではなかった。若い娘にとって勝手がわからぬ場所に身を置くのは辛いものがある。下屋敷《ここ》の若い女中が杯盤を運び込んで酌をしてまわる様子を見ながら、瑞江は自分が何もしないでただじっと座っているのを苦痛に感じた。おみちの方が提子《ひさげ》を取って貞徳院の杯に注いだときは、自分も浦尾のそばに寄って酌をすべきかどうか迷ったが、腰をあげかけて真幸と目を合わせ、何もしないでおとなしくしていたほうが無難だと悟った。

じろじろと見るわけにはいかないが、貞徳院の姿はこちらからでも十分に窺えた。たしかに想っていたよりも若くて、造作が大きい華やいだ顔立ちに見受けられたが、先君の類い稀な寵愛を受けた方だと聞かされていただけに、ちょっと期待がふくらみすぎたのかもしれない。瑞江の目には、むしろ上屋敷で最初に会った真幸のすっきりとした美貌のほうが強く印象に残る。もっともどんな顔立ちを美しいと見るかは人それぞれのようで、先君と当代の殿様は親子できっと好みも似ておいでになるのだろう。貞徳院とおみちの方は実の母子だと聞いても信じられるほど、いわゆる顔の癖がよく似ていた。仲むつまじさも噂通りで、貞徳院が杯を呑み干すと、おみちの方が黙って目を合わせてお流れを頂戴するという杯の馴れたやりとりは、ふたりの美女があたかも互いの唇《くち》を吸い合うかのような淫靡《いんび》な錯覚を与えた。

ここに来てすぐ貞徳院は愛嬌たっぷりの、どこかいたずらっぽい微笑を浮かべて、

「荻野沢之丞とやらの芸はたいしたものじゃ。そなたも見るのはこれが初めてか」

と浦尾にたずねたが、その声は少し鼻にかかってかすれたような独特の甘い響きがあった。顔はともかく、その声には魅了されたといってもよい。片や浦尾は木で鼻をくったような短い返事をして、それ以上の言葉は続けなかったので、貞徳院は鳴瀬や関屋に話をまわした。

博識な関屋とのやりとりを聞いて、瑞江は相手を少し見直さなくてはならなかった。貞徳院は町家の出と聞いたから、少し軽くみていたのかもしれない。ただただ美貌によって先君のご寵愛を得られたひとのように思い込んでいたが、どうやらそれだけではなさそうだ。実に気のきいた受け答えを聞いていると、本当はとても賢いひとなのだろうと思わずにはいられない。自身はさほど饒舌にならず、相手から次々と面白い言葉を引きだしてゆく話術の巧みさは、並ならぬ聡明さを窺わせた。三十路を過ぎてなお先君が

大切にされたのは、お世継ぎのご生母という理由ばかりでなく、こうした得難い才色兼備のひとを手放せなかったのだろうという気がした。

かくして花も実もある貞徳院が一座の中心では、さすがの浦尾も影が薄かった。貞徳院と鳴瀬、関屋の三人が巧みに言葉を交わしながらさざめくなかで、浦尾は不機嫌に押し黙って孤立していた。むろん今はそんなに呑気にしていられないのは当然だが、ほかの皆はそれを知ってわざと堅い空気をほぐそうとしているように見受けられるから、浦尾の愛想のなさはかえって無粋で大人げなく感じられた。

ふたりの美女を前にして黙々と箸を取る表情は、愛嬌に乏しい我《が》の強そうな顔をさらに醜く見せるであろう。いかり肩の背中には当人の頑な性分と本来の不器用さが滲み出て、瑞江はわがことのように気が滅入ってしまう。

「そろそろ今宵の御用の趣きを承りとう存じまする」

と、浦尾がついにそのよく通る声でもって一座を白けさせれば、

「相変わらず、せっかちなひとじゃのう」

貞徳院は鼻にかかった声で軽くいなしながらも、下屋敷の女中をすぐに退《こ》らせていた。

鳴瀬も関屋も居住まいを正してたちまち緊迫した気配が漂う。

「御用を承る前に、こちらから申しあげたきことがござりまする。上屋敷では相次いで女中がふたり身罷《みまか》りました。ふたりとも貞徳院様がよくご存知の者。上屋敷をあずかる

身として、まずはお詫びをいたさねばなりませぬ」

「おお、そういえば玉木が亡くなり、此度《こたび》はまた五百崎が亡くなったと聞いたが、こちらからはまだ弔問《ちょうもん》もせなんだのう」

貞徳院はやけにあっさりとした口調でかわしたが、

「下屋敷《こちら》でも女中がひとり相対死《あいたいじに》をしたと聞きましたのに、私のほうもこれまでお悔やみに参りませなんだ。相身互《あいみたが》いとはこのことでござりまする」

と浦尾はあからさまに皮肉な調子で応じて、一座の空気はさらに張りつめている。

瑞江は自らの推量がおおむね的を射たように感じた。玉木と五百崎が殺された理由はやはりこの下屋敷にあって、浦尾は今宵それを問い質《ただ》しに来たのだろう。だがそればかりではない。浦尾はこちらで起きた心中の一件も、同じ理由によるものと見ているようだ。

座敷に重い沈黙《しじま》が垂れ込めるなか、先ほどまで快活に舌を振るっていた関屋の顔も、上品に笑っていた鳴瀬の顔も無表情に凍りついていた。隣りに座った真幸の横顔もそっと窺うが、同じく冷ややかにこわばった顔つきである。

「今宵そなたを招いたのはほかでもない。折り入って亀千代君の話をしたいと思うたのじゃ」

貞徳院はさりげなく本題に入ろうとしていた。

「ご心配には及びませぬ。亀千代君は奥方様のお手元でお健やかにしておいでにござりまする」

と、こんどは浦尾が軽くいなす番だった。

「奥方様が何故にいまだお世継ぎと定めたまわぬのか、その理由《わけ》を聞かせてたも」

瑞江はわれしらず唾を呑み込んだ。貞徳院はがぜん真剣な口ぶりで、いよいよ密談がはじまる気配だ。若輩の新参者がこのような砥部家の命運に関わる大切《だいじ》の場に居合わせるのはどうかと思われ、気づかれぬようそっと息を殺してなりゆきを見守るしかない。胸のうちではこれまで御殿で見聞きしたさまざまな光景や噂話が一点で結ばれ、あたかもひとつの風車《かざぐるま》となったようにぐるぐるまわっている。

「お世継ぎ定めのことは殿御一人《ごいちにん》の御胸《おんむね》にござりまする。奥方様はともかくも、私のような家来の身が、左様な大事を知るはずはござりますまい」

浦尾が冷たく突っぱねれば、

「殿が国元で明日をも知れぬ大病に臥しておわすのは、もとよりそなたも承知であろう」

と、貞徳院は深いため息をつくように真実を口にした。瑞江はますます身を小さくして耳を研《と》ぎすましている。

「万が一のとき、この分では由次郎とやらいう痴れ者《しれもの》に家督をさらわれることになろう。そなたもまさかそれを望んではおるまい。ならば奥方に一刻も早う、亀千代君を正式のお世継ぎとしてお認め戴くしかないのじゃ」

蜘蛛が吐きだす糸のようにかぼそくて粘っこい声が浦尾の身にまとわりつくと、その厄介な糸を切り払うようにきっぱりという。

「殿の御子は亀千代君ばかりではござりませぬ」

一瞬にして周囲はみな息を呑み、続いて関屋がほうっとため息をついた。

「なるほど。奥方様が近ごろさかんに姫君のもとへ手紙《ふみ》をお出しになっていたのが、それで読めました」

と右筆頭がしたり顔でいって、瑞江はその豊かにふくらんだ胸のあたりを見つめながら、自らの胸のうちで風車を素早くまわした。

当代の殿様は早くに奥方とのあいだに姫君をもうけられ、その姫君はすでに嫁がれたと聞いた。嫁ぎ先はたしか奥方の実家《さと》である松平備中守家の分家だったはずだ。

「奥方様は姫君の婿殿を当家のご養子としてお迎えになるご所存か」

貞徳院の声は一段と真剣味を増したが、

「さあ、左様なことは存じませぬ」

と浦尾は空とぼける。

「亀千代君をなぜお世継ぎになされぬ。御年《おんとし》二歳ではまだ幼いということか……」

仄暗い声が座敷に沁み透るように流れた。

「亀千代君のご誕生は去年たしか菖蒲《しょうぶ》の節句のすぐあとでござりました。御年はともかく、ちとご誕生月が気にかかりまする」

浦尾が落ち着いた声を大きく響かせて、ほかは皆ふたたび息を呑んだ。

「そもそもは三年前の火事に遡ること」

と畳みかけて浦尾はさらに一同の意表を突いた。

三年前に起きた行人坂《ぎょうにんざか》の大火で浦尾が活躍したという話は瑞江もお滝に聞かされたが、それと若君のご誕生がどう関わるのかさっぱりわからなかった。

「大火の年は江戸でさまざまに御用があって、殿のお国入りが遅なわり、たしか十月まででご在府であったはず。その代わりに翌年は国元のご出立を遅らせたまい、お江戸入りが十月と相成りました」

例年七月を境とする砥部家の参勤交代が、大火の年は多少くるったらしい。その話と若君の誕生がどうつながるのか……。

瑞江はハッとあることに気づいて思わず横の真幸を見た。胡粉《ごふん》で白く塗られた内裏雛《だいり》のようにすました顔は表情を変えようとしない。奥の座敷は咳《しわぶき》ひとつせずしんと静まり返っている。

俗に人の子は母親の胎内に十月十日いるといわれるが、本当はもう少し早く生まれてくるほうが多いのだと瑞江は以前お滝に聞かされた覚えがある。そうだとしても、亀千代君はあきらかに月足らずのご誕生であった。

「奥方様はご誕生のみぎりにご覧あそばして、亀千代君が思うたよりご立派なおからだで、お顔のお道具もしっかりと整っておられたのにはいささか驚かれたご様子でございました」

と、浦尾はあくまでも淡々とした調子で話を続けた。

ひいっという悲鳴がだしぬけに聞こえて、瑞江は奥の間で突っ伏したおみちの方の姿を見た。これまで堪《こら》えていた涙がいっきにあふれだしたように、激しくしゃくりあげる声がしている。貞徳院はその背中をやさしく撫でながら、浦尾に向けて暗く沈んだ声を聞かせた。

「そなたは畏れ多くも若君のご出生にあらぬ疑いをかけようという所存か」

瑞江は先ほどから何度も驚きの声をあげそうになって必死にがまんしている。胸のうちの風車が壊れそうな勢いでまわった。

亀千代君は殿様の本当の御子ではなかったのだろうか。もしそうなら、おみちの方が産みの母であるのはたしかだとして、殿様の目を盗んで不義をしたことになるのではないか。それがついに露《ば》れそうになって泣きだしたのだろうか。だとしても、ほかならぬ殿様のご生母自らその恐るべき疑いを口にされたのは一体どう考えればよいのだろうか。

「私は何も亀千代君のご出生に疑いがあるなぞと申した覚えはございませぬ。もし万が一にも殿の御子でないとしたら、おみちはまずもって貞徳院様の前に顔は出せぬはずでございましょう」

と浦尾はきわめて皮肉な口ぶりでいった。さらに話を続ける。

「下屋敷《ここ》の女中が役者と相対死に及んだあと、ほどなくして、上屋敷では女中が相次いでふたりも殺されました。私のほうは今宵そのことで貞徳院様に折り入ってお話を伺いたいと存じて参ったのでございまする」

「ほう。これは異《い》なことを申すものじゃ。上屋敷ではふたりが亡くなって、五百崎はたしか乱心者に殺されたと聞いた。玉木のほうは父親《てておや》の肱川兵庫が自害じゃと申したに、そなたはこれも殺されたというのか」

貞徳院はもはや何もかも承知の上で開き直って、どことなく問答を楽しむ気分のようなものすら伝わってくる。

「玉木は殺されてから自害に見せかけたものと存じます。亡骸をこの目でしかとたしかめたところ、首を絞めた条痕《あと》が別にござりました」

と浦尾はきっぱりいいきって、瑞江を長らく悩ませていた謎に速やかなる幕を引いた。

「ただ、なぜあのような娘《こ》が殺されたのかという謎は、私にもすぐには解けませなんだ」

やはりそれはだれしもが疑問に思うところなのだろう、と瑞江はあの少し足りなく見えるほどにおっとりとした玉木の人相を目に浮かべた。

浦尾はまず御殿で幼い時分から共に育った同じ中老の常磐に、それとなくたずねてみたという。

「されば人は見かけによらぬと申しますが、玉木はああ見えて、昔からよく何やかやと告げ口をしたそうで、常磐は幼い時分にその告げ口でさんざん痛い目に遭《お》うたという愚痴を聞かされました」

ああ、それで、と瑞江は腑に落ちる思いがした。浦尾は故人の意外な過去を探り当て、同時に常磐がやたらに他人を怖がる理由の根にひそむものを掘りだしていた。

こうした下屋敷の伺候《しこう》に同行するなら、絶えず周囲に目を配るあの常磐よりも、一見ぼんやりしている玉木のほうが断然くみしやすいと思われたにちがいない。ところが人は見かけによらないもので、ああいうひとだからかえって皆が油断して、ここで何か大切な秘密を見られたのではないか。

「ほんに、玉木どのは思いのほかおしゃべりでござりましたなあ。あのあと似ておられるなどといいだして、得意げに触れまわろうと……」

鳴瀬が途中までいいかけて、しまったというふうに口を押さえれば、

「雉《きじ》も鳴かずば打たれまいということわざがござりまする」

と、関屋が鋭い細目でにらみつけた。

ふたりはあきらかに玉木が殺された理由を知っている。直に手を下したり、手を貸したというわけではないにしろ、つまりはぐるなのだろうと瑞江は感じた。玉木はきっとこちらの素性を耳に入れたときと同じように、何かをいち早く知って周囲に吹聴《ふいちょう》したのだ。それが桂月院の耳に入って招《よ》ばれたのではないか。

あの日「近ごろは皆様がご親切でのう」といったのは、大変なことを知られて周囲があたふたとご機嫌を取りにかかったからかもしれない。それほど大変なこととは何か。「あのあと」とは何を指し、似ておられるとはだれのことかと考えているうちに、瑞江はしだいに顔がこわばっていった。首すじは妙にひんやりとして、わきの下に嫌な汗が噴きだしている。

先ほどの広間では鳴瀬や関屋が若い男に酌をされて悦に入っている様子に驚かされたが、上屋敷ではとても考えられないようなことが、下屋敷《ここ》ではきっと以前からごく当り前にあったのだ。玉木は心中した役者とおみちの方が馴れ馴れしくしているところを見ていたのかもしれない。ただそのていどの話なら殺されずにすんだであろう。心中の一件を聞いて玉木はその役者の顔を想いだした。そしてだれかに似ているのに気づいた。そして本人はさほど大変なことだとも思わずにそれをいいふらそうとしたのだ。

かよわい女が唯一持てる武器は口だ。陰口や告げ口が矢弾《やだま》や剣に取って代わる。しかしあのひとには別に悪意というほどのものはなかったような気がする。ただいつも淋しくて、だれかに構ってほしくて、他人を自分に振り向かせたくて、幼い娘のころと同じ気分でちょっとした告げ口をしてみただけなのかもしれないのに……。

瑞江は娘らしい束の間の感傷に浸りながらも、殺されたもうひとりについて考えないわけにはいかなかった。お滝から聞いた話だと、それこそ五百崎は陰口や告げ口がお手の物だったにちがいない。おみちの方にちくちくと嫌みをいったり、ゆするような真似くらいはしたかもしれない。けれどかつて貞徳院のために手を汚したように噂されるいわば腹心の人物が、あの日なぜ桂月院を訪れていたのか。きっとあちらに寝返るのではないかと見られて始末されたのだろうし、時期が時期だけにそう見られておかしくはないが、ここに来てなぜ裏切るような真似をしたのか、謎はあくまでも解けない。貞徳院もこれには納得がいかない様子だ。

「かりに玉木はだれかの手で殺《あや》められたとしても、五百崎はあの正気を喪《うしの》うた女子《おなご》の手にかかって無惨な最期を遂げたにちがいあるまい。それに手を貸したのは、浦尾、そなた自身であろう」

と、驚くようなことをいいだして瑞江を面喰らわせた。

「そういえば、たしか浦尾どのも砥部家《こちら》に参られる以前は先の奥方様の実家《おさと》にお勤めで、あの哀れなおゆらどのに従《つ》いて参られたと伺いましたのう」

関屋の話にまたまたアッと驚きの声をあげそうになったところで、すかさず鳴瀬が口をはさんだ。

「参られた当時のことは、だれも憶えてはおりますまい。なにせ振りだしは三之間で、表使となられてからあれよあれよという間に皆を飛び越して御年寄になられたのじゃ。さほど大きな出世にあずかれたのも、ひとえに貞徳院様のお引き立てによるものとは、だれよりも本人がよくご存知のはず」

鳴瀬は口に手をあててかすかな笑い声を洩らしていた。瑞江は今や胸のうちが入り乱れて息苦しさを覚えるほどだ。これで浦尾がひたすらおゆらをかばっていた理由も納得できたし、仇討ちに手を貸したとしてもおかしくはない。いっぽうで、いわば貞徳院派の仲間だったなら、未然に防ごうと五百崎を始末したとも考えられる。直に手を下したのはあのとき空き部屋の二階で足音をさせた女だとしても、陰で浦尾が命じたということだってあり得るのだった。

「つまるところ五百崎を亡き者にしたのは、浦尾、そなたであろう」

と、貞徳院は陰々とひそめた声で繰り返した。すると浦尾はどういうつもりかふっと鼻先で笑いだし、しばらく忍び笑いを続けて皆はあっけにとられた。

「ほんに五百崎は気の毒と申すよりほかにござりませぬ。まさか死んだ猫のために、自分の命まで落とすはめになろうとは思わなんだはず」

死んだ猫とは一体なんだろうと瑞江は考えて、ああ、そういえば五百崎が死んで哀しむのはクロくらいのものだとお滝に聞かされたのを想いだした。五百崎が亡くなってから、あの大きな黒猫もさっぱり見かけなくなったが、やはり死んでしまったのだろうか。

「五百崎が亡くなったすぐあとに、私は年寄役の務めで部屋の中を検《あらた》めました。そこでふしぎなものを見つけたのでございます」

と、浦尾はまるで呉服之間で聞いた怪談のような調子で話を進めた。

部屋の戸口の真上に細長い紙が貼られて、そこに梵字《ぼんじ》がびっしりと記してあった。どこの寺社とも知れぬ奇妙なお札だったので、気になって部屋方の召使いにたずねたところ、烏枢沙摩明王《うすさまみょうおう》の真言と知れた。

烏枢沙摩明王の別名は不浄金剛で、死骸に触れた穢《けが》れを祓《はら》う御利益があるというのを瑞江はこれも前にお滝から聞いた憶えがある。

猫はふつう死ぬ前に姿を消すといわれるが、五百崎が可愛がっていたその老いた黒猫は、逆さまに別れの挨拶をしにきて部屋の戸口で死んでいたのだという。畜生の念が残るのを恐れた五百崎は、ひとづてに聞いた不浄金剛の御利益に与《あずか》ろうとして、日ごろ敵視していた相手を訪ねたらしい。瑞江はたまたまそれを目にしたのだが、同様に見て、寝返りの疑いを抱いた人物がほかにもいたというわけだった。

「年寄りはとかく迷信深いものでござりまする。されど若くして心の持ちようもしっかりとした女には、左様な愚にもつかぬ理由で敵の陣門を訪ねるとは思いも寄らなんだであろう、のう、真幸」

浦尾がまっすぐ前を向いたまま声を大きく響かせた。瑞江はすぐさま横を見た。

真幸は相変わらず人形のように無表情で、肌は透き通るように真っ白だった。が、高い鼻梁《びりょう》の根もとにはかすかなしわが走り、仄暗い眸《め》の奥には熾火《おきび》が燃えて、端正な美貌に凄みを加えている。

二十七

すだく虫の音《ね》をついて夜烏《よがらす》がひと声大きく鳴いた。バサバサ飛びまわる羽音が不気味に響く。着物が夜露をふくんで湿っぽい。袂と同じに心までが重くなったように感じられる。月光をさえぎるのは梢《こずえ》ばかりではない。夜が更けるにしたがって空には雲が走りだした。時に手探りをしなくてはならないのがなんとももどかしく、いやが上にも気が焦る。だが焦ってはなるまいと思う。前栽の向こうに黒く浮かびあがった屋根のかたちをよく見ながら、男は慎重に足を進めた。

篝火の消えた奥庭はやけに広々と感じられた。月影を宿した泉水がまるで湖面を見るように渺茫《びょうぼう》としている。目の前にまたひとつ大きな石灯籠が姿をあらわしたが、悪くすればまたさっきと同じところに舞いもどってしまった恐れがある。広壮な数寄屋普請の全貌をつかむのは容易でなかった。

先刻いた舞台がどこにあるかはわかったが、舞台の正面にあった広間は今はもう真っ暗で、あれほど大勢いた女中たちがいずこに姿を消したのか見当もつかない。障子越しにぽつんぽつんと赤い灯は見えるが、へたにそこに近づいて気づかれでもしたら今までの苦心は水の泡だ。

それにしても、ここの門番のずさんなことときたらどうだろう。入るときの人頭《にんとう》改めはなんのためだったのかといいたくもなる。沢之丞と共にここへ来た一行は囃子方のほかもろもろの連中を併せてもわずかに十余名。そこから三人抜けて気がつきもしないのだから恐れ入ったというべきか、はたまたこういうことがよくあるのだろうか。

沢之丞が弥陀六に呼ばれて部屋を出ていったあと、すぐに弥陀六だけもどってきて、よければ皆は先に引き揚げるようにという言伝《ことづ》てを告げた。こっちは念のために喜三郎らといっしょに裏門まで足を運んだが、門柱の脇の暗がりに身をひそめ、塀によじ登って入り直すはめにならずにすんでありがたかったというしかない。

門番にかぎらず案内の侍も最初と送りだしに付き添っただけというきわめて寛《ゆる》い見張り方だが、ふだんここにいるのは藩主の生母と取り巻きで、殿様のお相手ではないからさほど用心しなくてもよいと思ってしまうのだろう。

が、それがそもそもまちがいだった。女はだれしも男が思うよりはるかにしたたかで狡賢《ずるがしこ》い。まさかここに寝泊まりさせるような危ない橋は渡らなくとも、夜な夜なそっと抜けだして隠れ家でふしだらな遊びに耽るような真似を平気でする。さっき裏門から塀に沿ってそのまま十間ほど進んだところで、灌木の陰に例の沢之丞が教えた潜戸を見つけた。中からは閂《かんぬき》をはずせばすぐに開くから、これで抜けだす段取りは整ったも同然。あとはふたりをなんとか早く見つけなくてはならない。

しかし相手が女ばかりならともかく下屋敷でもそれなりの人数の侍はいるはずで、ここをあずかる留守居役がもし生母のいいなりなら、相当に厄介なことになる。なにせこちらが持ち込めたのは小脇差とこの十手だけで、大勢の侍を相手に奮戦などできるはずもないのだ。なんとかそうならないように念じて、笹岡伊織はゆっくりと歩を進める。

「何者だ。こんなところで何をしている」

南無三《なむさん》、男の声だ。隙を見て逃げる覚悟を固めて、伊織はゆっくりと振り向いた。石灯籠のそばに着流し姿の影法師が立ち、折しも雲間から覗いた満月が髪の伸びた月額《さかやき》を照らしだす。萩原采女が薄い唇をゆがめてじっとこちらを見ていた。

真幸が人殺しの下手人だということを、瑞江はここに来る前から知っていた。はっきりとわかったのは昨夜その部屋を訪ねて、黒漆《くろぬり》の長持に蒔絵で細桔梗の定紋が入っているのを見届けたときだ。

詳しいことは書いてなかったけれど、きのう父が最後にくれた手紙には、もし上屋敷に国元から来た女がいれば用心しろとあった。真幸は国元に弟を残して江戸に出てきたという話を前に本人から直に聞かされ、同じ弟を持つ身として近しさを感じ、その話をよく憶えていたのだった。

銀釵の持ち主が真幸とわかれば、これまでのことがすべて腑に落ちる。まずその部屋は二ノ側の西端だから一ノ側の廊下にも出やすい。いくら相手が玉木でも騒ぐひまも与えずに絞め殺すには相当な胆力と腕力が要るはずで、由次郎様を疑ったのも長局に出入りするただひとりの男だったからだ。真幸はその由次郎様もたじたじの、文字通り男勝りの女丈夫である。

今にして想いだすと、自分は玉木を桂月院の隠居所に案内する直前に真幸の部屋を訪れており、相手は戸口に出ていた。別れたあともそこに留まってこちらのやりとりを見てしまったにちがいない。

思えば一瞬のうちに五百崎を仕留めた手際も見事で、だれにでもできるわざではなかった。浦尾はたぶん傷を検めたときに真幸が怪しいと感じたのではないか。そしてその場に駆けつけてきた相手の頭を見て、銀釵がないことにも気づいた。あとはこちらと同じふうに考えて、空き部屋を調べてみようとしたのだろう。

浦尾とは何も話さなかったのに考えが同じところに落ち着いてしまったらしい。向こうはそれをどう思おうと勝手だが、瑞江は妙に癪にさわってあまり愉快な気持ちにはなれない。

表使の真幸は外出の際は先頭の駕籠に乗る。五百崎を殺したあの日、真幸の駕籠は一番先に帰り着き、当人が乗物部屋で降ろすよう頼んだにちがいない。乗物部屋は二ノ側に近いので以前からよく頼んでいたのではないか。そこからすぐに長局の大廊下に出て、人が見ていない隙を狙って空き部屋に侵入した。大廊下をにぎわすお末の多くが御広敷に出迎えにいっていたことも幸いした。というよりそれも勘定のうちに入っていたはずだ。殺したあとは番方の入れ替え時と重なって、どさくさに乗じて逃げられると見越していたのだろう。

すべては真幸だからこそやれたことだ。瑞江は父の手紙を見る前からうすうす怪しいとは感じていた。だがこんなにも美しくて、聡明で、武道に長けて、若い娘にとっては憧れの的だったひと、自他ともに少しの過ちも許しそうにない潔癖なひとが、まさか大それた人殺しの罪を犯すなんて本当は今でも信じられないし、何かのまちがいであってほしい気がする。

どうあっても真幸が下手人だとすれば、それは何かよほどの仔細があって、並ならぬ決意のもとに果たしたのだと思うしかない。そうだとすればまたこれから何をしでかすかがわからず、とても恐ろしかった。

片や瑞江は真幸のように武道のたしなみがあるわけでもなければ、下屋敷の様子に疎い。いざというときは足手まといにこそなれ、けっして頼りにならない娘でも、淋しい御年寄は味方にほしかったのだろうか。今はからだの向きを変えて、喪われたかつての片腕に落胆と憐憫の入り交じった深い眼差しを注いでいた。

「そなたのように理非善悪をよくわきまえた女子《おなご》が、あそこまでのことをするにはよくよくの理由《わけ》があろう」

そうだ。そこをぜひ聞かせてもらいたい。瑞江は御殿の中で最初このひとだけは頼りになると信じていたのだ。

「そなたが上屋敷でご奉公をはじめたときは、国元から参った者と聞かされたばかりで、こちらも余計な詮索《せんさく》はせなんだ。されど此度《こたび》の件で、表に素性を問い質《ただ》さぬわけにはいかなかった」

と、浦尾は穏やかな口調で続けていた。やはり父が手紙でそれとなく教えたように、一連の件はどうやら国元を巻き込んだものであるらしい。

「先殿《せんとの》の代に国元であわや一揆にもなろうかというとき、郡奉行《こおりぶぎょう》の新荘左衛門《しんじょうざえもん》どのが身を捨てて諫言《かんげん》をなされた話はしばらくして江戸表にも伝わった。新荘どのはただちにご切腹、家は断絶と相成《あいな》ったが、お代替わりでご赦免《しゃめん》となり、ご子息が家督を継がれたということも聞いていた。しかしまさかその新荘どのの娘御が、われらと共に江戸表で奥勤めとは思いも寄らなんだ。若年の身で、父上のご最期を見たそなたは、さぞかし無念に思うたであろうのう」

浦尾の声が同情をふくんで湿っぽく聞こえると、真幸は片手を畳について首《こうべ》を垂れた。

真幸の父親は先代の殿様を諌《いさ》めて切腹させられたと聞いて、瑞江はなるほどと思われた。きっと廉潔《れんけつ》剛直の武士で、これが正義だと強く信じれば、自らの命も惜しくないひとだったのだろう。その気性はそっくり娘に受け継がれているではないか。

ただ正義を信じて命を捨てる勇気のあるひとが時として恐ろしいのは、裏を返せば他人の命も平気で奪えるというところかもしれない。

今や真幸は毅然と首をあげて上司に臨んだ。

「わが父は先君に死を賜わりましたが、新荘の家は当代様に深きご恩をこうむっておりまする。国元では先君にお仕えした奸臣佞臣《かんしんねいしん》がいまだ息をひそめて再起を窺うところ、当代様には国元のお側女《そばめ》にも男子《なんし》のご誕生なく、亀千代君がただ御一人《ごいちにん》の若君。されば ご幼少の御身とはいえ、なんとしてもお世継ぎとなすよう、お国家老の興津主計《おきつかずえ》様は念じておられまする。されば亀千代君をご世嗣《せいし》にお立て申すのが、ご当家に尽くす何よりの忠義じゃと存じました。されば邪魔立てをなす者は許しておかれませなんだ」

高く澄んで張りきった、それはまさしく信念に凝り固まったひとの声であった。

「なるほど。そなたはあの由次郎様が御跡目《おんあとめ》をお継ぎあそばして、ご当家の御主《おんあるじ》になられては困ると思うたのじゃな」

浦尾はふだんよりも声の調子を低く抑えている。

「申すまでもなきこと。もしまたあの暗愚の君が家督をお継ぎなされたら、国がふたたび乱れて、亡き父と同様に無念の最期を遂げる者があらわれましょう」

逆さまに真幸の声はますます甲高くなった。

「そなたのご舎弟を通じて、国家老から左様ないいつけがあったと申すのじゃな」

と、浦尾は思慮深い声で念を押すようにいった。

「ご推量の通りかと、存じまする」

真幸も最後はさすがに声が沈んだ。

「愚かなことを……」

浦尾はふうっと重苦しいため息を洩らした。

「そなたは国元の男どもに踊らされて……かわいそうに、罪もない女子《おなご》をふたりまでも手にかけるとは」

浦尾がかわいそうだといったのは死んだふたりのことだけではなかろうと思われた。忠義という信念のもとに、その美しい手を血汐で汚したひともまた哀れであった。

それにしても若君の本当の父親はだれなのだろう。疑いはあったとしても、真幸は殿様の御子だと信じているはずだ。そうでなければ忠義どころではない。殿様の血すじを絶やそうとしていることになるではないか。

浦尾はふたたびからだの向きを変えて貞徳院に相対している。

「さて、ふたりの女中が身罷《みまか》りました顚末《てんまつ》はかくの通り。されば次はその原因《おおもと》を糺《ただ》すために、おみちを詮議いたさねばなりますまい」

と浦尾が持ち前の太い声を聞かせると、それをかき消すようにおみちの方の激しいすすり泣きがかぶさった。

「浦尾、すべてはそちの思い過ごしじゃ」

貞徳院は少しかすれた声でささやきかける。

「ふたりとも、あらぬ噂を立てようとして始末されたのじゃ。亀千代君は殿の御子にまちがいない。おみちがそう申しておる」

すすり泣きがまた一段と大きくなった。

「よしんばそうでなくとも、おみちが産んだ子にちがいはないのじゃ」

その言葉を聞いて瑞江はどきっとした。張りつめた空気に身じろぎができず、目だけを動かして鳴瀬と関屋を窺うが、ふたりとも能面が貼りついたように表情は読めない。

母親は子どもを妊《みごも》ったとき、その子の父親がだれなのかはっきりとわかるのだろうか。瑞江には当然ながら答えが出せない。けれど胸の風車をさかんにまわして、ひとつだけはっきりとしたことがある。もし殿様の御子でないということになったら亀千代君の命運も風前の灯だが、まずおみちの方が不義密通のかどでお手討ちは必至だ。それを貞徳院はどう思われただろう。

御殿の慣習《ならい》では殿様の御子は産褥《しとね》からすぐに乳母の手にゆだねられて、奥方の子とされてしまう。おみちの方が亀千代君に自らの乳を与えられたのはたった十日だと聞いたが、たぶん貞徳院も同じようなものだったのだろう。その後は御殿でお顔を拝してもわが子として抱きしめることはできなかったし、正式に親子の名乗りをされたのもほんの四、五年前ではないか。

貞徳院が本当にわが子のように思えるのはもしかすると殿様ではなく、自ら手塩にかけて育てたおみち様のほうなのかもしれない。ふたりを嫁姑の間柄になぞらえるのはまちがいで、実の母子も同然の深い絆《きずな》で結ばれていてもおかしくはないのだ。ならば本当の父親がだれであれ、貞徳院にとって亀千代君はやはり孫のようなものではないか。つまりはふたりの命を助けるために、なんとしても出生の秘密を隠し通したいはずだ。

「そもそも子どもは天からの授かりもの。女の何より大切《だいじ》な務めは、授かりものを無事に世に送りだすことではないか。のう、浦尾」

と、貞徳院は尼僧の姿にふさわしい厳かな口調で説いた。

「仰せの通り、子どもを産むことは女子《おなご》の大切な務めかと存じまする。されど好き勝手にだれの子でも産めばよいというものではござりますまい。おみちは殿が御子を産ませるために大切になさっていたお道具でございまするぞ」

浦尾は大胆にいいきった。貞徳院はさすがに憮然たる表情を浮かべた。

「おみちは殿の御子を産む道具と申すか……同じ女の身でありながら、そなたはわらわのことも、ずっとそういう目で見ておったのじゃのう……」

浦尾のいい方にはかすかな蔑《さげす》みがこもって聞こえた。貞徳院の声には誇りを傷つけられた悔しさが少しばかり滲んでいるように聞こえた。奥御殿では子どもを産む女と産まない女とにはっきり分かれていたのをあらためて想いだし、瑞江はそのことの理不尽さに胸をつかれた。双方のあいだにはどうしても埋まらぬ溝ができてしまうのだろうか。

「ふふふ、子どもを産まぬ女はその可愛さも知るまい。歯が生えもせぬうちから、顔を見るとにっこりとしてくれる。まわらぬ舌でこちらを呼んでくれる」

貞徳院はかすれて奇妙に音《おん》のくるった声でつぶやきながら、打ちふるえるおみちの方のからだを抱き寄せている。瑞江はふと、殿様は幼いころに貞徳院のことをどう呼んでいたのだろうと考えて、わが子にけっして母とは呼んでもらえなかったひとの傷《いた》みが想われた。

お滝が以前たしかこんなことをいった憶えがある。お腹の空いたひとがやたらにものを食べるのと同じで、むやみに贅沢をするひとはたいがい心にぽっかりと大きな穴が開いていて、そこにどんどんものを詰めようとするのだといった。瑞江はその話を聞いてすぐに地獄草紙に出てくる餓鬼の図が目に浮かんだ。貞徳院はもしかすると餓鬼のように心が空いているひとなのかもしれなかった。どれほどきらびやかな衣裳を身にまとい、贅を尽くした宴に興じても、わが子を取りあげられた心の空洞《うろ》はけっして埋まらなかったのではあるまいか。

だが今はもう解脱《げだつ》の衣を身にまとって、

「授かりものはすべからく無事に産み育てるのが母の務め。子どもの命を救うのが御《み》仏《ほとけ》の慈悲じゃ」

と悟りすました口調でいう。

床の間の壁には貞徳院と抱き起こされたおみちの方がひとつの大きな影になって見える。おみちの方は真っ赤に泣きはらした顔で、涙にきらきら光る眼は玻璃玉《はりだま》のように虚ろだ。

このひとの魂は果たしてどこにあるのだろうか、と瑞江は思わずにはいられなかった。それほど悪いひとには見えない。けれどもこのひとはおそらく死んだ役者と不義をしていた。そのために何人もの命が奪われたことをどう感じているのだろうか。人形のように可愛がられて育ったこのひとは、今も貞徳院の操り人形で動かされているうちに糸がもつれて、のっぴきならないところに追い込まれたということなのだろうか。しかし案外こういうひとが年齢《とし》を経れば養母そっくりになってしまうのかもしれない。

畏れ多いが、瑞江は今だれよりも亀千代君を哀れに感じていた。産んでくれたひとを母とは呼べない。父と呼ぶひとも実は本当の父親ではないのかもしれない。その奇妙な運命に並ならぬ同情を覚えて、心の根っこに抱えた自身のわだかまりがふつふつと湧きあがってくる。

子を棄つる藪はあれど身を棄つる藪はなしということわざが示すように、大人は子どもの身を思うより先に、自分たちの都合を考えているのではあるまいか。

真幸にしても、ここまで来れば出生に疑問を持つのは当然なのに、あくまでも世嗣擁立にこだわるのは、亀千代君の身の上を本当に思っているのではない。ただ忠義という名のもとに、国家老にとって都合のいい、砥部家のいわば大切なお宝を守ろうとしているだけのように思われた。

亀千代君を授かったとき、おみちの方はひょっとすると不義の子だとはっきり思ったわけではなかったのかもしれない。もし不義の子だとはっきりしていれば……。瑞江はまたしても胞衣《えな》ごと白くふやけた水子がまぶたに浮かんだ。

この世の中では誕生が待望される子もいれば、生まれてほしくない子もいるというのは、大人たちの身勝手な理屈に過ぎない。亀千代君はそのちょうど境目で危なっかしく誕生した。そして御仏に仕える貞徳院はなんとしてもその子の命を救おうとしている。

浦尾は露骨にいった。おみちの方は殿様の胤を宿して子を産む道具だと。片や授かった子はだれの子であれすべからく無事に産み育てるのが母親の務めだと貞徳院は厳かに説いた。血の通った人間としてどちらのいい分がまさっているのか。その独特の響きを持つ甘い声には多彩な色が感じられて、声にひかれる瑞江はだんだんと貞徳院のほうへ心が傾きつつある。

だがそこへいっきに水を浴びせたのは浦尾の冷静な声だ。

「貞徳院様がいくら口巧みに仰せられようとも、玉木と五百崎の両人、さらには心中で死んだとされる男女もふくめれば、この間に四人もの命が奪われしことはすべておみちの不義に端を発するのがあきらかなり。されば罪はもはや逃れようがござりますまい」

「そなたは相変わらずご立派なものいいじゃのう」

と、貞徳院はかすれてやや疲れたような声を聞かせた。すぐに続けて高く澄んだ声が座敷中に響き渡る。

「浦尾どのはお家に仇《あだ》なす謀反人と極まりました。もはやこの分には捨ておかれますまい」

真幸はすでに立ちあがって懐剣の袋に手をかけている。鳴瀬と関屋は早くも腰を浮かして貞徳院のほうへ寄ろうとしていた。へたをすると浦尾はご生母に盾をついたかどで、本当に謀反人としてここで闇に葬られてしまうかもしれない。瑞江はおのずと身がふるえだし、立ちあがろうとしても足がいうことをきかない。今宵なぜ浦尾が自分をこんな場に連れてきたのかと恨めしくなるばかりだ。

「真幸、まあ、待ちゃ。浦尾にはまだ自らがいうて聞かすことがある」

甘い響きの声がこちらの胸にほんのわずかの猶予を与えた。

二十八

しまった、不覚だという思いでいっぱいの沢之丞である。まわりは真っ暗で何も見えない。身動きもできない。が、幸い地獄ではなさそうで、どうやら大きな鎧櫃《よろいびつ》のようなものに閉じこめられているらしい。錠までかかっているのか、びくともしない。かつて悪ふざけで楽屋の衣裳箱に閉じこめられた若い役者が、こういうときに焦って呼吸《いき》をするとかえって苦しくなって気を喪うといったものだ。まずは心を落ち着けなくてはならないが、これで川に投げ込まれたら、江戸の町はまたぞろ人気役者を喪って悲嘆の涙にくれるだろう、などとこの期《ご》に及んでまだ思える自分がいた。

それにしても、まさかあそこで男が飛びだしてくるとは思わなかった。月額が伸びた人相のよくない侍だったが、死んだ十次郎もきっと同じような手口でやられたのだろう。即座の当て身を喰らっては、家から持ってきた九寸五分も役には立たない。あれからどれくらいたつのかわからなかったが、座敷を離れた際にしっかりと目を合わせた例の男がなんとかしてくれるのを祈るばかりだ。

ここはまだ屋敷の中だということだけはたしかな気がする。櫃に閉じこめられた身にも先ほどからずっと話し声が聞こえる。かなり近くに女たちがいて、たぶん襖一枚へだてたあたりで話をしているようだ。

暗闇で目が見えないとかえって耳敏《みみざと》くなるのか、じっと聴いていると話の中身が意外なほどによくわかる。わかればわかるほど、これは役者の道を志半ばで絶たれた亡き十次郎の魂魄が草葉の陰から、かつての朋輩に真実を訴えようとしているのだと思われた。大変な話を洩れ聞いた自分も同様の憂き目に遭うのは必至で、おのずと身がふるえてくる。

が、こんなふうに真っ暗なところで天地左右もつかめず身動きができない感じはお袋のお腹にいたとき以来だろう。そう思うとふしぎなもので少し気分が楽になった。

物心つかないうちに里子に出された自分に、お袋の想い出なぞあろうはずはない。まだ赤子に毛がはえたくらいのころ、きれいな着物《べべ》をきた女に一度ぎゅっと抱きしめられた憶えがあって、勝手にそれがお袋だったと思うことにしている。どうせ一夜妻の稼業をしていて子堕ろしに失敗《しくじ》った女にちがいないが、吉原で全盛を張る太夫だったりすると御《おん》の字だろう。

親がなくとも子は育つ。とはいいながら、こうして顔すら知らない相手を偲ぶのだから、やはり親子の絆は断ちがたいのだ。もっともこれはなまじ実の両親《ふたおや》を知らないせいで、同じ屋根の下に暮らせば逆さまに疎み合うことだってないとはいえまい。

ともあれ、ちゃんとした想い出はなくとも自分を産んだお袋がいたのはたしかだが、さて産ませた男となると、どこのだれだか見当もつかない。親父とはさほどに頼りなきもの。それでいて世間では親父の素性で貴賤が決まり、身分が左右されるというのだから笑わせる。先ほどから砥部家《ここ》の女たちの話を洩れ聞くにつけても、そうした世の中のいい加減さがわかろうではないか。

自分が先ほど舞台で演じた海女は高貴な胤を得て子を産んだが、この家にはどうやら逆さまに身分卑しき役者の子を産んだ女がいるらしい。

もし血を分けた子が二十余万石の大名になったとしたら、その秘密を一生涯隠し通すなんて、自分にはとても無理だと思う。あまりに愉快でたまらず、酔った勢いでついおもしろおかしく吹聴するだろう。だれだってそんな夢のようなことが起きたら黙ってはいられないのではないか。だからこそ十次郎は口封じにこの世から消されても文句はいえないのだった。

もっとも砥部家《ここ》の若君の本当の父親がだれなのかは、産んだ母親しか知らない。その母親ですらその子が生まれる前はたしかなことがいえなかったのだろう。はっきりしたのはきっとその子が誕生してからだったのだ。目鼻立ちがしっかり整ってくるにつれて、そこに動かしがたい真実があらわれた。今ならこの自分が見てもだれの子かすぐわかるのかもしれない。だからこそ人目に立つ容貌をその子に与えた本当の父親は消されるしかなかった。とどのつまりは逢い引きの取り持ちをしていた女と共に心中をさせられるというかっこうだ。

心中の一件は当然ながら上屋敷でも噂にのぼり、たまたま十次郎の素顔を見ていた愚かな女が、そういえば若君はあの美男役者とよく似ておいでだなどと口を滑らせたにちがいない。いった本人にさして深い意味はなくとも、脛に傷もつ身はすぐさま口封じをしなくてはならなかったのだ。

しかしこっちが何より驚いたのは、長らく貞徳院のお相手をつとめていたはずの十次郎が、いつの間にか当代の殿様の愛妾といい仲になっていたらしいということだ。凡庸な女なら嫉妬にかられて許しそうにもないところだが、あの化け物なら御用済みとなった男妾を若い女に下げ渡すといった男顔負けのご乱行も平気でやってのけたにちがいない。もしそうだったとしたら、さぞかし小気味よかろうと思われる。

女が子どもを産む道具とすれば、これは道具とされた女のとんだしっぺ返し、おみごとといいたいような復讐だった。逆さまに道具にされた哀れな男は女郎蜘蛛に子種を吸い取られて、蛻《もぬけ》の殻《から》を潰すように消されたというわけだった。

思えば大名の暮らしというのはおかしなもので、一年ごとに国元と江戸を往き来して、江戸住まいの妻妾は何度となく主人の長き不在に堪えて孤閨《こけい》をかこつはめになる。女たちが主人の不在に何を思い、何をしようとするのか、世の多くの男たちは考えてみたことがあるだろうか。

十次郎は女の孤閨を慰める道具にすぎなかったのか。それとも女の煩悩をかきたてて愛欲の海に溺れさせた、文字通りの色男だったのか。冥土《めいど》の当人が一番知りたいのはそのところかもしれない。

貞徳院はむろん母子の命を守るために、出生の秘密を隠し通そうとする。なにせ情をたっぷりと備えて、身のまわりにはふんだんに分かち与える女なのだ。が、同じ女がいっぽうでは悪鬼羅刹《らせつ》と化して、わが世の春を謳歌するために他人の命を平気で奪ってしまうのだった。美しい吉祥天の見せかけとは裏腹に、おぞましい五欲に取りつかれた邪悪な化け物であることも、砥部家で共に長い年月を重ねた黒闇女は当然見抜いているはずだった。

先ほど舞台からは顔がよく見えなかったし、かりに見えたとしても十数年も前に会った女だという確信は持てなかったかもしれない。けれどいま襖の向こうで貞徳院を相手に丁々発止とやり合うのがあの黒闇女であるのはまちがいない。やけに理屈立った話しぶりがいかにもあの女だ。愛嬌には乏しいが、実に肝がすわっていて、女によくある面倒なところがないのはこっちにとっては何よりだった。お互いまるで男と女があべこべのようだといって、笑い合ったのを懐かしく想いだす。

貞徳院ともあべこべのようでいて、本当は似た者同士なのかもしれない。ふたりは共に稀にみる才覚を持ち合わせた女狐で、それゆえにこそまた共に御殿でしたたかな栄達を遂げられたのだろう。だが男の目から見れば、共に幸薄い哀れな女たちのようでもあった。

十次郎の死がきっかけで笹岡という旦那と出会い、そこからまるで天蚕糸《てぐす》に操られるようにして過去に引きもどされて、ここまで来てしまったということは、やはりあの黒闇女とも何かよくよくの縁《えにし》で結ばれていたのだと思うしかない。

今宵は瑞江と名づけられた娘もここに来ているはずだと旦那はいったが、襖一枚へだてた向こうにその娘がたしかにいるような気がする。それはもう、ふしぎな縁の糸に引かれてここまで来た男の勘としかいいようがない。まさかそんな偶然が……とあれから何度も思った。けれど、もしかしたら、という思いがここまで自分を引っ張ってきたのかもしれない。今でも双方の思いがかわるがわる訪れて、沢之丞は胸がぼうっと温まったり、冷え込んだりした。

襖の向こうでは貞徳院が妙に明るい笑い声をあげている。急にひとの動く気配がした。襖の開く音。笑い声がひときわ大きく聞こえる。が、それよりももっと大きな物音で沢之丞は気が動転した。蓋がはずれ、急に明るくなって目がくらむ。とっさに目をつぶると先ほどよりさらに深い闇に閉ざされて、「騒ぐまい」という鋭い女の声を耳にした。

あまりにも一瞬のことで、瑞江は何が起きたのかわからなかった。床の間の片方《かたえ》にある襖が開いて、その前にひとりの男が座っている。先ほど貞徳院はたしか浦尾に会わせたい者がいるといって、真幸に襖を開けさせたのだった。

男は両手をついてうずくまっている。珍妙な髷のかたちが目を引いた。着ている帷子も派手な大柄の格子縞という一風変わった装いだ。とても当家の侍には見えない。瑞江がアッと気づいたのとほぼ同時に、

「荻野沢之丞にござりまする」

と、かすかにふるえる声が聞こえた。

面《おもて》をあげよ、と命じられて、男は両手を前についたままおそるおそる顔をあげていた。実にきれいな顔で、たしかに先ほど舞台で見た覚えはあるが、まるで別人のようだ。化粧を落としたせいばかりではない。あれだけ堂々たる舞いぶりを披露してこちらをうならせていた役者が、今は卑屈に首をすくめ、目つきもおどおどして、なんだかがっかりさせられる。でもそんなことよりも、なぜこんな場所にのこのこあらわれたのかがふしぎでたまらない。

「浦尾、そなたこの役者に見覚えがあろう。先ほど舞台で見たのが初めてじゃとはいわ

さぬ。とんと昔の話じゃ。お互いとっくりと顔を眺めて想いだしたがよい」

貞徳院はちょっとはしゃいだようなしぐさで役者の腕をつかむと、浦尾の前まで引きずってふたりを向かい合わせに座らせる。こちらからはもう浦尾のうしろ姿しか見えなくなった。

しばし奇妙な沈黙の時が流れた。突如として浦尾がウッという鈍いうめき声と共に背中を大きくのけぞらせ、そのままからだが斜めに頽《くずお》れた。顔までは見えないが、片外しの髷が小刻みにふるえて、激しい心の動揺を伝えている。

何が起きたのか、またしてもわからなかった。浦尾はあたかも狩り場で仕留められた大猪《おおじし》で、射止めた側の貞徳院が勝ち誇った笑みを浮かべている。提子《ひさげ》と杯を両手に持って浦尾のそばへにじり寄り、袂から懐紙を取りだして杯をていねいに拭くのが見えた。その杯に酒を注ぐと、勝者が敗者に気付け薬を与えるごとくに浦尾のからだに手をかけた。

「仲直りの杯じゃ」

と甘い声で差しだされた杯を、浦尾は開き直ったようにぐいと呑み干した。貞徳院は杯をふたたび懐紙で拭いて酒を注ぎ足し、こんどは自らの口に運びながら、

「そなたとわしは古い仲じゃ。お互い堅いことは申すまい」

と、謎めいた言葉を洩らす。

真幸も関屋も鳴瀬もその意味を正しく理解したようには見えなかったが、瑞江の耳に

は鋭く刺さった。

ふと強い視線を感じてそこに目をやれば、役者がじいっとこちらを見ている。ぎこちない微笑みを浮かべたその顔はやはりどこかで見覚えがあるような、なぜか懐かしい気がする。胸のうちなる風車が急速にまわっていた。

若君の出生にからんでおみちの方に不義の疑いがかかり、不義の相手は死んだ役者だと思われた。いま目の前にいる役者を見て、浦尾はひどく動揺した。昔どこかで会ったことがあるのはたしかだが、それだけであれほど打ちのめされるとは思いにくい。おみちの方の不義と浦尾の動揺。この一見ばらばらなふたつのことが、しだいにひとつに結びついてくるのが瑞江にはたまらなかった。

「血すじは争えぬものじゃと申しまする」

と浦尾がようやく口を開いたが、その声は弱々しくて実に暗いものだ。

「ご出生に疑いのかかる亀千代君がご家督をお継ぎあそばして、本当によいのでござりまするか。殿のお血すじは、ご生母であるあなた様ご自身のお血すじでもあるはず」

鋭く突いてはいても、声に先ほどまでの力はない。貞徳院はそれを笑って軽くかわした。

「フフフ、そなたも知りゃる通り、殿にはほかに姫君が何人もおられる。いずれも名家に嫁がれるであろう。すべてわらわの孫じゃ。大名の子を産んだ女子《おなご》の血すじは絶えぬ」

貞徳院の笑い声がひときわ大きく響いて、浦尾を完膚《かんぷ》なきまでに打ちのめした。女が子どもを産んで、その子がまた子どもを産んで、そこからまたぞろぞろと殖えてゆく子どもたち。そうしたこの世のありさまが絵になって目に浮かぶと、瑞江はおぞましい気持ちにすらなる。

「のう、沢之丞とやら。久方ぶりにここで会うた気分はどうじゃ」

と、貞徳院はもうひとりの獲物をいたぶりだした。役者は首を垂れてさらに身を小さくしている。舞台ではみごとに女を演じていたが、今こうして生身のしたたかな女たちの前に引きずりだされると、おかしなかっこうをしたひ弱な男にしか見えない。瑞江はそれがたまらなく不愉快で、泣きだしたいくらいに情けない気持ちがした。

「ひとはだれしも知られたくない古傷がある。過去は問うまい。のう、浦尾、わらわもそなたも黙っておればすむことは、口に出して申すまい」

「私はすでに上屋敷の矢田部監物どのと、下屋敷《こちら》の肱川兵庫どのに、あらかたの話をいたしておりまする」

と、浦尾もさすがにここで攻勢に打って出た。

「玉木と五百崎、両人の変死については、いずれもたしかな証拠もなきことなれば、私がまず貞徳院様にお目にかかってしかじかとお話し申しあげた上で、ご所存のほどを伺って参ると申しました」

「して、どのように申す気じゃ。利口なそなたなれば、よう思案したがよい。わらわがそなたの身なれば、これまでのことはすべて水に流して、奥方様に一刻も早う亀千代君をお世継ぎとなさるよう、申しあげるであろう。されば亀千代君が殿になられたあかつきには、そなたの家が取り立てられて、五百石、いや千石のご知行にあずかるやもしれぬ」

これを聞いてまず関屋がふうっと大きなため息を聞かせた。

「千石のご知行とは、大奥でもめったに聞かれぬ話でござりましょう」

「貞徳院様は浦尾どのがたいそうごひいきと見えまする。表使から一足飛びに御年寄にご出世なされた折のご恩も、まだお忘れではありますまい」

と、鳴瀬がかさにかかって責め立てた。

「女の身で千石取りの家が興せるなら、そなたも本望であろう」

と、貞徳院がこれまた追い打ちをかけるようにいう。

御殿女中でも御年寄の役職に就けば、隠居後はそれなりの家禄を頂戴するとの話は以前お滝に聞かされた。

千石といえば旗本でもかなりの大身《たいしん》で、たしかに大奥の女中でもめったになかろうと思われた。つまりは口封じなのだろうが、女三界に家なしといわれる世の中で、浦尾のように生きてきたひとにとってはこの上ない果報であるにちがいない。いわば目の前にとびきりおいしい餌をぶら下げて、貞徳院は色よい返事を迫っていた。

だれもが息を詰めて見守るなか、浦尾はなかなか返事をしない。このひとらしからぬ逡巡に瑞江はいらいらした。迷うのは当然かもしれない。ここでもし加担するのを断れば、へたをすると命までも失うのだ。どちらが得かは天秤にかけるまでもない。亀千代君をお世継ぎに立てることで砥部家がうまく治まるなら、それでいいではないかという気持ちにもなる。

けれど真実はどこにいってしまうのか。玉木や五百崎が殺されたことはどうなるのか。そこに目をふさぐわけにはいかないのではないか。

このひとはなんだって自分をこんな抜き差しならないところに連れてきたのだろうかという、恨みがましい気持ちがまたぞろ顔を覗かせていた。浦尾がいずれの返事をしても、瑞江はそれによって一番傷つくのはだれでもない、この自分だという気がした。

「ちと酒に酔うたか、胸が苦しうて。ご返事が遅うなりました」

と、浦尾はようやく声に出してまず苦しい言いわけをした。本当に辛そうな声に聞こえたが、まさか酒に酔ったはずもなく、心の迷いがさほどに大きかったということなのだろう。が、もう決心はついたようだ。背すじをしゃんと伸ばして、相手に面と向き合っている。

「私は貞徳院様と違《ちご》うて、親きょうだいもなければ、わが子もない、天涯孤独の情けなき身の上にござりまする」

浦尾が貞徳院に向けて放った言葉の矢は、瑞江の心にぐさりと突き刺さった。

「されど子どもを持たぬ女子《おなご》には、またそれなりの取り柄というものがございまするいつもほどの朗々とした調子ではない。が、声はしだいに力を増した。

「かりに家を取り立てられたところで、跡を継ぐ子は持ちませぬ。されば、無益《むやく》な欲心にかられて、非を理に曲げるようなことは断じてございませぬ」

と、最後はきっぱりいいきった。

瑞江は心に突き刺さった矢の傷みを鋭く感じた。しかしそれは痛快な傷みでもあった。このひとはやはりいつでも身を捨てる覚悟ができているのだ。長局の廊下で乱心者を取り押さえたときも、話に聞く行人坂の火事で果敢に指揮を執ったときも、覚悟は今とさほど変わらなかったのだろうと思う。

「上屋敷をあずかる私なれば、余人はともかく、真幸、そなただけは力ずくででも連れ帰って御広敷の手に渡さねばなるまい」

と浦尾は声を張っていうが、裏には苦しげな息づかいが聞こえた。とうとう来るべき時を迎えて、瑞江は肌にぞくっと粟立《あわだ》ちを覚える。真幸はすでに立ちあがって懐剣を取りだそうとしている。切れ長の眼が早くも刃のごとくにぎらりと光った。

片や浦尾はどうしたことか、舟の上で立ちあがったように、からだがぐらっと前後に揺れる。瑞江が思わず腰を浮かすと、こんどはなんと口から反吐を噴きだした。

畳にしたたり落ちた汚物のつんと酸っぱい臭いがあたりに立ちこめるなか、瑞江は唖然としてその姿を見守るが、真幸も同様あっけにとられている。座敷の中でただひとり落ち着いた表情の貞徳院が鼻にかかった甘い声を聞かせた。

「昔からそなたは片意地なところがあった。それゆえこちらの申し出は断るであろうとみて、先ほど交わした杯に毒を仕込んでおいたのじゃ。わらわの可愛い娘のひとりは実家《さと》が薬種屋でのう。実家にもどってよこしてくれたその薬は、樒《しきみ》の実をすりつぶして粉にしたもの。たちまち命に障るということはないが、手足がしびれて使いものにならぬという。もはや観念したがよい」

浦尾はからだを小刻みにふるわせて、もはや立っているのもやっとというありさまに見えた。片外しの髷が無惨に崩れ、太い鼈甲の笄が髪から滑って畳にぽとりと落ちる。それを合図にして、瑞江は決然と立ちあがった。


女たちがざわめくなか、娘が怖い表情でつかつかとこちらに向かってくる。沢之丞はその顔をじっと見ている。秀でた額。濃い眉毛。高頬のふくらみ、あごの張りよう。実によく似ている。どちらかといえば母親に、けれど切れ長な二重まぶたは父に。気が強そうだが、愛らしい眼をしていた。

やはり血は争えない。そう思うと胸がしめつけられて、目頭がむず痒くなった。が、娘はこちらの姿には目もくれない。畳にぶちまけられた酸っぱい臭いがする汚物の上に平気でひざをついて、ふるえる女のからだを手で支えようとする。

この突然の椿事《ちんじ》にはさすがの貞徳院も虚をつかれた面もちだが、先に懐剣を抜いた美しい女が「うめ、退《さが》りゃっ」と鋭い声を浴びせて、ようやく「何者じゃ」とそちらに顔を向けた。

「この者は上屋敷で三之間に勤めおります者で、本来ならここに参ることはかないませぬが、御年寄の姪御なれば、今宵は格別のはからいで……」

と聞かされてさかんに首をかしげている。

「はて、浦尾に身内がいたとは初耳じゃが……」

訝《いぶか》しげに娘の顔をじいっと見守りながら、アッと気づいた表情で、「まさか……」との声を洩らした。

貞徳院は驚愕《きょうがく》の眼差しで女と娘、娘とこちらの双方を見比べて、急にたまらなくなったようにくすくすと笑いだす。

「何がおかしいっ」

と、娘がいきなり嚙みついた。

周囲が啞然とするなか、沢之丞は胸のうちで喝采を叫んだ。なんと怖い者知らずで、活きのいい娘ではないか。男ならきっと舞台度胸のあるいい役者になれるだろうに……。

「無礼者っ、どなたと心得る」

「退《さが》りゃ、退りゃっ」

目上の女たちが口々に叱りつけるが、娘も負けてはいなかった。

「無礼はそちらも同じこと。真幸どの、御年寄に刃《やいば》を向けるとは何事でござりまする」

貞徳院は心底おかしそうに笑いながらつぶやいている。

「よう似ておる。顔も、気性も、そっくりじゃ……」

御年寄と呼ばれた女は先ほどから娘の肩に手を伸ばしていた。ふるえる手がしきりに肩を打ち、なんとか追い払おうとする必死の気持ちを伝える。が、娘はいっかな退こうとはせず、肩に女の腕をまわして立ちあがった。

懐剣を手にした女はついに意を決したように、自らの笄を引き抜いて髪をさばいた。腰のあたりで刃を持ち構えて凄みのきいた声を出す。

「ならばよい。そこを動くまい」

娘は武者ぶるいをした。ただ怖くてふるえているだけかもしれない。沢之丞はたまらず中に割って入ろうとした。が、朱漆《しゅぬり》の杯がさっと目の前をかすめる。続けて黒漆の提子が飛んだ。

娘は手あたりしだいにものを投げつけ、黒漆の膳を丸ごとつかんでひっくり返す。あたりに杯盤が散乱し、皆が総立ちとなるなかでつぎつぎと何かが踏み割られて嫌な音を立てる。真ん中の三人が右に左によろめいてそのつどだれかが悲鳴をあげた。こうなると割って入るきっかけは容易につかめず、こちらは男一匹ながらもうろうろするばかりだ。

燭台一本の火が消えて急にあたりが薄暗くなった。この間に娘は帯にはさんだ自らの懐剣に手をかけ、錦の紐を素早く解くと、黒漆の柄を握りしめて高らかに声をあげた。

「真幸どの、いざ短刀のご伝授を願わしう存じまする」

娘の虚勢を張ったいい方に相手はころころと笑って応じた。が、笑い声はすぐにぴたりと止んだ。

燭台の灯がさらに消えて部屋は仄暗かった。残り一本の蠟燭がゆらゆらと照らしつけて、白く塗った女たちの顔が不気味に浮かびあがる。欲にかられた顔、義に取りつかれた顔、愛憎と虚栄にまみれた顔がみな髪を振り乱し、目を吊りあげ、唇をひきつらせている。ひとりひとり顔はえらくちがうのに、男の目は一様にその苦しみと切なさばかりをとらえていた。いずれも哀れにして、かつまた天晴《あっぱ》れとしかいえない女たちの顔を、沢之丞は自らの目にしっかり焼きつけようとした。

とはいえこの急場はなんとしても脱しなくてはならない。いくら女丈夫ぞろいでも自分ひとりならとっくに蹴散らして逃げだすところで、これまでずっと意気地なく控えているにはわけがある。娘はすでに刃を抜いていた。黒眸《くろめ》がちの眼はきらきらと輝くも、頬は硬くこわばっている。

並んだ障子の向こうは縁側で外に出られるはずだ。その手前にある燭台が今や部屋に残された最後の一灯だった。今か今かと様子を窺うなか、「覚悟しやっ」と叫んで目の前の女がひらりと跳んだ。

刃が一閃して、うめき声と同時にドサッと大きな物音がした。折り重なって倒れたふたりのまわりで悲鳴があがる。畳の上には大柄な女が仰向けで横たわり、その上に覆いかぶさった女が必死に起きあがろうとしている。美々しい茶屋染めの衣裳を朱《あけ》に染めながら、女は凄まじい修羅の形相で胸に受けた懐剣の柄をつかんで離そうとしない。時の流れが奇妙に緩やかに感じられた。耳の奥に舞いの唄が蘇ってくる。〽ひとつの利剣を抜き持って、かの海底に飛び入れば……。

今だ、と狙い定めて沢之丞は血の海に飛び込んだ。娘の腕をつかんでひっぱりながら強引に突っ切って、最後の火を吹き消すと、一瞬にしてまわりは冥い海の世界となる。悪竜悪魚の鰓口《あぎと》を逃れるべく、月明かりに白く映えた障子に向かって、娘もろとも男はからだごとぶつかっていった。

痺れきった五感のうちで女の魂は過去と未来、この世とあの世の境でふわふわと宙に舞う。

てかした、舞台に劣らぬみごとな芸じゃ、と虎口《ここう》を脱した役者に手を合わせる。身を

裂く激しい痛みに、なんぞ、これしき、と呻きが洩れる。産みの苦しみが蘇って、

「お堪《こら》えあそばせ。もうちっとの辛抱じゃ」

無明《むみよう》の闇に、あの懐かしい顔があらわれてくる。

昔と同じおとなしい顔で、相手はしかし眸が憤りに燃えていた。大切《だいじ》に育てたわが子をどうしてこんな危ない目に遭わせたのかと、こちらを厳しく責める眸だ。

喜世どの、すまなんだ。たしかにあれはそなたの子じゃ、と、女はひたすら詫びていた。

そなたに託したときに、縁は切ったつもりでいた。どうぞ、これだけは信じてほしい。そなたがいなくなったのをよいことに、ぬけぬけと母親づらをするつもりはなかった。胎内《はら》でさんざん憎まれた子に、今さらこちらが慕われようというような、厚かましい気持ちは毛頭なかったのだ。

しかし、ああ、やはり人間《ひと》はなんと欲深で業《ごう》が深いのかと思わなくてはなるまい。自らの死を覚悟したとき、どうしてもあの子がそばにいてほしくなった。死に急ぐ姿をあの子に見せて、あの子にだけは真実を知らせたくなった。所詮かくも我執《がしゆう》に満ちて子どもの身を危うくさせた自らは、母となれる器ではなかったのだろう。にもかかわらず、あの子を授けてくれた天の慈悲を、今にして心より有り難しと拝するほかはない。

「私は本当のわが子のつもりで育てましたのに。悔しうござります。あの娘《こ》はだんだんとあなた様によう似て参りました」

喜世が静かに微笑ってこちらに手を差しのべる。女はその手を握りしめ、悔い多き一生だったと、今さらに未練がましくつぶやいてしまう。

ほんの束の間の一生にも、ああ、あのとき、ああ、あそこで、と、いくつもあった分かれ路の道標が、この期に及んで眼前に攻め寄せてくる。思えばあの娘が千石取りの家を継ぎ、立派な婿に恵まれて、安楽に暮らせる道を拓《ひら》くこともできたのだった。

「悔いのない一生なぞござりませぬ」

喜世は実に淡泊な顔でいった。

「あなた様は、あなた様なりのすじを通してご満足のはず。あの娘はそれを見て、またあの娘なりの道を歩むことになりましょう」

私は嫁いて子どもを産み、その子をわが手で立派に育てたいと、こちらに挑むようにいってのけた娘。ついにやさしい言葉のひとつもかけられずに別れたかわいい娘の顔を目に浮かべて、女は今ようやく断末魔の苦しみから解き放たれようとしていた。

二十九

瑞江はもう何がなんだかわからなかった。足がまるで宙を踏むようだ。からだが斜めになって目の前の景色が右から左へ飛ぶように流れてゆく。何かいおうとしても声が出ない。すべてが悪夢のようでいて、手首を強く握られた掌の温もりは本物だった。

これは一体だれの手だ。そうだ役者だ。荻野沢之丞という役者が有無をいわせずこちらの手を引っ張って逃げだしたのだ。ひとりで逃げずになぜ私を連れて。瑞江はもうその先を考えるのをやめた。何かがひとつずつわかるたびに自分が傷ついてしまう。自分はこの世に生まれてきたのがまちがいだったという気がしてくる……。

青い月明かりで、ねじくれた枝振りの松の樹影が黒く浮かびあがって見えた。足袋と着物の裾は夜露でぐっしょりと濡れ、髪が乱れ、息はぜいぜいする。

「ここまで来ればほっとひと息つきたいとこだが、油断するのはまだ早うござんすよ」

と役者が少し歩調をゆるめてささやくが、手首はまだ強く握ったままだ。

「この手を放しゃっ」

瑞江は小声で鋭く叫んだ。役者は放さずに淡々という。

「およしなさいまし。もうあそこにもどっても無駄だ」

瑞江はかあっと気がのぼせた。もはや半狂乱で、放せと喚《わめ》いて役者に腕を振りあげる。役者は拳を受けても放さない。こんどは体当たりするがまだ放さない。袖を引きちぎって腕に嚙みつくと、

「馬鹿野郎、何しやがるっ」

ついにピシャリと平手が飛んだ。役者は一瞬あわてた様子だが、すぐに平静さを取り

もどしていた。

「お前さんも武家の娘ならもうちっと気をお鎮めなさいまし」

言葉づかいは丁寧ながら、あきらかに叱りつける調子で、瑞江は悔しさと恥ずかしさで真っ赤になった。

「無礼者、そこを退《ど》きゃ。わらわは御年寄の付き人なるぞ」

自分でも意外な言葉が口をつくと、

「御年寄か……。あのお方もお偉くなられたもんでござんすねえ」

と役者は妙に感じ入ったようにいう。

そうだ。自分は御年寄のそばにいなくてはならない。御年寄をお助けする立場にあるのだ。御年寄を、御年寄を……と口の中で何度も何度も同じ言葉をころがすうちに、少しずつ心が収まってきた。

「お前さん、御年寄の付き人だとおっしゃるなら、ここへ何しに来たのかよく考えてごらんなさいまし」

と、冷静な口調でいう役者の顔が月光で鮮やかに浮かびあがった。その驚くほど美しい顔にはこちらの心を強く揺さぶる何かがある。が、今はこの役者のことよりもあのひとが先だ。今宵あのひとはなぜここに自分を連れてきたのだろうか。もう理由を本人から聞かせてもらえる望みはないのだと思ったとたん、急に吐き気のようなものが喉元までこみあげて、瑞江は掌でしっかりと口を押さえた。

「お武家ではどうだか知らねえが、あたしらの稼業じゃ、主役を張ってる役者が舞台で急に倒れたら、すぐにだれかが代役に立って舞台に穴が開かないようにいたします。もし役者が自分のからだの具合であらかじめ危ねえと踏んだときは、倅《せがれ》か弟子の中でこれぞと見込んだ若い者を付き人に仕立てておきます。いざというときはその腕を見込まれた付き人が、倒れた役者に成り代わって、一心不乱に舞台をつとめるもんでござんすよ」

嚙んでふくめるようないい方で、瑞江もさすがにハッと悟るところがあった。今や事の真相を明るみに出せるのはこの自分しかいないのだ。いち早く上屋敷に報せないとすべてが闇から闇へ葬られてしまう。むろんここにいる連中も自分を捕まえようとやっきになっているに相違なく、屋敷の中はあちこちで灯がともされて騒然としている。

「ここからなんとか出られませぬか」

「裏門はもう追っ手に固められておりましょう。ほかに出口がないこともないが……」

役者はそうつぶやいて、こちらの手をしっかりと握ったまま、ふたたび歩きだした。

瑞江は気が気でなかった。ここの広い庭は迷路も同然だ。むやみに歩きまわってもどうにかなるとは思えない。

「ねえ、お嬢さん。こういうときはいっそ何か愉快なことを想い浮かべたほうが、気が落ち着くってもんだ。あたしはここを無事に抜けだして家にもどったら、女房を連れて明日にでも秩父へ旅に出るつもりでござんすよ」

役者が急に信じられないほど呑気なことをいいだすので、瑞江は一瞬ぽかんとした。その分たしかに幾分か心が落ち着いた。この男に女房がいるという話がまずもって妙だ。

「秩父に、どうして？」

と、ついたずねたくもなる。

「いえね。秩父に常泉寺っていう札所があって、そこにお詣りすれば子どもが授かると女房が申しましてね。あたしはこれまで別に子どもなんざ欲しくもなかったが、今宵こうしてお嬢さんのようなお方とお目にかかったせいか、なんだか無性にわが子の顔が見たくなりましてねえ」

役者は足を止めてこちらを見ていた。瑞江はその眼差しをわざと避けるように首《こうべ》をめぐらした。庭木のひとつひとつが目にしみ入るほどくっきりとした影を画いているのに、庭の全貌はまるで見えなかった。

ふいに木陰からひとつの影法師が飛びだして、瑞江は思わず役者のからだにしがみつく。役者もこちらをぎゅっと強く抱きしめている。月明かりが増して相手の顔がはっきり見えると、瑞江は全身の力がいっきに抜けた。

「笹岡の旦那、会えてようござんした」

役者も心底ほっとしたようなため息を洩らしている。

「先ほどひとり十手を面体《めんてい》に喰《これ》らって気を喪った奴がいる。息を吹き返すと厄介だ。ほかにまだいてもおかしくない。急げ、こっちだ」

と促されて、瑞江はものもいわずに足を早めた。

灌木の茂みに隠された潜戸から塀の外に出ても、三人は立ち止まることはしなかった。無言のうちに川端の道を駆けぬけて両国橋にたどり着き、橋を渡りきったところで役者はようやっと手を放してくれた。

「では、お嬢様、あたしはこれで。笹岡の旦那、今後とも何とぞよろしうに」

役者は深々と頭を下げてから、こちらの肩を両手でつかんでふたたびじいっと顔を見つめる。切れ長の美しいかたちをした眼がきらきらと光っていた。

「何もかも悪い夢だと思って、早く忘れたほうがようござんす。ただ、あのお方はあなたが刺される寸前にかばって、ご自身に刃をお受けなすった。そのことだけはしっかりと憶えておいでなさいましよ」

瑞江も今は相手の眼差しをしっかりと受け止めて、何もいわずにただ大きくうなずいていた。忘れようとしても忘れられるものではなかった。そしてここまで導いてくれたあなたのことも、けっして忘れはしないだろうと血の絆が誓わせていた。

「父上、私もここでお別れして上屋敷に参ろうと存じまする」

そういったとたんに父は目をむいて怒りだした。

「何を馬鹿なことを。もうこれ以上の深入りはよせっ。お家騒動はどうころぶかまったくわからん。娘ひとりがじたばたしてどうなるものでもない。へたに関わると、そちの命まで取られるはめになるぞ」

「されど、私はお役目を果たさねばなりませぬ。たとえ女子《おなご》の身でも、御殿に勤めるからにはいつでも死ぬ覚悟はできております」

と、瑞江は自分でも驚くほどきつい口調で喰ってかかって父を憮然とさせた。

これが武者ぶるいとでもいうのだろうか、総身が熱を帯びてふるえていた。じっとしていられなくて今にも駆けだしそうになる。眼前にひらけた広小路も今は一生を狭める分かれ路としか見えない。

「笹岡の旦那、どうかお嬢様をいかせておあげなさいまし。あかの他人のあたしが口幅ったいことを申すようでござんすが、今お嬢様は、命がけで、いわば一生の初舞台に立ちたいとおっしゃってるようなもんなんだ。尻尾を巻いて楽屋口から逃げだしたとあっちゃ、本人にとって、それこそ一生の悔いとなりましょう」

役者は最初に目が合ったときと同じぎこちない微笑を浮かべていた。今は眼に薄く涙を滲ませて、土手沿いの道にゆっくりと手をかざした。

「ご開門、ご開門」

大声を出して門扉を叩き鳴らしながら、瑞江はここまで付き添ってくれた父に目で別れを告げた。父は最後まで強く止めた。が、その腕を振りきってこうした以上、もうあとには退けない。髪かたちが崩れ、足袋はだしとなった女中が「ご注進じゃ」と口早に告げれば、門番があわてて駆けだすには十分だった。

御広敷の玄関にはどこから湧いて出たかと思うほど数多くの侍が勢ぞろいしていた。中に例の詮間老人と坂田主水の姿を見ると少し気持ちが落ち着いて、ここへ帰り着くまでに用意していた文句がほぼ思い通り口から飛びだした。

「申しあげます。下屋敷にて御年寄が不慮のご最期を遂げられしことにつきまして、火急ご家老様にお目もじを願わしう存じまする」

たちまち大勢がざわざわと騒ぎだすのを見ているうちに、瑞江は主水と老人に両脇からはさまれて腕を取られた。男ふたりは黙ってこちらを引きずるようにして長い廊下を奥に進んだ。例の御錠口に向かう廊下とはまったく別の廊下で、どこにいくのかも教えられずに足を運ぶしかない。たどり着いた小部屋で待つようにいわれて、襖がぴしゃりと閉まる音を聞いたとたん、にわかに恐ろしさがこみあげて冷たい汗が噴きだした。

縄まではかけられていないが、これだとまるで罪人のような扱いで、本当に命を取られることを覚悟しなくてはならないのかもしれない。父があれほど強く止めた理由も今にしてよくわかる。この世の中では若い娘がどれほどに無知で無力なものかを、瑞江はいま身をもって思い知らされていた。

狭い部屋の片隅にはほそぼそとした灯をとぼす短檠《たんけい》がひとつ置いてある。油皿に浮かんだ頼りなげな灯芯が二、三寸ほども燃え尽きたところでふいにするりと襖が開いた。裃を着た大柄な男が独り中に入ってくるのをハッと見て、瑞江はすぐに面を伏せた。目の前に腰を下ろした人物は、あの眉が長くて厳《いか》つい人相をした表の御家老、矢田部監物に相違ない。「仔細を申せ」と低い声で命じられて、瑞江は用意した言葉をなんとか順を追って繰りだそうとした。

浦尾はこの相手にはすでにあらかたの話をしたといったはずだ。瑞江はそれを信じて話すつもりであった。ところが「貞徳院様」と口にするやいなや、相手は扇の先でぴしりと畳を打った。

「畏れ多くも殿のご生母の御名をかるがるしく持ちだすでない」

とやられて、これはもう駄目だと悟るよりほかになかった。以前、浦尾と面談する様子を傍《はた》で何度か見ていて、人相のわりに少し頼りない感じがした人物だったことが想いだされた。その浦尾がいなくなった今、怯懦《きようだ》な人物はさらに及び腰となるのだろうか。

瑞江は死を覚悟した。すると全身が火の玉のように熱くなって、激しく叫ばずにはいられなかった。

「御年寄は理非善悪を正そうとして無惨なご最期を遂げられました。このこと確《しか》と御家老様にお伝え申しあげまする」

相手はふっとかすかなため息を洩らして、話を続けるよう促した。それによって浦尾が何者かに毒を盛られ、弱ったところを真幸の刃に斃《たお》れたことについては正直に訴えられたが、

「つまりは表使の者が急に心を乱して御年寄の命を奪ったと申すのじゃな」

と念を押されて、巧妙な駆け引きを持ちかけられたとわかっても、そうだといわないわけにはいかなかった。

家老が部屋を出ていってからほどなくして、詫間老人と坂田主水がふたたび部屋にあらわれた。若い主水が先にあわただしく腰を下ろして、開口一番、

「お手柄でござった」

と、力んだ口調でいう。

「ご家老はたった今、下屋敷に討手を向かわせられた。御年寄のご遺骸を一刻も早くこちらに引き取って、丁重にお葬《とむら》い申しあげよと仰せじゃ」

「そなたのことは健気《けなげ》で利口な娘じゃというて、えらく誉めておられたぞ」

老人がやさしくねぎらうと、張りつめた糸がぷっつりと切れたように、だらしなく肩が落ちて、膝が崩れた。深い吐息と共に目頭がじわじわと熱くなる。

「そういえば、浦尾様はたしかそなたの伯母上と聞いたが……」

若い男が同情の声を聞かせて、娘はとっさにわれを忘れた。

「伯母ではございませぬ。実の母でございました」

封印した心の扉をいっきに押し開けて瑞江は号泣した。口からは獣《けもの》の吼声《うたき》が飛びだして、抑えようとしても止まらなかった。涙があとからあとから湧きだして、人の魂はどこかに消えていた。

三十

人は死んだあとまでも、いや、むしろ死んでからのほうが力を及ぼすということがあるのかもしれない。瑞江は今や一日としてあのひとを想いださない日はなかった。夜は夜で最後に見た怖い顔が夢にあらわれてうなされた。

御殿での呼び名は役者の芸名と似たようなもので、ここでは自分も「うめ」と呼ばれるのだけれど、思えばあのひとの本名はついに聞きそびれてしまったので浦尾というほかない。それ以前はおば様と呼んでいた相手である。

亡くなった夜は取り乱して詫間老人と坂田主水を大いにあわてさせたが、あのあとすぐにこちらもあわてて実の母のように慕っていたのだといい直した。すると主水が目を潤ませて、

「ならば此度《こたび》の働きを忠義とは申すまい。孝行でござるぞ」

と熱っぽくいった。

そのとき瑞江は若い男の一途《いちず》さにかけて、いっそ正直に打ち明けてもいいように思われた。前もそうだったように、このひとなら自分の話にちゃんと耳を傾けてくれる。何もかも承知して、こちらをしっかりと受け止めてくれる。もしすべてをぶつけて相手がたじろがないでいてくれたら、きっと自分は素直になれる。そして幸せになれるような気がした。だが故人の手前それは到底できる話ではなかった。

浦尾が自分を産んだ本当の母親だと気づいたのは御殿に出仕した初日のことで、それまでは何も知らないにひとしかった。

御殿にあがる当日は身じたくで何度も鏡を覗き込んだ。あんなにしげしげと自分を見て、容貌《きりよう》のあら探しをしたことはそれまであまりなかったかもしれない。

最初の日に長局の部屋で久々に対面したときは、相手の顔をまともに見られなかった。けれど次の日に初出して、御殿の廊下に悄然と足を運ぶあのひとを見たとき、あれは恐らく国元での異変を知った直後だったのだろう、前日に鏡で見た自分の顔とあまりにも似ているのにびっくりした。自分が年を取ればあんなふうになるのかもしれないと思うような顔がそこにあった。

幼いころから父にも母にも似ていないのは知っていたが、だからといってさほど気にしたことはなかった。ただ時たま訪れるおば様の前で、母が自分にふだんよりおめかしをさせるのがなんだかわざとらしく感じられた。向こうはもともと子どもの相手ができるようなひとではなかったし、こちらも相手が怖かったし、互いに気詰まりなだけなのに、母がよく部屋でふたりっきりにさせるのが苦痛でたまらなかったのを想いだす。

年ごろになると、母がときどきこちらに妙に遠慮したような口をきくのが気になりだした。亡くなる少し前には父との仲をひどく心配するのがおかしく思えて、父とはそれで余計にぎくしゃくしたようなところがあった。

御殿で初めて本当の母親だと勘が告げたときから、あのひとはもう怖いおば様ではなく、私を産んですぐに捨てた憎むべき女になった。厠に産み捨てられて胞衣《えな》ごと白くふやけて死んでいた赤ん坊と、自分とのちがいがどこにあるのかわからなくなった。

主水は図《はか》らずも孝行という言葉を使ったが、あんな離れわざができたのは親を助けようとしたからではない。自分はあくまで御年寄の付き人という役に徹していたからこそできたので、あのときそうするのが心の平静を保つ唯一の道だと教えてくれたのはさすがに役者だったと思う。もしかしたら父と呼んでいたかもしれないあの役者はまた、土壇場でこちらの行く手をはっきりと示してくれたのだった。

役どころに徹したのは浦尾も同じだった。最期の一瞬まで立派な御年寄の役を務めて、血のつながりなんぞに引きずられまいとした。あのひとは最期まですじの通った生き方をして見せたかったのだ。本当に独りよがりで、わがままなひと……。

けれど浦尾がもしあそこで腰が砕けていたら、自分はもっともっと辛い気持ちになったであろう。あのひとのことをけっして許そうとしなかったにちがいない。

あのあと真幸は捕らえられて、ただちに網駕籠《あみのりもの》で国元に送還されたらしい。国元での裁きは伝わってこないが、江戸家老との問答から推して、ひょっとすると罪を一身にかぶって始末されたかもしれないと思うとやりきれなかった。

父の便りでは、心中の一件にからんで役者の世話をしていた男が捕らえられ、貞徳院に縁のある萩原某という御家人も近く目付《めつけ》の裁きを受けるだろうとのことだったが、むろんそれで片がついたとはとても思えない。

上屋敷では関屋と鳴瀬に暇が出されたものの、騒動の張本人ともいうべきおみちの方は下屋敷にいったきりで、貞徳院とふたりして格別のお咎めをこうむったという話は聞こえてこない。かりに幽閉暮らしであったとしても、命に別状はなさそうである。

こうした曖昧な決着はいかにも大人のやり方で、瑞江はどうにも腑に落ちなかった。浦尾が存命なら事をもっとはっきりさせただろうか。いや、浦尾でも多少は曖昧なところを残したかもしれない。それになまじ物事を深く掘り下げると傷も出やすい。自らの出生にからんで、そんなふうに思えるところがあった。

砥部家の家中も一時は真っぷたつに割れたにちがいなく、はっきりさせると取り返しのつかない亀裂が生じて、傷つく者がたくさん出るのであろう。だから御家老も肝腎のところではこちらに口封じをした。瑞江も敢えてそれに逆らわなかった。あそこでもし真実をいい募れば、あのひとを徒死《むだじに》に終わらせるかと思い、何よりそのことが辛かったのだ。

いっぽうで御広敷のだれかの口から出て尾ひれがついたのだろう、瑞江の武勇伝らしきものが勝手にひとり歩きしていた。真幸が突如乱心して浦尾に刃を向けたので、瑞江が下屋敷の侍に加勢を頼んでそれを取り押さえたという噂を聞いて、相部屋のおたけとおまつ、古狸のお滝がやいのやいのと話をせがむのは致し方ないとはいえ、廊下ですれちがう名も知らない女たちにまであれこれ訊かれるのには閉口した。こちらはもうすっかり女丈夫《じょじょうぶ》扱いで、遠巻きにこわごわ見ている者やら、妙に親しげに近づいてくる者やらさまざまながら、ここに来た当初に皆からつまはじきにされたのと根本のところでは少しも変わりがないように思われた。

ともあれ浦尾が亡くなって半月ほどすると、砥部家に松平常陸介《ひたちのすけ》様が養子に入られたという話が聞こえてきた。常陸介様は殿様と奥方のあいだに生まれたご息女稲生前《いのうのまえ》様の婿君で、奥方の実家松平備中守家とも深い縁で結ばれたお方である。

その常陸介様が下谷《したや》広小路にある中屋敷に入られたという噂が流れて二、三日すると、国元で殿様の砥部和泉守定長《さだなが》公がお斃《かく》れになったとの訃報がもたらされた。

父君の他界を機に、亀千代君は幼少の身で仏門に入られた。由次郎様はご分家の主《あるじ》と定まり、養嗣子の常陸介様が家督を継いで新たな砥部和泉守として藩主の座に就かれた。それと同時に稲生前様が新たな奥方となられ、実母の後室《こうしつ》が喪中のうちに早くも上屋敷に迎え入れられた。

かくして御殿の主が変われば女中にも相応の入れ替えがあり、稲生前様が松平家にお輿入れされたときに付き従っていった女中のうちから、新たな御年寄が誕生した。

高嶋と呼ばれるその御年寄は着任そうそうこちらを詰所に召んだ。瑞江は対面しながら、かつてその席に座っていたあのひとをまぶたに浮かべた。いま目の前にいる相手は少し年が若くて、恰幅《かっぷく》がいいところはよく似ていたが、容貌は小作りに整っていた。

「そなたのみごとな働きはご家老に伺いました。浦尾様の姪御とお聞きしたが、たしかによう似ておいでじゃのう」

と、相手は意外なほど手厚い口のきき方をした。常陸介様が養嗣子に決まるまでには浦尾が奥方の意向を受けて使者に立ち、直にこの高嶋と会って何かと話し合っていたのだろう。浦尾の名を口にしてこちらの顔を見る目には、故人に対する懐かしさがこめられているような気がした。

「どうであろう。知っての通り、表使がひとり足りなくなって困っておるが、引き受けてはもらえまいか。若年とはいえ、あの浦尾様の血をひくそなたなれば十分に務まりましょう」

「私が表使を……」

瑞江はあっけにとられて絶句した。表使と聞いて、すぐに真幸の顔が浮かんで胸がきりきりと痛んだ。それにもまして血をひくという言葉にひどくうろたえていた。まさか亡きあとまでもこんなかたちであのひとにつきまとわれるとは思ってもみなかった。血の絆はつくづく恐ろしいという気がした。

もともと御殿奉公を長く続けるつもりなぞ毛頭なかった。ところがここに来て瑞江はなぜか妙な心の迷いが生じてきた。自分はこれから先どう生きていったらよいのか、いや、本当のところはどう生きていきたいのかがまるでわからなくなった。

「それなりの覚悟が要ることじゃ。すぐに返事をせよとはいいませぬ。とくと考えて自らの進む道を選ぶがよい」

瑞江は相手の目を見つめながら、ひとりでにこうつぶやいていた。

「私が……選ぶのでござりまするか……」

ただじっと待つ身ではない。進む道は自らが選べると知って瑞江はそのことに何よりも誇らしさを感じた。ただそれを決めるにも、一度お宿下がりを願いたかった。

とにかくまず父と、いや、これまで父と呼んできたひとと会って話をしなくてはならない。自らの道を歩みだすにはまだ知っておきたいこと、どうしても訊いておかなくてはならないことがいくつか残されていた。

久々に八丁堀のわが家で父に面と向き合うと、瑞江はしかしどこからどう話をはじめてよいやらわからなかった。その後の砥部家や御殿の様子は口にしたところで世間話に毛が生えたていどの代物にしかならない。気乗りのしない話の途中で父はこちらの気持ちを察したように立ちあがって、陽の当たる縁側に誘いだした。そこでこんどは自らの重い口を開いて、ぽつりぽつりと亡き妻の話をしはじめた。

「あれは不憫なやつだった。最初の子が産まれそこなって気落ちしたところに、もう二度と妊れないからだになったと医者に追い打ちをかけられた」

妻が若いころに御殿勤めをしていたのは知っていたが、詳しい話までは聞かされていなかったし、夫は自分のほうからたずねてみたことはなかったという。

御殿で知り合ったという浦尾が訪ねてきても、最初は二年に一度くらいのわりでしかなかったからさほど気にもならなかった。ところがあるとき妻がその浦尾の肝煎《きもい》りで養女を迎えたいといいだしたときは、さすがに驚いてしまった。

その子は浦尾の縁者に当たる武家に生まれて、生まれ落ちると同時に父母共に亡くした実に哀れな子だから助けてやりたいといわれても、すぐに承知はしなかった。乳呑み子なら当分は乳母も雇わねばならず、大きくなるまで無事に育てるのは容易ではない。

それに同じ養子を迎えるなら、跡継ぎになる男児にしたいという気持ちもある。

「だがそれまで一度も逆らったことのなかったあいつが、あのときばかりは俺が薄情だといって、えらい剣幕で喰ってかかった。俺が叱ると、三日三晩というもの口をきいてくれなかった。で、最後はこっちが折れた。たとえ他人の子でも、乳呑み子のうちから育てれば、実のわが子のように思えるのかもしれない。あいつがそう思いたいのなら、こっちはそうさせてやるべきだという気持ちになった」

と、心やさしい夫が今になって正直に告白した。

「その子が乳母に抱かれてここへ来た日のことは今でもよく憶えている。あいつはそれまで見せたこともない実にうれしそうな笑顔で駆け寄って、乳母の手から赤ん坊を大切《だいじ》そうに取りあげた。それを見て俺はこう思ったのだ。あの子の本当の親がだれだろうが、もうそんなことはどうでもよいではないか。だれの腹から生まれようが、だれの血を引こうが、この世に生まれた子どもはみな天からの授かりものだ。天からの授かりもので、ようやくわが家にもめでたい春が訪れたという気持ちを込めて、俺はその子に瑞江と名づけたのだぞ」

あっ、と出そうになる声を呑み込んで、娘は父なるひとの横顔を見つめた。父はまっすぐ前を向いていた。その眼差しの先には亡き妻がいる。妻は手を合わせて夫に笑いかけているのだろう。

妻は臨終《いまわ》のきわに本当の母親がだれかを打ち明けていた。ただ詳しい話は聞かされなかったので、浦尾のことはいったんどこかに嫁いで、妊った直後に夫を亡くしてふたたび勤めに出た気の毒な女だとくらいに思っていたという。

妻の葬儀に訪れた浦尾がこちらを手放して御殿奉公させるように求めたときは、それをあっさり拒むというわけにもいかなかった。

「父子姉弟とは名ばかりの、血のつながらぬ男女が同じ屋根の下にいてはおかしいといわれたら、返す言葉がなかった。それによく子どもは親の背中を見て育つなどというが、俺はなにせ男だ。年ごろの女のことはようわからん」

ぶっきらぼうにいっておもむろに腰をあげた男の背中を、娘はまぶしそうに見あげた。その広い背中に何もかも背負い込んでくれていたひとを、あかの他人だというふうには今でもとても思えなかった。血のつながりがあるなしにかかわらず、自分が心から父親と呼べるのはやはりこのひとをおいてほかにないという気がした。

「おいっ、どこを見てる。しっかりと的に狙いを定めろ」

と大声で怒鳴りつけて、父はつかつかと弟のそばにいってしまう。

きょうはたまの非番だから自分が稽古をつけてやるつもりなのだろう。笹岡家の跡取りとして町方同心を目指す平左衛門は、庭木で一番太い羅漢槙《らかんまき》を的にして先ほどから何度も鉤縄《かぎなわ》を投げているが、鉤が樹皮《きはだ》にしっかりと刺さるのはなんと十ぺんに一度くらいのわりだ。父に腰をぶたれて泣きそうな顔をしている少年を見て、ああ、なんて不器用な子だろう、あれなら私のほうがずっとましだと瑞江は思う。

自分もちょうどあれくらいの年ごろに、一度せがんで鉤縄を持たせてもらった想い出がある。最初でうまく的に当てたので、父はおもしろがって何度かやらせてくれたが、それを見て母は女子《おなご》のくせにと眉をひそめたものだ。

平左衛門はあれでもう来春には無足見習の同心として町奉行所に出仕するのだというが、あんな泣き虫でも大きくなれば父のように立派な働きができるようになるのだろうか。

幼いころよく喧嘩をして泣かせた弟もまた、この家にどこからかもらわれて来た子だと知れば、かぎりない同情が湧いた。いつか姉弟ふたりして真実を語り合い、自分たちを温かく育んだこの家の妙《たえ》なるご恩を偲ぶ日が来るのかもしれなかった。

槙の木の向こうには、たくさんの白い花をつけた木槿《むくげ》が見える。やたらに丈が伸びて茫々と広がった枝は、母が死んでからこの庭の手入れがあまり行き届かなくなったことを窺わせた。

母は子育てばかりでなく、草花を育てるのも好きで上手だったように思う。丹精をこめて育てていた秋海棠《しゅうかいどう》は手を離れてたちまち命を絶やしたらしく、あの可憐な薄紅色の小さな花はもうどこを捜しても見られなかった。鳳仙花《ほうせんか》はかなりくたびれ果ててはいるが、まだところどころに真紅の花びらが見える。幼いころ、母があれをすりつぶした汁で端切《はぎ》れを染めて、人形の着物に縫ってくれた想い出がある。

そういえば、おみちの方はどこか鳳仙花がしおれた様子に似ていた。貞徳院が若かりしころは毒々しい曼珠沙華《まんじゅしゃげ》だったかもしれない。ほかにも桔梗、小車《おぐるま》、藤袴《ふじばかま》、おみなえしといったふうに、さまざまな女たちの顔が目に浮かんだ。秋の色種《いろくさ》よろしく、御殿の中は女たちがそれぞれちがった花を咲かせられる場所のような気がする。

自分は一生のあいだでどのような花を咲かせたらいいのだろうか。瑞江はまだその答えが見つからなかった。父に相談をしても、きっと男にはわからんといわれるだろう。女は男に嫁いで子どもを産み、老いてはその子どもに面倒をみてもらい、可愛い孫のお守りをするほかに、どんなことがあるのかと逆に問われそうだ。死んだ母のように文字通りの良人に出会えれば、それが一番幸せな一生なのかもしれなかった。

あのひとがそういう幸せに恵まれなかったのは、あるいは望まなかったのはなぜなのか、もはや知るすべはなかった。いっそあのひとに出会わなかったら、自分はこんなに余計なことをいろいろと考えてあれこれ迷わなかっただろう。

死んだ母の想い出はこまごまといくらでもあったのに、あのひとの母親らしい想い出ときたら何ひとつない。死に急いだあのひとと、こっちはすれちがいざまにぶつかった、なんだかそんな気分だ。にもかかわらず身勝手なあのひとは最期に自らが生きてきた証《あかし》を残そうとした。あんな最期を見せられて、こっちは証人にされてしまった。すれちがいざまにずっしりと重たい荷物を手渡されて、捨てるに捨てられなくなった。

女として知らなくてもよい多くのことを自分は知りすぎたのだろうか。けれど知ってしまった今は、もう母を恨む子どもでいるわけにはいかない。これからは一人前の大人の女として自らの進む道を手探りで見つけていくしかないのだ。

縁側から見あげた空は青く澄んでいた。筆を素早く走らせて画いたような薄雲が遠くにぽつんと浮かんでいる。あれから月日は流れて、いつの間にか空がこんなにも高く見えるようになっていたのだった。

あの日もたしかこんな爽やかな秋の日だったという憶えがある。母の容態が少し持ち直したので、この庭が見える座敷に床を伸べて寝かせた。そこにあのひと、そう、怖いおば様が見舞いに来ていた。

母が久々に元気そうな顔を見せたので、弟はすっかりはしゃいでいた。数えで十二にもなる男の子に何度も抱きつかれたら病身に障ると思い、弟をそっとたしなめたところ、こちらにからんできた。それがあまりにもしつこかったので思わずほっぺたをぶった。とたんにおば様がじろっとこちらを見て、なんともいえない奇妙な微笑を浮かべたのだった。

そのとき自分は奇妙な気持ちが湧いたのを想いだす。何かいけないことをした者同士がそっと目配せするような親密な気分。おば様が身近なひとに思えた一瞬だった。

あれからすぐ父がめずらしく早い帰宅をした。母の顔色がいいのを見て、陽の当たる場所へ出るよう誘った。縁側から母を地面にそっとおろし、肩を貸して庭の真ん中あたりまで歩かせて、ふたりはそこでしばらく静かに佇んでいた。自分は子ども心にも邪魔をしてはいけないような気がしたのか、弟の手をしっかり握って少し離れた場所にいた。寝まき姿の小柄な母が、背の高い父に安心しきってもたれかかっていた様子が今も目に浮かぶ。

母は父がいうように不憫なひとではけっしてない。むしろ母ほど幸せなひとはいなかった。色とりどりの秋草が咲き乱れ、血のつながらない親子姉弟がひとつになって暮らしたこの家は、まぎれもなく母が作りあげた家だったのだ。

あのときうしろを振り返ると、おば様が縁側に出てきてこちらを見ていた。豪華な衣裳を身にまとって、庭に降りることもかなわず、ただじっとそこに座っていた。瑞江は大人の女になりかけたひとりの娘として、そのときのおば様の顔を想いだすことができる。唇を開きかけて、また閉じようとした、なんとも切ない淋しそうな、うらやましそうな表情が今まぶたに大きく映しだされて、わっと声をあげて泣きだしそうになる自分にとまどった。

解説

杉江松恋

これは、奇怪な陰謀が渦巻く屋敷に呑みこまれた娘の冒険物語です。

イギリス小説にはゴシック・ロマンスといって、古い屋敷に娘を配した伝奇小説の系譜がある。アルフレッド・ヒッチコックが映画化したことで有名な、ダフネ・デュ＝モーリア『レベッカ』（新潮文庫）などが代表例でしょう。婚姻などの契機で旧い屋敷に足を踏み入れた女性が、半ば幽閉されて暮らすことになる。彼女はそこで破壊の兆候を感じ取るのだが、迷宮のように複雑な構造を持つ屋敷は、なかなか全貌を露わにしない。不安感からじわじわとサスペンスが高まっていくのである。描かれるのは、屋敷対ヒロインという対決の図式だ。『家、家にあらず』もその系譜に連なる小説である。

ただし舞台はゴシック様式の洋館ではなく、ヒロインもお仕着せを着たメイドではない。十八世紀日本の大名屋敷が登場する。江戸城における大奥と同様、大名屋敷にも男子禁制の奥御殿が存在した。そこに女中として勤める十七歳の女性が主人公なのである。

いわば、ゴシック・ロマンス・ジャパネスク！

一七七四（安永三）年、北町奉行所定町廻り同心笹岡伊織の長女、瑞江は志摩二十三万七千石の大名家、砥部藩の江戸上屋敷に御殿女中として勤めに上がった。

この時代、嫁入り前の娘が行儀見習いのために一時的に御殿奉公することは多かった。ただし、そうして遣わされる娘は通常旗本格の家の出であり、御家人格の笹岡家が瑞江を奉公に上げるというのは異例のことである。これには訳があり、瑞江の縁者が砥部藩の御殿女中としては最高位に当たる御年寄（屋敷表における家老に相当する）の地位にあったのだ。名を浦尾という。今は亡き母から瑞江は、その女性を「おば様」と呼ぶように教えられていた。しかし数えるほどしか会ったことのない相手に、瑞江は親しみを感じてはいなかった。お目通りのかなった浦尾も瑞江に一切の肉親の情を見せることもなく、冷ややかに御殿勤めの心得を伝えるのである。瑞江に与えられた身分は、なんら特別扱いのない、三之間勤めという下働きであった。

男子禁制の場である奥御殿は、男社会の屋敷表と同様、御年寄を頂点とした階級社会である。水汲みのような肉体労働も、お末と呼ばれる最下層の女中が行うのだ。うめ、という名前を下された瑞江も、翌日から働き始める。だが浦尾の縁者であるという噂がいつの間にか広まり、彼女は朋輩から陰湿ないじめに曝される。気丈な態度を崩さずに身を持する瑞江だったが、やがて奥御殿に不穏な空気が漂っていることを知るのだ。先代藩主の側室であった桂月院が耽る怪しげな加持祈禱、出入りを禁じられている奥御殿を徘徊する藩主の弟、そして老女中の縊死自殺。同心の娘という血が騒いだか、瑞江は自分の周囲で何が起こっているのかを調べ始める。

そのころ屋敷の外では、瑞江の父、伊織が砥部藩にからんだ事件の捜査を開始していた。歌舞伎役者の小佐川十次郎と共に心中死体で見つかった娘が、砥部藩の御殿女中だと判明したのだ。何かが進行している。娘の身を案じる伊織だったが……。

『家、家にあらず』は「小説すばる」二〇〇三年八月号〜二〇〇四年十二月号に隔月連載され、二〇〇五年四月三十日に集英社から単行本として刊行された。著者の松井今朝子にとっては第七長篇にあたる作品である。刊行当時には、第五十九回日本推理作家協会賞長篇及び連作短篇集部門の候補作にもなった（受賞作は恩田陸『ユージニア』）。

紹介したあらすじは全体の約半分に相当するが、これだけで本書がゴシック・ロマンスの骨格を備えていることが判るでしょう。江戸の大名屋敷をゴシック・ロマンスの舞台に置き換えた見立ても見事ながら、屋敷の内外の両側から事件を描く手法によって、サスペンスが一層高められている。ミステリーとしては、心中や縊死自殺を派生させた陰謀事件の犯人を捜す謎解き小説であるが、それとは別に施された仕掛けが、事件の真相露見と同時に明らかにされることで、読者に二重の驚きをもたらす趣向が凝らされている。その仕掛けに関して伏線が周到に張り巡らされているので、読了後は気になった箇所を再読されることをお薦めします。文言の一つ一つに裏の意味があることが判るはずだ。さらに言えば本書は、松井の第四長篇である『非道、行ずべからず』（二〇〇二年マガジンハウス→二〇〇五年集英社文庫）にも、ある形でつながりを持っている。これはまあ、実際に併読して確かめてみるのが一番だ。作者はあと一作を加えて三部作とする構想を持っているそうである。

戸板康二『中村雅楽探偵全集3　目黒の狂女』（創元推理文庫）に寄せた解説で松井は、「小説を書くようになる前は意外に時代小説をほとんど読まず、子どものころ夢中だったアガサ・クリスティやエラリー・クイーンに始まって、もっぱらミステリを好んでいた。P・D・ジェイムズやルース・レンデル、レジナルド・ヒルやコリン・デクスターなど、クイーンを除けばいずれも英国の作家が好きで」と読書体験を明らかにしている。これから見ても『家、家にあらず』の祖型を十八世紀以降の伝統を持つ英国ゴシック・ロマンスに求めることは妥当なようです。なにしろ松井が前記解説で挙げた名前の中には、『皮膚の下の頭蓋骨』（ハヤカワ・ミステリ文庫）を書いたP・D・ジェイムズのようにゴシック・ロマンスの系譜を正統に受け継いだ作家が含まれているのだ。

ただし、だからといって松井を「ミステリー寄りの作家」と決めつけてしまうのは乱暴に過ぎる。逆に、時代小説、ミステリー小説など、個々のジャンルに捉われず、自由な発想で作品の「世界定め」を行うのが松井の魅力だと私は考えています。

いい例が、第百三十七回直木賞の受賞作となった『吉原手引草』（幻冬舎）である。松井の第八長篇である同書は江戸時代の吉原を舞台にした時代小説だが、同時に名声の高い花魁の失踪事件を扱うミステリーでもある。しかしこの小説の価値はそうしたジャンルの寄せ集めという点ではないのであります。同書は、妓楼の若衆や引手茶屋の女将など、総勢十七名の人物が、読者には名前の明かされない聞き手に向かって、自らの知る葛城像を語る形で展開する。語り手のすべてが吉原周辺の人物であるため（指切り屋などという珍商売の人間まで登場する）、小説全体で「吉原細見」の様相を呈しているのである（「吉原細見」とは、今でいう「風俗ガイドマップ」のような本で、かの東洲斎写楽を世に出したことで知られる蔦屋重三郎は、これを売って財をなした。当時のベストセラーだったのだ）。

松井はこの趣向を、インタビュー本の名作『仕事！』（スタッズ・ターケル著／中山容訳。晶文社）をヒントにして思いついたという。また小説を書くに当たっては江戸時代の洒落本を参考にしたが、その中で語られている女郎の気を惹くためのノウハウが、現代の「キャバクラ嬢にモテるための本」と一致することを知り、感心させられたそうだ（「中央公論」二〇〇七年九月号）。このように、一つの物語にさまざまな文化の要素をはめこみ、パッチワークの如き完成形を作りあげるのが松井小説の特徴なのですね。

こうした構想法は、歌舞伎という松井の出身基盤から生まれたものだろう。

歌舞伎にはもともと「世界」と「趣向」という概念がある。一定の世界を定め、その上に自由に虚構を重ねるという形で台本が書き下ろされるのである。もちろんその場合歴史の整合性などは超越してかまわないし、SF的な飛躍も積極的に導入される。そうした「趣向」に作者の独自性が打ち出されるわけです。『吉原手引草』の例で言えば、「吉原細見」が世界であり、その上にミステリーのプロットやインタビュー小説の視点などを導入したという点が松井の趣向ということになる。

ここいらで作者のプロフィールを簡単に記しておこう。松井今朝子は、一九五三年に京都府で生まれた。実家は祇園の老舗料理屋である。祖母は初世中村雁治郎の娘であり、実家にも多くの名優、芝居関係者が訪れた。松井は幼少のころから南座に出入りして芝居の世界に親しみ、進学に際しても早稲田大学第一文学部を第一志望にした。演劇科があり、歌舞伎が専攻できることを知っていたためだ。

同大学大学院文学研究科演劇学修士課程終了後、株式会社松竹に入社し、歌舞伎の企画制作に携わった。同社を退社後は故・武智鉄二に師事し、やはり歌舞伎の脚色・演出を手がけるとともに評論なども広く行った。芝居に寄せる愛情は、歌舞伎の魅力をもっと一般に広めたいという啓蒙活動への熱意へとつながり、一九八七年に『マンガ歌舞伎入門』（伊藤結花理・月森雅子画。平凡社→二〇〇一年講談社α文庫）、一九九一年にガイドブック『ぴあ歌舞伎ワンダーランド』、一九九五年にCD-ROM『デジタル歌舞伎エンサイクロペディア』などの著作を発表するのである。かつて筆者が行ったインタビューで語ったところによれば、小説執筆もこうした啓蒙活動の一環として発意したものであるという。一九九七年に『東洲しゃらくさし』（PHP研究所→二〇〇一年PHP文庫）でデビュー、続く『仲蔵狂乱』（一九九八年講談社→二〇〇一年講談社文庫）では第八回時代小説大賞を受賞した。同賞は第一回の鳥越碧（『雁金屋草紙』）から第十回の押川國秋（『十手人』）まで、現在第一線で活躍する作家を輩出した時代小説の登竜門である。

『東洲しゃらくさし』『仲蔵狂乱』『幕末あどれさん』（一九九八年PHP研究所→二〇〇四年PHP文庫）と続く松井の初期三作では、虚実の融合・反転が徹底している。たとえば『仲蔵狂乱』の主人公である初世中村仲蔵は、実人生が極限まで虚ろになっていく代わりに、舞台の上での所作事が充実していく人物であった。その逆に『幕末あどれさん』では明治維新という、芝居の絵空事のような歴史的事件に巻き込まれたひとびとが、翻弄されていくさまが描かれていたのである。

そう考えると『東洲しゃらくさし』にある、板の上で演じられる「狂言（歌舞伎）は、浮世の『実』を拠り所にして、しかもそれは、浮世の生半可な『実』よりも、はるかに『実』らしい嘘に仕立てている」という一節は、松井のフィクション観が表れたものと見ることができますね。松井にとっては、焦点の定まらない眼で眺めた現実よりも、デフォルメされた虚構の方がはるかに現実の似姿としてふさわしいのである。

三作目まで歌舞伎の世界を主な舞台として扱った松井は、第四長篇の『奴の小万と呼ばれた女』(二〇〇〇年講談社→二〇〇三年講談社文庫)で、初めてそこから離れて物語を行った。この小説の主人公であるお雪は、女性が家産を相続することが許されないという馬鹿げた幕府の立法に従うことをよしとせず、自由人として生涯を終えた人物である。女性を出産のための道具と見なすような偏った人間観に対する批判が、小説の中で行われているのだ。この『奴の小万と呼ばれた女』の成功によって、松井は諷刺作家としての立場を明らかにした。諷刺というのは批判的な言辞を唱えるだけで叶うものではない。小説の中に現実を映す鏡を置き、その鏡像の歪みによって読者の胸中に現実への疑問を呼び起こすことが必要なのである(だから松井は創作の手本として『ガリバー旅行記』の作者であるスウィフトの名を挙げるのだ)。

そこで『家、家にあらず』に話は戻る。本書では、たびたび「家」の概念が作中に顔を出すのである。もともとこの文言は世阿弥『風姿花伝』(岩波文庫他)の「家、家にあらず。継ぐをもて家とす。人、人にあらず。知るをもて人とす」という一節から取られている。

主人公瑞江の実家である笹岡家がまず「家にあらず」の代表格のような家だ。同心は譜代の臣ではなく、一代限りのお抱えであるからである（それどころか、一年ごとに雇用期間が切れる、年季奉公のような職であるらしい）。また、瑞江と笹岡伊織に次ぐ重要人物として活躍する歌舞伎役者の荻野沢之丞は、なかなかに実子が生まれないことが悩みの種だという。彼にとっての家は、個人の血筋を意味すると同時に「荻野沢之丞」という芸の継承を象徴するものでもあるだろう。

しかし「家」の概念をもっとも切実に感じるひとびとは、瑞江が勤める砥部藩上屋敷の中にいる。江戸時代の大名家が家督の継承者である「お世継ぎ」に恵まれなければお家断絶の憂き目に遭ったことはご存じの通りである。女人の園である奥御殿は、いわばそうした不祥事を回避するための安全装置だ。大勢の女たちは、殿様のお手つきになって子を孕む女性を護るために存在するのである。残酷な言い方をすれば、全員が「家」の継承のための道具なのです。しかし彼女たちが後生大事に護る「家」は自らの「家」ではなく、あくまで砥部の家だ。そこでは砥部和泉守以外の種による妊娠は認められないし、砥部の種を身ごもった女性も、出産した子を実子として育てることは許されない。こうして生まれてきた子供は、すべて公式には殿の正室の子として扱われるのである。

「家」の維持のために作り上げられた非人間的なシステムの中に、瑞江は放りこまれるのだ。瑞江が直面すべき敵とは、実はこのシステムそのものなのでしょうね。

『奴の小万と呼ばれた女』で問題提起された「道具としての女性」に対する批判が、本書ではさらに重層化した形で扱われている。しかし、それだけではないだろう。現実の鏡像として砥部藩上屋敷を置いてみれば、さらにもう一つの問題が浮かび上がってくる。「継ぐをもて家とす」というときの、「家」とは何か、という問題だ。それは家産であるのか。それとも血筋であるのか。砥部藩の人々が必死で護ろうとするように、砥部和泉守の血を絶やさないようにすれば、それで家は保つことができるのだろうか。

もちろんこうした問題提起は、現代においてその輪郭が不明瞭になりつつある「家」に対する注意を喚起するために行われている鏡像だ。主人公・瑞江にとっての「家」とは何であるか。その問いは鏡像を見る私たちにそのまま返されてくる。私たちにとって「家」とは何であるか。そのことが問われるのである。

冒頭に述べたように、本書は極めて日本的な舞台装置を使ったゴシック・ロマンスである。ゴシック・ロマンスという世界定めの上に和の素材を盛った、という言い方もできるだろう。趣向は謎解きミステリーを中心として、さまざまなものが鏤《ちりば》められている（参勤交代で殿様が不在の奥御殿を舞台とすることにより、松井は女だけの閉鎖社会を描きたかったのかもしれない。寄宿舎を舞台とした青春小説の風味も、本書には加わっている)。胸を締めつけるサスペンスあり、爽快な冒険譚あり、そして涙を誘う人の情あり。まさしく完璧なエンターテインメントである。時代小説に不慣れな人、ミステリーをあまり手に取ったことのない人、いずれもまったく問題なく、本書を楽しめるはずである。

ところで、作家のアビー・アダムズ・ウェストレイク(ミステリー作家のドナルド・E・ウェストレイクの配偶者です)には「ゴシック小説とは、若い娘が屋敷を手に入れる物語である」という名言がある。これは至言で、屋敷との対決の果てにヒロインが代償としての「家」を手に入れる小説のことをゴシック・ロマンスと呼ぶ、と言ってもいい。だからこそ『家、家にあらず』はゴシック・ロマンスの形をとっているのでしょう。

果たして瑞江が得た「家」とは何であったか。実際に読んでお確かめください。

◆本文図版・明光院花音（ステュディオ・パラボリカ）

集英社文庫

家《いえ》、家《いえ》にあらず

2007年9月25日　第1刷　　定価はカバーに表示してあります。

著　者　松井今朝子《まついけさこ》

発行者　加藤　潤

発行所　株式会社　集英社
東京都千代田区一ツ橋2-5-10　〒101-8050
電話　03-3230-6095（編集）
03-3230-6393（販売）
03-3230-6080（読者係）

印　刷　凸版印刷株式会社

製　本　凸版印刷株式会社

フォーマットデザイン　アリヤマデザインストア　　マークデザイン　居山浩二

ISBN978-4-08-746219-7 C0193